ヴァイキング船と海のモンスター（12世紀の写本から）

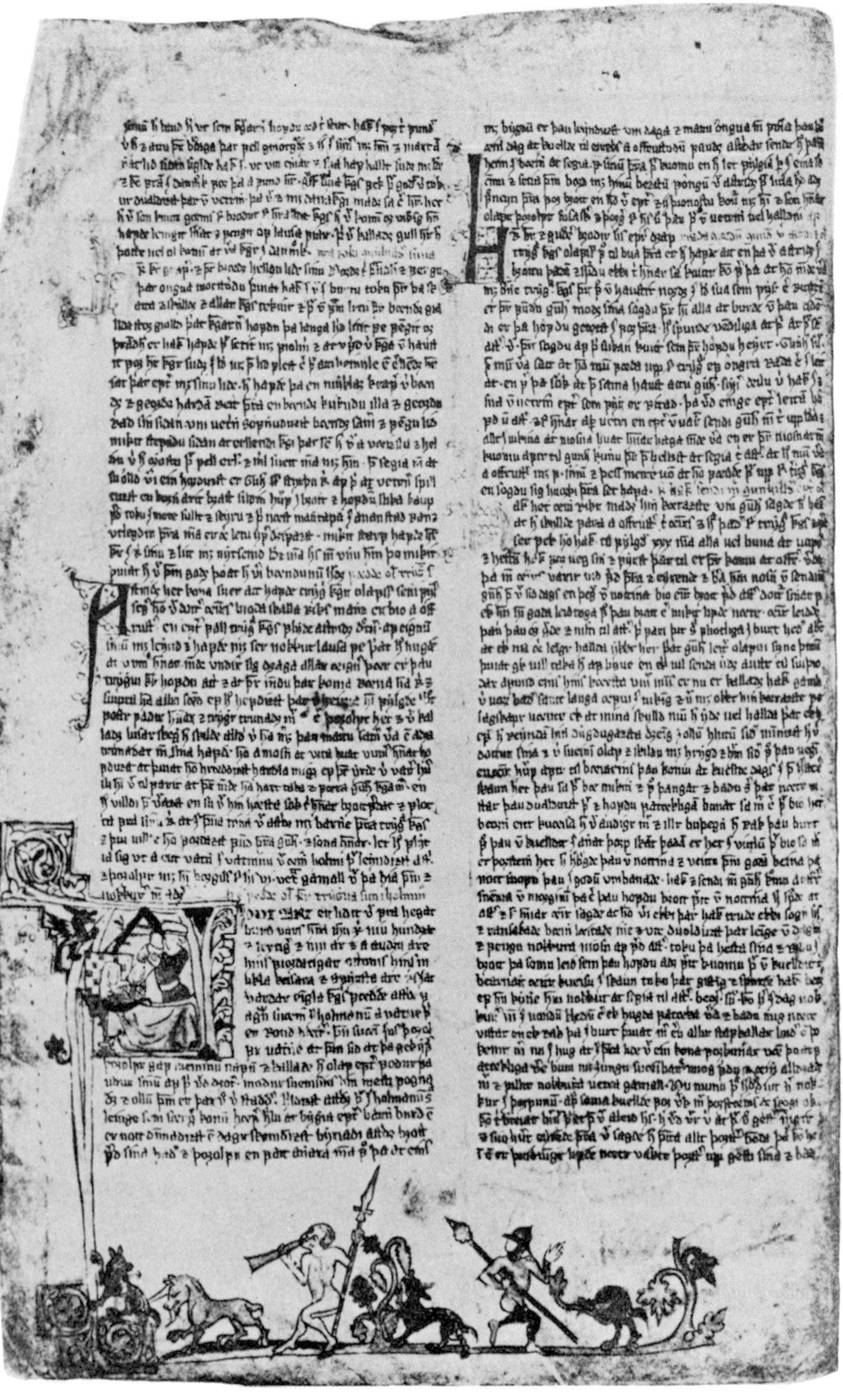

サガの写本の一つ、フラテイヤル本（14世紀末）

上→ヴァイキングの勇士がつけた銀の帯
左→室内の風景（18世紀）
右→ヴァルスヨウヴススタズルの教会の扉
下→中世の酒宴

アイスランド東部の村、ファウスクルズスフィエルズル（Fáskrúðsfjörður）の赤屋根の農場。
写真提供＝ユニフォトプレス

エッダとサガ

北欧古典への案内

谷口幸男

新潮選書

エッダとサガ　目次

第二章　サガ　101

エッダとサガ——北欧古典への案内

まえがき

「スカンジナヴィアの遠い昔の物語が、アイスランド人の口碑に残って伝えられたのを、十二世紀の終わりにスノルレ・スツール・ラソンという人が書きつづった記録がHeimskringlaという書物になって現代に伝えられている。その一部が英訳されているのをおもしろそうだと思って買って来たまま、しばらく手を触れないで打っちゃっておいた。

ことしの春のまだ寒いころであった。毎日床の中に寝たきりで、同じような単調な日を繰り返しているうちに、ふと思い出してこの本を読んでみた。」

寺田寅彦随筆集（岩波文庫版）、第一巻中の『春寒』はこういう書き出しではじまっている。『ヘイムスクリングラ』の中のオーラーヴ・トリュグヴァソン伝と聖オーラーヴ伝を令嬢のピアノの練習をバックミュージックにしながら読み、殺伐な戦闘や王の最後の船戦を屋島や壇の浦の合戦と二重写しにしながら鑑賞している。

ついうっかりと看過してしまうような随筆の小品であるが、ここで寅彦が（多分エヴリマンズライブラリ七一一巻の）英訳で読んでいる作品が、後に触れるようにサガの最高傑作の一つなのである。

寺田寅彦随筆集は私の愛読書であるが、大正十年に既にもう英訳で彼がサガを読んでいたことを知ったとき、ひどく嬉しかったと同時に感心した。

ところが、上には上がある。小泉八雲『文学入門』（町野静雄訳、金星堂発行、昭和十一年）という本を古本屋で見つけてきて読んでみると、明治二十九年から三十六年にかけて、ハーンが東京帝国大学英文科で行なった講義の中に『ストゥルルンガサガ』と『ニャールのサガ』の紹介があり、雄渾で簡素な散文の最上の例として、その文体について突込んだ分析をしている。その分析の第一は、ほとんど形容詞がないこと、第二は描写がないこと、第三は情緒の抑制である。物語を通じて微塵も個人的情緒が見られない。それにもかかわらず読者の内部に起る情緒はどうであろうか！　とハーンは感歎し、これをリアリズムの極致とまで激賞している。さらに「単純なスタイルには民族の天分の匂いがする。つまり偉大な文体は民族性に根ざしているに違いない。私が述べてきた文体は北方人種の神髄を示している」といって、文体と民族性の関係にもふれている。

ハーンは同書のずっと終りの方で「不幸にしてサーガやエッダの蒐録にはまだよいものがない」として残念がっている。

ハーンや寺田寅彦のサガについての先駆的紹介から早や半世紀余も時は流れている。北欧では早くからエッダやサガの刊行や翻訳に見るべき成果が多いが、わが国では最近やっとエッダの翻訳と、単行本としては初めてのサガの訳が刊行されたほかは、少数の研究者を除いて古代北欧文学の世界は未だあかずの秘密の部屋である。

ゲルマン神話の根本資料としてのエッダ、初期中世ヨーロッパ文学の一角を飾る散文芸術の宝庫であるサガ文学、この二つの世界に拙い筆ながら読者を導入し、いくらかでもその面白さに触れていただけたら、というのがこの小著の著者の願いである。

それには先ず、エッダとサガの写本が残され、膨大なサガ文学集の中でも殊に傑作ぞろいといえる「アイスランド人のサガ」の舞台、北極圏下の孤島アイスランドへ読者を案内しなければならない。

序章　アイスランド

15 世紀の写本から

「アイスランドはそう寒いところではない。一年の平均温度は云々……」という風に旅行案内には書いてある。がこれは嘘だ。アイスランドへ降り立って先ず肌で感じたのはその寒さだった。上空は燦々と太陽が照っていたが、下界は航空機など寄せつけぬとでもいうように遥か彼方まで厚い黒雲が横たわっていた。その厚い雲を抜けたかと思うとまるで嘘のようにそこは滑走路で、機はケフラヴィーク空港についていた。八月の中頃というのにそこは暗い寒い冥府《ヘル》を思わせるような荒漠とした地だった。歯の根も合わぬほどの寒さでレインコートの襟をかき立て、首をすくめ、首都レイキャヴィーク行のバスを待つ間、何よりもこの先この寒さでどうなることか、という心配が先に立った。冷たい暗い重い霧をすかして見えてくるのは乾燥した苔のへばりついた熔岩台ばかり。時々どこからか羊の啼く声がきこえてくる。この七センチばかりにのびた苔は、その後アイスランド全土でお目にかかることになったが、歴史の本に、かつてアイスランドが飢饉に襲われたとき、住民はこの苔をかゆにして食べたとあるのを思い出して、胸が急に痛んだ。

アイスランド全土をぐるりと廻る旅行は南部にどっかとひろがるヴァトンイェクルというヨーロッパ最大の氷河のために不可能で大抵は、水鳥が左をむいた恰好をしたこの島を西南部に位する首都レイキャヴィークを発してバスで、ちょうど水鳥の心臓から胸元をのぼり背中をめぐって尻尾のエギルススタジルに至り、そこから国内線の飛行機でレイキャヴィークへ飛ぶ、またはこの逆のコースである。

アイスランドの観光案内をするつもりはない。が、ヨーロッパ最大の氷河ヴァトンイェクルはまさに凍った海、凍った浪としか形容のしようがない。一面荒漠たる熔岩台の中、灰色の水煙をあげて四十四メートル下の谷に落下するデティフォスは凄絶味をもった滝で宇宙のどこか別世界に立つ思いがする。その外、有名な民会の丘スィングヴェルル、英語に入って間歇泉の普通名詞にまでなったゲィシルの噴泉、氷河の融けた白濁の水が巨岩の間を縫って流れるフヴィター（白川）、熔岩の奇怪な造形を見せるディムボルギル、グリョウタギャとナウマスカルズの硫黄の臭いの耐えがたい大小の地獄。静かな幽邃の趣きのあるセイジスフィヨルド。壮麗なグルフォス（黄金滝）など、ヨーロッパ大陸では見られぬ自然の風景ばかりである。アメリカ映画『天地創造』の冒頭の情景はアイスランドのこれらの奇勝を利用しているし、ジュール・ヴェルヌの『地底探険』の、アイスランドの山から地球の中心に向って降りていくという発想は流石！　と思わされる。

アイスランド文学の舞台を知るために企てた旅行はこのような圧倒的な自然の印象が主だった。期待していった歴史的建造物はなく、十八世紀以降の農家、教会を残しているだけ。地面の中に半分埋まり、芝土を利用し、木材を極端に節約して建てられたちっぽけな家は、北側から見れば小さな塚と区別がつかない。そこに羊が上っていって屋根の上に生える草を喰う。時には牛までそうする。これではサガの時代、敵の屋根に躍り上ったり、屋根に綱をつけて家をまるごと引き倒したり、中の人々を焼き殺したりできた筈だと思う。冬に焼討でもかけられたらそのまま死へ通ずるということを真剣に考えさせられたのも現地においてだった。

アイスランド人の金髪は独特で、濃いというのか、燃えるような色をしている。肌は白く、少し赤味を帯びている。髭を生やしたらそのままヴァイキングになる逞しい男性によく出会う。学生寮は夏のシーズン中はホテル「エッダ」となり観光客用になるが、このフロントで、ハルゲルズのような美女が数カ国語をつかって執務していた。アイスランド人は島国のせいか、人見知りするが、実は人なつっこい人々だという印象を各地で得た。しかしこのような印象は訪う人それぞれのものであろう。

ハンス・クーンの著書『アイスランド』、『古アイスランド』は、サガの保存ばかりでなく舞台であったアイスランドの自然、歴史、文学を極めて興味深く語っている。わが九州の約二倍半、全土の九分の一は氷河からなり、しかも活潑な火山活動を見せる国。まさに氷と火の国。神話のニヴルヘイムとムスペルスヘイムの対立は、現在でもアイスランドの自然の中に見られる。北部は北極圏に入り、夏には真夜中の太陽が見られ、冬には太陽の昇らぬ日が続く。林が根絶したことを除いてはほとんど千年前と変らぬ自然。牧羊と水産業がここでは昔と同じように二大産業をなしている。

このように、自然という観点から見ると、アイスランドは確かに昔の面影をよく残している。従ってサガの故郷のイメージをつかむことが容易で、全島民会の丘に立つと川の上手や、向うの丘の陰から各地のスィングマンたちが民会に集ってくるさまを白日夢のように想像することができる。スノッリの殺されたレイキャホルトやエギルの生地ボルグフィヨルドのたたずまいも、それほどひどく違っているようには思えない。

しかし、この国の歴史をふり返って見ると一種独特の感慨にふけらざるを得ない。八七〇年代の植民から九三〇年の植民の終りまで、それは同時にスカンジナヴィアの他の諸国とともにアイスランドのヴァイキングの活躍期でもあった。ノルウェーで独裁君主への道をひた走ったハラルド美髪王の、隷従か国外追放の二者択一を迫られた誇り高い豪農らは上記六十年ほどの間に、家の子郎党から家畜、家の大黒柱まで船に積んでアイスランドに向った。サガの記述によると、アイスランドに近づいたとき、この「聖なる柱」を船べり越しに海に投げ込み、その漂着したところに居をトしたという。ノルウェー以外に、英国諸島、フェロー島やシェトランド島あたりからも、ケルト系の人種もあわせてアイスランドに渡ったらしい。この間の事情については、後に紹介する『植民の書』に信頼できる記録がある。四百家族の植民の模様がこと細かにそこに記されているが、クーン教授の試算によるとその数は約五万とされ、当時のノルウェーの人口約十五万と比べ、植民の規模の大きさには目をみはるばかりである。

この植民によって、ノルウェーに伝わる神話や英雄伝説の多くがアイスランドに伝えられることになる。これがエッダである。植民後しばらくの間は人々は生活に追われ、屋敷の経営や国外への通商あるいはヴァイキング活動に従事するが、国内的には比較的平穏で、一〇三〇年頃まではサガの土壌となるサガ時代と呼ばれている。精神史上の革命といえるキリスト教への改宗は一〇〇〇年で、危く内戦になるほど内部での対立は激しかった。しかしいったん改宗すると、その影響は急速にひろがりはじめ、ヴァイキング行は止み、大きな国内の確執も収まり、各地に教会が建てられ、司教区がスカーラホルトとホーラルにできる。聖職者が教育に果した役割は大陸ヨーロッパと同じように大きかったが、その自国の伝統文化に対する態度は大いに違っていた。アイスランドでは、自国の異教の伝統文化に対して、それを憎悪して悪魔の歌としたり、撲滅するため焚書にする等の極端な態度はとらず、むしろあたたかく祖先伝来の文化を見守り、その生活を忠実に記録するという態度をとった。これにより、われわれがタキトゥスにより、いわば骨組だけ語られた『ゲルマーニア』の記述の豊かな肉づけを得るのである。先に見たようにアイスランドには、十八世紀以前の歴史建造物など何一つ残ってはいない。しかしその精神文化は、代えがたい価値をもつ多くのサガとして今日まで残されているのである。これらのサガは、ラテン文字により、十二世紀末から十三世紀にかけて記録され、そのためアイスランドの黄金時代とこの時代は呼ばれている。しかし政治的には十二世紀後半に入ると少数の豪族の間の対立抗争が激化し、その平衡が破れて絶え間ない争闘の泥沼に陥る。『ストゥルルンガサガ』を読む者は、行間から立昇る悲痛な呻きをはっきりと聞きとることができる。一二六四年にはノルウェーのハーコン老王は一兵をも送ることなしにアイスランドをノルウェーの属領にすることができた。争いに疲れた国民は同族相食む争闘よりも、母国ノルウェー（実際多くのアイスランド人は植民後もノルウェーの宮廷に仕え、家臣となり、又は詩人として厚遇されたばかりでない。トロントヘイムには大司教区があって、アイスランドの教会はそれに所属していた）に服従する方を選んだのだが、その後のこの国の運命は苦難の連続であった。ノルウェーが一三九七年にカルマール同盟によりデンマークと統合してからはデンマーク領となり、経済的に徹底的に圧迫され、無力と挫折の時代に入り、疲弊した民衆を悪疫の流行、火山の爆発、飢饉が痛めつけ、人口は一時四万人に減少、デンマーク政府は彼らをユトランドの荒地に移住させることを真剣に考慮したこともあるという。しかし十九世紀の中頃から民衆の間に自由の意識が目覚め、多くの先覚者らの指導によって一歩一歩デンマークから諸権利を割譲させ、やっと完全独立をかち得たのは一九四四年のことである。五百年の沈滞を破って経済、文化に活潑な動きを見せ始めたこの国の前途は必ずしも楽観を許さないであろう。

しかし、独立をかちとるまでの百年の間、苦難に国が際会する度に、アイスランドの国民の無言の支えとなったのは、かの黄金時代に書きとめられ、上は老人から下は小学生にいたるすべての人々がひとしく最大の喜びをもって読むサガに登場する逞しい活動に溢れた祖先の姿ではなかったろうか。東はビザンツから西はグリーンランド、北アメリカまで雄飛したヴァイキングたちの面影ではなかったか。

この小著の扱う対象は、アイスランド人が今述べたように心から誇りとする古代北欧語で書かれたエッダとサガの世界である。もう一つ、絢爛たる技巧を用いたスカルド詩のジャンルがあるが、これは詩人を扱ったサガの項で随時触れて行くことに止め、別に独立した論攷として将来を期したいと思う。このほとんど翻訳しがたい修飾過多のスカルド詩は学問的興味の対象たりえても、恐らく現代の読者の趣味とは最も相容れない作品だと思えるからである。

第一章　エッダ

15世紀の写本から

エッダという名で呼ばれる古代北欧語による作品は二つあり、普通、古い方の『エッダ』は『古エッダ』、『歌謡エッダ』、『セームンドのエッダ』などと呼ばれて、後に紹介する十三世紀のスノッリ・ストゥルルソン（一一七九―一二四一）の詩学入門書『新エッダ』、『散文エッダ』と区別される。

『スノッリのエッダ』の写本の一つに、「この書物はエッダと呼ばれる。スノッリ・ストゥルルソンがこれを編纂した」とあるところから、彼の詩学入門書がエッダの名を冠せられたことははっきりする。スノッリは、この作品の中で、古歌謡の中の幾篇かを利用し、また引用している。したがって彼以前にかなりの数の古歌謡があったことは想像されたわけだが、はからずもアイスランドの司教ブリユニョールヴがスカーラホルトで一六四三年、神話と英雄伝説を含む写本を発見した。彼はこれがてっきりスノッリの典拠にしたものと誤解し、初期アイスランドの学者セームンド（一〇五六―一一三三）のものであろうと考え、『学者セームンドのエッダ』としてデンマークのフレデリク三世に献呈した。この写本が後にコペンハーゲンの王立図書館に収められ、そのため〈王の写本〉と名をつけられた最も重要な古歌謡の写本である。十篇の神話詩と十九篇の英雄詩を含む。写本のできたのは一二〇〇年代の終り頃とされるが、この外に数篇の詩を含む後世の写本や、『スノッリのエッダ』の写本などから数篇を加えて、現在の刊本は普通三十数篇を含んでいる。

『エッダ』は三通りの韻律によって書かれ、ゲルマンの古詩『ヒルデブラントの歌』、『ベーオウルフ』、『ヘーリアント』などに共通の特徴といえる頭韻で語句が結ばれた直截で力強い歌謡である。

個々の篇がいつ成立したものか、作者は誰かなどについて学者の推定はいろいろあるが、何ら確実なものではない。歴史的事件、ことば、考古学的考察、他のスカルド詩との比較などからして大体九世紀頃から十三世紀頃のものを含んでいるとされる。最近写本はノルウェーで書かれ、それがアイスランドでコピーされたという説（セイプ）もあるが、おそらく一部はノルウェー、一部はアイスランドで成立したものであろう。

内容は、神話と英雄伝説、箴言の三つからなるが、英雄伝説が最も古く、大部分は大陸の歴史上の英雄を扱っていて、伝説圏のひろがりを感じさせる。中世ドイツの『ニーベルンゲンの歌』と同じ素材を扱った幾篇かは、好個の比較の材料となろうが、『エッダ』の方が、より簡潔、素朴、激情的で、『ニーベルンゲンの歌』前半の中世騎士道の華やかさはここでは毫も見られない。神話はゲルマン民族の神話の最も豊かな宝庫であって、ゲルマン神話や宗教を研究する上での第一次史料を提供してくれる。もし、『エッダ』が存在しなかったら、われわれはオーディンをはじめとする多くの神々のあのように多彩な事蹟も、奔放で壮大な宇宙解釈も知ることがなく、影のように生彩を欠いた片々たる知識しか手元に残らなかったであろう。

『エッダ』は前にもふれているように、一二二〇年頃書かれた『スノッリのエッダ』の神話ダイジェストに枠組と材料の双方を提供しているばかりでなく、サガやスカルド詩にも大きな影響を与え、後世の民話や造型芸術に及ぼした影響もはかり知れない。

本書は、『エッダ』の研究書を目指すものではないので、以下、『エッダ』全巻の中から特に興味深い神話と英雄伝説を紹介してみようと思う。

1　神話

以下再話の形で紹介する神話は『古エッダ』と『スノッリのエッダ』中の「ギュルヴィたぶらかし」と「詩人のことば」を利用している。

すでに述べたようにこの両エッダをのぞくと神話のまとまった資料はないのであるから、ここに語られた神々の像や異教信仰が、ドイツに僅かに残る『メルゼブルクの呪文』とか、ブレーメンのアーダムの『ハンブルク教会司教史』の宣教師の見た異教の形態、さらには神々を英雄化してかなり強引に歴史の中に組み込んだデンマークのサクソ・グラマティクスの『デンマーク人事誌』などと必ずしも一致を見ないことは先ず念頭に入れておく必要がある。

数百年にわたって成立した歌謡の集成であるエッダ神話が、いわゆるゲルマン神話とどれだけ正確に重なるかどうかという問題はそう簡単には解けない問題である。一、二の例をあげれば、エッダ神話全体に占めるオーディンの位置はきわだって大きい。ところがルーン学の教えるところでは、勝利を願ってはチュールの名を三度唱えるべし、といわれる軍神チュール（これはギリシャ・ローマ神話の主神ゼウスやジュピターと名称、神格ともに対応する唯一のゲルマンの神である）の存在の方が大きい。それがエッダ神話では主神オーディンの陰にかくれた存在に下降している。

またトールは農民の神として北欧ではオーディン以上に古くから広く尊崇されていたことは地名学や人名学の教えるところからも知れるし、ブレーメンのアーダムの記述ではウップサラの異教の神殿に祭られた三柱の神の中でトールは中央の位置を占めている。そのトールがエッダ神話では何とオーディンの子にされ、「ハールバルズの歌」の中では渡し守ハールバルズ（実は変身したオーディン）にこっぴどく愚弄されている。

これらにはオーディンの神格の上昇が明らかに見てとれる。それは貴族や王侯の保護神であるオーディンが権力者の実際的地位の高まりとともに農民の神の上位につくようになったのだと考えられる。

また、エッダ歌謡は成立年代がまちまちであるだけにその内容には、固有の異教的なもの以外の要素が混入していることも心しなければならない。例えば『古エッダ』の中の「ロキの口論」には、神々をひとりずつ次々に手玉にとってこきおろすロキの毒舌が見られるが、これなどは神話と見るよりは、一人のさめた詩人の脱神話の皮肉な姿勢といったものが感じられる。再話で紹介するトールの大蛇釣りの話（「ヒュミルの歌」）やトールの槌取りもどしの話（「スリュムの歌」）は、農民に人気のある大力無双の神を主人公にして自由に創作されたフモールあふれる寓話の趣きがある。またフレイの巨人の娘への求愛の話「スキールニルの旅」には、中世騎士の恋愛に近い雰囲気が漂う。

これらは古い伝承そのままというよりは、想像力豊かな詩人の手を感じさせ、モークのごときは神話的短篇小説とまで呼んでいる。

さらに注意を要する大きな問題として、キリスト教の影響をどの程度まで考えてよいかという問題がある。『古エッダ』冒頭の「巫女の予言」は、世界の起源から終末、さらに新しいよりよい世界の再来を語り、古今を通じて北欧での最も偉大な詩という評価を受けており、エッダ歌謡の中心、いわば軸となる歌謡である。しかし何度も読んでみると、古いオーディンの世界から新しいバルドルの世界への移行には、異教からキリスト教への過渡期の時代思潮を反映させるものをもっている。極端な学者の中にはバルドルをはっきりキリストに比定する者すらいる。同じ北欧といっても語族の違うフィンランドの『カレワラ』に英雄ワイナモイネンが、最後に処女マルヤッタから生れた男の子の前から消えて行く、というくだりがある。あまりにも聖書の影響が直接的すぎるといえるが、新しい世界の章を読まれるときにはこのような問題のあることも想起していただけたらと思うのである。

要するにエッダ神話は古層と新しい層とをふくんで多層であり、純粋に異教の古い祭儀が沈んでいるかと思えば、キリスト教の影響もそこはかとなく漂い、一方、大陸ヨーロッパのバラードの香りもほのかに感じられるのである。

　しかし、全体としてみるとき、エッダ神話はあくまで豪快にして悲劇的である。荒々しくて暗い。ギリシャ神話の優美軽快さとははっきり特質を異にしている。ここではその特質を三つにしぼって説明しておこう。

　その一つは天地の創造に関してである。旧約聖書では周知のように創造神が「神光あれと言たまひければ光ありき」というように単独で宇宙を創造する。そこでは絶対者がはじめにあって無から有を生み出すのである。ギリシャ神話では、ヘシオドスの『神統記』によれば、はじめにカオス（混沌）が生じ、次いでガイア（大地）ができ、エロス（愛）が生れる。そのガイアがウラノス（天）を生み、エロスの活動により両者が相擁して次々と万物を生む。これは人間の結婚の営みの投影と考えて差し支えないであろう。

　これらの天地創造にくらべるとエッダ神話のそれは、北欧の自然とゲルマン人の民族性を実によく反映しているように思われる。いかにも火と氷の国アイスランドを思わせるような炎熱のムスペルスヘイムと寒冷のニヴルヘイムの対立。その極端な対立的要素のぶつかり合うところから巨人族の祖ユミルが生れる。（神々の前に巨人が存在した）ボルと女巨人の子であるオーディンたちがこのユミルを殺してその肉体から天地をつくる。まさにはじめに行為《タート》ありき、いや、殺しありき、といわなければならない。殺伐な話である。ギリシャ神話が前にみたように平和な営みからはじまるのにひきかえ、ゲルマン神話では宇宙創造のはじめに殺害がある。後の神々の終末は、遠く遡ればこのときの巨人族の恨みの復讐と考えられないこともない。また、ユミルの血と肉と頭蓋骨などをすべて無駄なく天地の創造につかうあたりには、動物の食肉処理に慣れた牧畜民の知恵が確かにうかがえるように思える。これらは何といってもエッダ神話の著しい特質として目立つ点である。

特質の第二は、神族と巨人族の関係にあらわれている。世界中の神話には言うまでもなく善の原理としての神族とそれに対立する悪の原理としての悪魔ないし巨人族をもつものが多い。そして悪魔は神々に打破られ滅ぼされる。例えばギリシャ神話ではオリュンポスの神々はティーターン族を圧倒し、これをタルタロスに投げ込んで幽閉する。巨人族はひっきょう神族にかなわない。しかるにエッダ神話では巨人族は遡れば神々の淵源をなすのみならず、神々と対等に自分たちの世界ヨーツンヘイムに住み、トールをはじめ神々を苦しめ、しばしば彼らを危地に陥れるばかりでなく、世界の終末《ラグナレクル》に至っては神族に凄絶な戦を挑んで相討ちになって果てる。神々は滅ぼされるのである。神々は敗北を予想してか、戦場で勇ましく死んだ人間の英雄たちをヴァルハラに迎えて助勢を頼んでいる！

それだけではない。再話をよく読まれればわかるように、オーディンの知恵も詩の力も乗馬も、もとはといえば巨人に由来している。トールの槌やその他神々のもつ多くの宝は、巨人ユミルの肉にわいた蛆虫の子孫である小人の作である。つまり神族の宝物やすぐれた文化の多くは巨人族なしには考えられないのである。これはギリシャ神話で笛や竪琴が、またその他の文化的なかずかずのものが神々に起源をもつのとまさに対照的である。このように巨人族は力が強大であるのみならず文化的にもしばしば優位に立っている。トールの留守中に、神々がたった一人の巨人のために恐怖にさらされ、なす術を知らないという話など、あまりほかの国の神話では考えられないことであろう。

特質の第三として神々の滅びがあげられる。エッダのそれは、終末論的神話の中の代表的なものではあるまいか。世界の終末《ラグナレクル》での巨人族と神族との死力をつくしての壮絶な戦いは、歴史上のゲルマン人のあいつぐ戦闘を、また神々の奮戦は、ゲルマンの英雄たちのそれを反映しているように思われる。そして英雄たちが滅びるように神々も滅びる。ゲルマンの英雄主義、運命観は神々をも支配している。この徹底性はギリシャ神話にはない。キリスト教にもない。まさしくエッダ神話の最もきわだった特質といえるものであろう。

以上のようなことを前置きにして、エッダ神話の再話を読んで頂きたい。もちろん、ここに盛り切れないで割愛した話は多くあるけれども。

主要な神々

はじめにエッダ神話に登場する主な神々の特性を列記しておくのが便利であろう。

オーディン——主神。戦の神、死の神、知恵の神、詩と魔術の神
トール——力の神、雷神、農民の神
ロキ——神々の世界での「メフィストフェレス」
フレイ——豊饒の神
チュール——軍神

バルドル——光の神

世界のはじまり

太古には砂もなければ海もなく、冷たい浪もなかった。大地もなければ、天もなく、奈落の口があるばかりで、まだどこにも草は生えていなかった。この奈落の口の南にムスペルスヘイムという火焔をあげて燃え上る国があり、そこをスルトという者が警護に当っている。彼は燃えさかる剣を手に持ち、世界の終末が近づくと荒し廻り、世界を火で焼きつくすだろう。ところで、奈落の口の北側にニヴルヘイムがあり、そこには、氷と霜があり、毒液の流れエーリヴァーガルが奈落の口に流れこむ。このムスペルスヘイムからの熱風とニヴルヘイムの霜とがぶつかると、それが融けて滴り、その滴が熱を送る者の力によって生命を得、巨人ユミルが誕生する。ユミルから霜の巨人族が由来するのだ。ユミルは同じように滴から誕生した牝牛アウズフムラの乳に養われる。牝牛が塩からい霜で覆われた石をなめていると人間の髪が出てきた。二日目には人間の頭が、三日目になると人間全体がそっくり現われた。この人間はブーリといい、容姿が美しく偉丈夫だった。ブーリはボルという息子を得たが、ボルは巨人ボルソルンの娘ベストラを娶り、二人の間に三人の男子が生れる。オーディン、ヴィリ、ヴェーがそれだ。彼らからアース神族は由来している。

ボルの息子たちは巨人ユミルを殺した。その傷口から流れ出た血で霜の巨人族は、妻と一緒に碾臼台にのった一人を除いてことごとく死んだ。三人の兄弟はユミルの死体を奈落の口に運び、それから大地を作り、血から海と湖と川を、骨から岩を、髪から木々と草を、というふうに作った。頭蓋骨を天にし、脳みそをつかんで空中に投げ、雲とした。

ある日、この三柱のアース神が海岸を歩いていると二つの木を見つけた。彼らはそれを拾い、それから人間を作り、オーディンは息と生命を与え、ヴィリが知恵と運動を、ヴェーが顔とことばと耳と眼を与えた。男はアスク、女はエムブリと呼ばれ、彼らから人類が発した。

ユミルの肉の中に蛆虫がうごめいていたが、神々はこれに知恵と人間の姿を与えると小人になった。小人らは地中や岩の間に住む。姿は小さく醜いが、あらゆる鍛冶に長けていて、その腕前にかけては誰もかなわない。良い武器や見事な装飾品はすべて小人の作だ。小人の作品として有名なものに、トールの槌ミョルニル、オーディンの黄金の腕輪ドラウプニル、フレイヤの首飾りブリーシンガル、シヴの黄金の髪などがある。小人は神々と人間に憎悪を抱き、悪意をもつので、彼らのために細工物を強要されると所有者の害になるような品を好んで作る。

神々はまた妖精たちを作った。光の妖精は善良で親切で太陽よりも明るい。そして彼等はアールヴヘイムに住む。闇の妖精は瀝青よりも黒く、小人のように地中に住む。

円い大地のまわりは深い海がとりまいている。その海岸沿いのヨーツンヘイムとウートガルズに悪い巨人らが住んでいる。この巨人らは人間に対して悪意をもっていたので、アース神たちは大地の内部にユミルのまつげを使って塁壁を作り、その内部に人間たちは居住地ミズガルズを得た。

アース神たちは地上から天へビヴロストという橋をかけた。虹と呼ばれているのがそれだ。橋のうちで最も素晴らしく、最も強い橋なのだが、ムスペルの子らが来て渡るときは壊れるだろう。

ボルの子らはまた天体も作った。ムスペルスヘイムから飛んでくる火花をとらえ、天空と地上を照らすように奈落の真上の天の中ほどにおいた。ムンディルフェーリという男がいて二人の子供をもっていたが、二人とも金髪で美しかったので、息子をマーニ（月）、娘をソール（太陽）と呼んだ。神々はこの高慢さに腹を立て、兄妹を天におき、太陽を曳く馬の御者にした。マーニは月の運行をつかさどり、月の満ち欠けを決める。太陽と月はおびえているように早く急ぐ。狼の姿をした二人の巨人がそれを追いかけ呑みこもうとしているからだ。狼らが太陽と月に追いついたら、この世の終りだ。

ある巨人にノート（夜）という娘があった。娘はアース神族のデリングと結婚したが、二人の間の息子がダグ（日）で、明るく美しかった。オーディンはノートとダグを天に召しよせ、それぞれに馬と車をおくって、大地のまわりをまわらせた。ノートが先にフリームファクシ（霜の鬣《たてがみ》）という名の馬を駆って走った。その馬銜《はみ》の泡から毎朝地上に露がおりるのだ。その後からダグがスキンファクシ（光の鬣）という馬で走るが、この輝く鬣は空中と地上に光をふりまくのだ。

アース神族のほかにヴァン神族という神々がいる。ヴァナヘイムに住み、殊に自然力を支配している。ある時アース神族とヴァン神族の間に争いがあり、互に人質を差し出すことで和解を結んだ。アース神はニョルズを、ヴァン神はヘーニルを人質にとった。フレイと女神フレイヤはニョルズの子である。

アースガルズと世界樹

世界の真中のアースガルズというところにアース神たちは住んでいる。そこにはオーディンの高座フリズスキャールヴのあるイザヴェルという野がある。オーディンはフリズスキャールヴに坐ると全世界を見霽かすことができる。天も地も、そこに起る一切もだ。アース神たちはアースガルズにグラズスヘイムと呼ばれる壮麗な館を建てた。オーディンの高座と十二柱の最も尊い神々の座があり、内も外もすべては純金からできている。もう一つのすばらしい館を建てたが、それはヴィンゴールヴといい、女神フリッグやほかの女神たちのためのものだ。高座フリズスキャールヴのまわりにアース神たちはヴァラスキャールヴという館を作ったが、これは輝く銀で覆われている。しかし何といってもアースガルズで最大の建物はオーディンの宮殿のヴァルハラだ。ここでオーディンはアース神たちやエインヘルヤルと呼ばれる戦場で死んだ戦死者たちのために祝宴をひらく。ヴァルハラには六百四十の扉があり、一つの扉から九百六十名のエインヘルヤルが一度に打って出ることができる。天井は槍からできており、屋根は楯で覆われ、広間の壁には武具がかけまわしてある。

神々はグラズスヘイムの高座につくと協議をこらす。そして日毎、梣《とねりこ》の大樹ユグドラシルのかたわらですべての神々が裁きの会を開く。この樹はあらゆる樹の中でいちばん大きく見事なものだ。その枝は全世界の上にひろがり天に達している。根が三つあり、その一つはアース神のところ、もう一つは巨人族のところ、三つ目はニヴルヘイムからきている。ニヴルヘイムの根の下にはフヴェルゲルミルという泉があって、龍のニーズヘグがいて根を齧っている。巨人族の根の下にもミーミルの泉があって、この中にすべての知恵と知識が隠されている。泉の持主は巨人ミーミルだが、彼は誰よりも物識りだ。この泉から毎日水を飲むからなのだ。

ある日オーディンがやってきて、泉から一口飲ましてくれといった。そして、自分の眼を抵当にしてやっと飲ましてもらった。

アース神のところの根の下にも、ウルザルブルンという特別に神聖な泉があり、そこに神々は法廷をもっている。毎日のようにアース神たちはビヴロスト（虹の橋）を馬で渡ってそこへ行く。ウルザルブルンの泉のほとりに美しい館があって、ウルズ（過去）、ヴェルザンディ（現在）、スクルド（未来）という三人の乙女が住んでいる。この神聖な乙女たちはノルニル（運命の女神たち）と呼ばれ、人間たちの運命ばかりか、アース神たちの運命をも決める。何人も彼女らが決めたことを変えることはできない。このほかにも多くのノルニルがいて、良いのもいれば、悪いのもいる。それ故人間の運命はかくもさまざまなのだ。子が生れると必ずノルニルはそこへ行き、その子の運命を定める。すべては彼女らの決めた通りになる。

ユグドラシルの枝には多くの動物が住んでいる。枝には一羽の賢い鷲がとまっていて、その両眼の間に鷹がいる。四頭の牡鹿が枝から葉を喰いちぎり、栗鼠《りす》が樹をかけ上ったり、かけおりたりして、龍と鷲の間を悪口を運ぶ。このように梣の世界樹は誰も知らぬほどの苦しみを嘗《な》めている。牡鹿たちに葉は喰われ、龍に根はかまれ、幹は脇から腐りはじめる。それでも相変らず樹は新鮮で緑を失わないのは、運命の女神《ノルニル》が毎日のように泉から水を汲み、それが枯れないように樹に注いでいるからだ。この水はとても神聖なものなので、泉の中に入るものはなんでも卵の中の薄皮のように真白になる。ユグドラシルの枝から蜜露が地上に滴り落ちる。蜂はこれを食べて生きている。泉の中に二羽の鳥が暮しているが、この鳥から白鳥と呼ばれる鳥類が由来するのだ。

オーディン

オーディンはアース神の中で最高の神である。そのため万物の父《アルフオズル》とも呼ばれる。オーディンは万物を支配し、ほかの神々は子供らが父に仕えるようにオーディンに仕えるのだ。この神はまた多くの名をもっている。恐るべき者、勝利の父、戦死者の父などとも呼ばれる。

前に話したように眼をミーミルに担保として与えたため片眼で、よく老人の姿をとって伝説では登場する。あるときはハールバルズ（灰色の髯）とかシーズスケッグ（長髯）とか名乗っている。しかし、そのほかでは、颯爽と黄金の兜と鎧を身にまとい、槍のグングニルをひっさげて戦に馬を進める。この槍は狙ったものを外すことがない。オーディンは腕にドラウプニルという腕輪をつけているが、これからは九夜毎に同じ重さの八つの黄金の腕輪が滴りおちるのだ。オーディンのまたがる馬は灰色の八本脚のスレイプニルで、これより足の速い馬はない。

軍神はいく柱かおられるが、オーディンは最高の神で、そのため、戦闘を〈オーディンの嵐〉とか〈恐るべき者のたわむれ〉とか呼ぶことがあり、また、剣を〈オーディンの火〉というのだ。

ヴァルハラでオーディンは戦死者たち《エインヘルヤル》を集め宴会を催す。そこで彼らは楽しく日々を過す。朝毎、戦死者らは武装して戦場に出かけ、戦う。だが食事時になると倒れた者も皆起き上り、和解して仲よく食事をともにする。エインヘルヤルは数がふえるが、ヴァルハラが食物に困ることはない。というのは彼らはセーフリームニルという猪の肉を食べて生きているが、この猪は毎日料理しても、夕方にはまた生き返っているのだ。飲物としては彼らはビールと蜜酒を飲む。オーディンは葡萄酒しか飲まないが、それがこの神にとっては飲物であると同時に食物なのだ。食卓にある彼の食物は飼っている二頭の狼にやる。エインヘルヤルの飲む蜜は、ヴァルハラにいてレーラズというよく知られた樹の枝の若芽を食べる牝山羊へイズルーンの乳房から流れ出る。それは毎日大きな桶をいっぱいにみたすので、みなで思う存分飲むことができるのだ。

ヴァルハラで仕える乙女はヴァルキューレと呼ばれている。オーディンは彼らをすべての戦につかわし、戦死者を選ばせる。彼女らは勝利者を決める。また誰が戦死者となるかも決める。彼らはオーディンの乙女たちと呼ばれる。完全武装して馬にまたがり、空中を飛び、海上をかけ、世界中を天駆ける。

オーディンは知恵の神である。忠告や助力を必要とする者はオーディンのところへ行く。ミーミルの泉から水を飲んだことで彼は知恵を得たのだが、その二羽の鴉フギン(思考)とムニン(記憶)も神を助けている。鴉はオーディンの肩にとまっているが、毎朝彼は鴉たちを広い世界に送る。鴉は立戻ると見聞きしたこと一切をオーディンに告げる。このためオーディンは鴉神とも呼ばれるのだ。

オーディンはまた詩の神でもある。詩人になるため彼は巨人スットゥングから詩人の蜜酒を盗んだ。この話は後で詳しく触れよう。オーディンはさらにまたルーン(ゲルマンの古文字)の神でもある。いかにして彼がルーンを手に入れたかは次の引用で明らかになる。

「わしは風の吹きさらす樹に九夜の間、槍に傷つき、オーディン、つまりわし自身にわが身を犠牲に捧げて、誰もどんな根から生えているか知らぬ樹に吊り下ったことを覚えている。わしはパンも角杯も恵んでもらえず、下をうかがった。わしはルーン文字を読みとり、それから下に落ちた」

人間たちはオーディンから、ルーンも詩も学んだのである。

オーディンの妻はフリッグという。彼は沢山の息子をもっていた。そのうちの一人、ヘルモーズを、バルドルを迎えに冥府《ヘル》へ送ったことはよく知られている。英語の水曜日 Wednesday は Wodanstag で〈オーディンの日〉の意である。

トール

トールはオーディンとヨルズの子で神々の中で最も力が強い。彼の国はスルーズヴァンガルという、そこに彼の館ビルスキールニルがあるが、それは五百四十の広間をもっている。トールはよく〈車のトール〉と呼ばれるが、それはトールが二頭の山羊に曳かせた車に乗って空を駈けるからだ。彼が車を走らせると岩は震え、亀裂を生じ、大地は車の下で燃える。その時、凄まじい響きが聞える。これを人々は雷鳴と呼んでいるのだ。

トールはいつも巨人たちと戦い、神々と人間を彼らから守る。トールがいなかったらアース神たちも安穏ではないであろう。彼は名を呼ばれるとすぐ、その場に姿を現わす。巨人に対する戦にトールは三つの宝物をもっている。第一は槌のミョルニルで小人の作ったもの。投げれば必ず相手に当り、ひとりでに戻ってくる。巨人はこの槌をよく知っている。それは不思議ではない。それが巨人たちの父や友人の頭蓋骨をさんざん打ち砕いたからだ。第二に力の帯があり、これを腰に帯びると力が二倍になる。第三の宝は鉄の手袋で、槌を利用するときになくてはならぬものだ。

力にかけては並ぶもののないトールではあるが、口論となると分が悪くなる。あまりに粗野に振舞い、賢明さを欠き、途方にくれ、にっちもさっちも行かなくなる。トールは怒ると眼から火花のようなものがとび散る。彼はいつも忙しく暇がない。神々がユグドラシルのそばの法廷に馬で赴くとき、トールは近道をして深い川を徒渉して行く。ドイツ語木曜日 Donnerstag 英語 Thursday はトールにちなんでつくられた曜日である。

ニョルズとフレイ

ニョルズはアース神族ではなかった。この神はヴァナヘイムで育ったが、アース神たちに人質として与えられ、その時からアース神たちの中にあって最もすぐれた神に数えられている。

彼はノーアトゥンに住む。そこは海辺で、白鳥やほかの海鳥が泳ぐ。ニョルズは巨人の娘スカジを妻にした。それはこのような次第だ。アース神たちはスカジの父を殺した。スカジは父の仇を討たんとして鎧兜に身を固めアースガルズにやってくる。アース神たちは彼女に和解を申し入れた。そして彼らの中の一人を夫に選ぶことを許した。ただ彼女は脚だけを見て夫を選ばなければならなかった。さて彼女は美しい二本の脚を見つけ、光の神バルドルであるに違いないと思い、その持主を夫に選んだ。ところがそれはバルドルではなくて、ニョルズであった。ニョルズとスカジはあまり仲睦じくなかった。スカジは山の奥の父の住居に住みたいと望んだが、ニョルズは海辺がよいという。彼らは結局山と海辺に九夜ずつ住むことで妥協した。ところでニョルズは山に九夜も住むと山の生活に飽き飽きし、狼の遠吼より白鳥の歌の方が快いといった。スカジにもそれはうまく行かなかった。海辺のノーアトゥンで三夜を過した彼女は、海鳥の啼声や潮騒で寝られないとこぼした。こうして二人は別れ、スカジは山に戻った。彼女はスキーをよくつかい、弓矢をたずさえて獣を狩った。そのため〈スキーの女神〉とも呼ばれている。

ニョルズは風の動きを支配し、海や火を鎮める。航海をしたり、魚をとったりするとき、人はこの神に祈願をするとよいのだ。また彼はすこぶる裕福で財産家であったので、それらを求める人はこの神に祈願すれば土地でも動産でも与えられる。

フレイはニョルズの息子である。美しく力があり、アース神のうちでも最も気高い神の一人である。グリンブルスティン（黄金の剛毛）という猪に曳かせた車に乗って空中や水上を走る。その剛毛は太陽のように煌く。夜でも暗い国でもそのため十分明るいのだ。小人たちはスキーズブラズニルという船を作り、フレイに贈った。すべての船の中で最もすばらしく、すべてのアース神が武装して乗込むことができ、帆をあげればつねに順風に恵まれる。それで好きなところへ、陸上でも海上でも行ける。非常に巧みに作られているので布のように折畳んで懐中へしまうこともできるのだ。

フレイは巨人の娘ゲルズと結婚した。彼はゲルズを熱愛したあまりに、彼女を手に入れるためにすぐれた自分の剣を下男にあたえてしまい、後に非常に困ることになった。巨人べリと戦ったとき剣の代りに牡鹿の角で殺さなければならなかった。フレイには下男でスキールニル（輝く者）という者がいた。これがゲルズに求婚の使いに行き、剣を手に入れたのだ。

フレイは雨と陽光と地の収穫、人間の幸福を支配している。豊作と平安を求めるなら彼に呼びかけるのがよい。彼は年神とも富の与え手とも呼ばれる。善良で気前がよく、誰にも心配をかけず、それどころか非自由民を枷から解放する。

ほかのアース神

バルドルはオーディンの息子の一人でフリッグが母である。彼については良いことしか語られていない。善良で敬虔で、すべての者の賞讃の的だ。容貌は美しく輝くばかりなので、体から光が発しているほどだ。植物がとても白いとバルドルのまつ毛にたとえられる。彼はアース神のうちで最も賢く、雄弁で優しい神なのだ。そして彼の裁きはいつも不変だ。彼の住居はブレイザブリクで、不浄なものは入ることが許されない。バルドルはナンナと結婚し、フォルセーティという息子がいる。バルドルは兄弟のヘズに殺される。しかしバルドルは世界の終末《ラグナレクル》にすべてのものが滅び去ったあと、再びこの世に現われるであろう。

チュールもオーディンの子である。彼はアース神のうちで一番勇気がある。何者をも恐れない者をチュールのように強いという表現があるくらいだ。彼は戦において勝利を決める。勇気のある男たちは彼に祈願すべきだ。この神が勇気のあることを証明したとき片手を失ったが、そのことについては後に触れよう。英語の火曜日「Tuesday は〈チュールの日〉をあらわすのだ。

ブラギもオーディンの子の一人である。彼は知恵と雄弁で聞えるが、詩人として最も有名だ。詩のことをブラグというのはこの神に由来している。長い髯を生やした威厳のある老人の姿をとっている。彼の妻がイズンである。

ヘイムダルは太古に九人の巨人の乙女たちから生れた。それに反して彼もオーディンの子であるという者もいる。賢いアース神と呼ばれるこの神は偉大で神聖なのだ。黄金の歯をもっているのでグリンタンニとも呼ばれる。ヘイムダルはビヴロストの近くのヒミンビョルグ（天山）に住み、山の巨人らからこの橋を守るため天の隅にいるのだ。彼は鳥よりも睡眠を必要としない。夜でも昼でも百マイル先まで見え、草原の草や羊の毛の伸びる音まで聞きとれるのだ。ギャラルホルンというラッパをもっていて、彼の吹き鳴らす音は世界の隅々まで聞える。

ヴィーザルはオーディンと女巨人グリーズの子で無口な神と呼ばれている。トールに次いで強い神で、難事がもち上るとほかの神々から頼りにされる。神々の最後の戦ではオーディンの仇を討ち、フェンリル狼の口を引裂く。

ヴァーリはオーディンとリンドの子。勇敢で名射手の聞え高く、バルドルを殺したヘズが殺されないうちは身体も洗わず、髪に櫛も入れない。ヴィーザルと同じように世界の終末に生き延びる。

ヘーニルは最も古い神々の一人だ。彼がヴァン神に渡された次第はこうだ。アース神族はヴァン神族と戦を交えた。彼らは互に荒し被害を与えた。だが、双方とも戦にうんで協議して和睦を結び、人質を交換した。ヴァン神たちはニョルズとその子フレイを、アース神はヘーニルを与え、これは特別にすぐれた神で指導者の器であると主張した。彼は容姿の立派な身の丈すぐれた男だった。アース神は彼に賢者ミーミルを従者につけた。ヘーニルがヴァナヘイムにやってくると、ヴァン神たちはすぐに軍勢の指導者にした。ミーミルは彼にいつも助言を与えた。ところがミーミルがいないときは、難事がもち上っても、ヘーニルはいつも「ほかの者たちに決めさせよ」とばかり口癖のようにいったので、ヴァン神たちは、ふさわしくない人質の交換で欺かれたと悟った。そこでミーミルを捕えてその首を刎ね、それをアース神のところに送った。オーディンが魔法の歌をその首を前にして歌うと、首はオーディンと話をして多くの秘密を彼に語った。

エーギルは巨人族の出身で海の神である。彼の名は海をあらわす古語になっている。はじめアース神の友でなかった。だがトールがその鋭い眼光で毎冬、館で彼らのために宴会を催すようにさせた。後にエーギルは自らアース神のところに出かけ歓迎された。宴会ははずみ、ビールはひとりでに注がれ、燈火のかわりに純金の光がつかわれた。

フリッグは女神のうちでいちばんすぐれている。オーディンの妻でバルドルの母だ。二度フリッグは大きな悲しみに襲われた。一度はバルドルが死んだとき、二度目はフェンリル狼がオーディンを呑みこんだときだ。フリッグはオーディンと同じくらい人間の運命をよく知っている。しかし、そのことに沈黙を守る。フェンサリルというのがフリッグの館だが、これはたとえようもなく豪華なものだ。金曜日 Friday、Freitag は彼女に由来する。

フリッグに次いではフレイヤが女神のうちで最もすぐれている。ヴァン神の一族で父のニョルズ、兄弟のフレイとともにアース神のところに送られてきた。フォールクヴァング（戦士の国）に住み、そこでセスルームニルという館をもっている。いつでも戦に出かけるときは戦死者の半分はこの女神のものになる。出かけるときは二匹の猫をつれて車に乗る。美しいブリーシンガルという首飾りを持っていたが、ある時ロキがこれを盗み海辺に隠した。そして海豹に身を変えてそれを見張っていた。だがヘイムダルも海豹に身を変えるとロキに首飾りを返すように迫った。フレイヤの夫はオーズという。彼は異国に長旅に出た。フレイヤは慕って泣いた。その涙は赤い黄金だった。女神は恋歌をとても愛好される。恋の祈願にはうってつけの神なのだ。

ヴァールは誓いの女神で、男女の間でとりかわされる誓いに耳を傾ける。そのためとり決めをヴァーラルというのだ。女神は誓いを破るものに復讐する。

ゲヴィウンは乙女で、乙女のうちに死んだ者はすべて彼女のところにくるのだ。オーディンやフリッグと同じようにこの世の運命を知っている。彼女はある時スヴィーショーズ（スウェーデン）と呼ばれる国のギュルヴィ王のところに来たことがある。彼女は四頭の牛が一昼夜かかって鋤くことのできるだけの土地を王に所望し、それがかなえられた。すると彼女はヨーツンヘイム（巨人の国）へ行き、巨人との間に四人の息子をこしらえるとそれを四頭の牡牛に変え、鋤の前につなぎ、現在メーラル湖のあるレグルの土地を全部鋤きとり、その土地を西の海にむかって曳っぱっていった。それがセルンドというところで、このためレグルの湖とセルンドとがちょうど釣り合っているのだ。

イズンはブラギの妻である。イズンは神々が年をとったとき食べる若返りの林檎《りんご》を梣《とねりこ》の箱にしまっている。これを食べるので神々は神々の終末まで年をとらないでおれるのだ。神々はこのためイズンを失うことを恐れている。実際、一度巨人シャチが彼女を奪ったときには神々は大いに困ったものだ。

ナンナはバルドルの妻である。彼女はバルドルを深く愛していたので、バルドルが殺されて火葬堆の上におかれたとき、悲しみのあまり心臓が張り裂けて死んだ。

ロキとその一族

ロキは巨人の子だが、オーディンと血をまぜた兄弟となり、アース神の間に迎えられた。容貌は美しかったが、性質はひねくれていて、行動がひどく気まぐれなのだ。悪知恵にかけては誰にもひけをとらず、何事にもずるい手だてを心得ていた。いつも神々を苦境に陥れるが、はかりごとで救い出したこともしばしばある。妻はシギュンといい、二人の間に生れた子はヴァーリとナルヴィといった。

しかしロキはほかにも沢山子をもっていた。ヨーツンヘイムにアングルボーザという女巨人がいるが、これとの間に三人の子供をつくっている。第一がフェンリル狼であり、第二がミズガルズの大蛇、第三が死の女神ヘルである。ところで神々はこの三兄妹がヨーツンヘイムで育っていることを知った時、千里眼によってこの兄妹から神々にとって大変な災難と不幸が起るであろうことを悟った。そこで万物の父オーディンは神々を使いにやって、その子供たちを捕えて連れて来るようにいいつけた。アース神たちは彼らを殺そうとはしなかった。というのはアースガルズは神聖な場所であって汚されてはならなかったからだ。万物の父は別の仕方で彼らを厄介払いしようとした。

オーディンは大蛇をすべての国々をとりまく深い海洋の中に投げ込んだ。それで蛇は大洋の中に横たわりながら、陸地をとりまくようにして育ち、自分の尻尾を噛んでいる。

オーディンはヘルをニヴルヘイムに投げ込み、九つの世界を支配する力を彼女に与え、病気や老衰で死んだすべての者たちに住居を割り当てることができるようにした。ヘルへの道は北に向い、深い暗い谷を下り、ギョルという騒々しい川を渡る。その上には黄金で舗装されたギョル橋がかかっている。ヘルの屋敷のまわりには驚くほど高い垣がとりまき、その門は大きい。ヘルの皿はフング（空腹）、ナイフはスルト（飢え）、下男はガングラティ、下女はガングレト（ともに怠け者の意）、入口の敷居はファランダ・フォラズ（落下の危険）、ベッドはケル（病床）、ベッドのカーテンはブリーキンダ・ベル（輝く災い）という名なのだ。彼女は身体の半分が青色、半分が人肌色をしているので、すぐそれとわかる。険しく恐ろしい顔つきをしている。ヘルの飼っている犬はガルムという。血にまみれた口と胸をしていて、つながれているグニパヘリルで恐ろしい吼え声をあげている。この犬は世界の終末《ラグナレクル》までそこにつながれているが、世界の終末のときには解き放たれて神々の敵として戦い、チュールと相討ちになる。

アース神たちは家に例の狼を飼っていたが、チュール以外の誰も餌をやる勇気をもっていなかった。ところが神々はこの狼が毎日どんなに大きくなるかを見、これが神々に災いをもたらすに違いないと予言のすべてが告げたとき、彼らは狼を縛ることにした。そこでレージングという名のめっぽう強い足枷を作り、それをもって狼のところに行き、これで力を試してみてくれ、といった。狼は大したことはないと見てとったものだから神々のいう通りにさせた。そして狼が一度足をつっぱると、足枷は壊れた。こうして狼はレージングから自由になった。

そこでアース神たちはドローミという二つ目の倍も強い足枷を作って、また試した。狼は今度の足枷は頑丈にできているに違いないと考えた。だが、同時に最初の足枷を壊してから自分の力もましているとも考え、名をあげるには危険に身をさらさなくてはなるまい、と思って足枷をかけさせた。そして神々が用意するとすぐ身体をふって足枷を地面に叩きつけ、しっかり押えて足をつっぱると足枷はバラバラになって四方へとんだ。こうして狼はドローミからのがれた。神々は狼を縛ることができないのではないかと恐れた。そこで万物の父はフレイの下男のスキールニルという者を小人らのところにやってグレイプニルという足枷を作らせた。それは猫の足音、女の髭、山の根、熊の腱、魚の息、鳥の唾からできていた。その足枷は絹紐のようになめらかで柔かい。この足枷がアース神のところにとどけられたとき、神々は島に出かけ狼を呼び出し、絹の紐を見せ、切ってみろといった。狼は、この紐を足にかけるのは気が進まない、あなた方のうちの誰かが、騙したりしないという保証に、口の中に片手を入れてくれるなら、承知するという。アース神たちは互に顔を見合せ、手を差し込もうとする者はいなかった。その時、チュールは右手をのばして狼の口の中に入れた。さて狼は足でふんばってみたが、縛めはきつくなった。そして、暴れれば暴れるほど、紐は喰い込んだ。それを見るとチュール以外の神々はみな笑った。チュールは片手を失ったのだ。

神々は狼が完全に縛り上げられたのを見ると、足枷を綱で平らな石につなぎ、その石を地中深く埋めた。狼は恐ろしく大きな口を開け、彼らを嚙もうとした。神々は狼の上顎と下顎の間に一本の剣を突っかい棒にして立てた。狼はぞっとするような声で吼え、口から涎を流した。それがヴォーンという川なのだ。こうしてそこに狼は神々の終末のときまで横たわっているのだ。

ロキにはもう一人子があり、それがオーディンの馬スレイプニルだ。これがどのようにして手に入れられたかについては次のような話がある。神々がミズガルズを作ったとき、巨人の鍛冶屋が彼らのところにやってきた。そして、山の巨人や霜の巨人が攻めてきても安全な砦を一年半で作ろうと申し出た。ところで彼は報酬にフレイヤを頂きたい、太陽も月も欲しい、といった。そこでアース神たちは集まってこういう取り決めが出来た。もし一冬でその工事ができるなら望みのものをとらせる。だが、夏の最初の日がめぐってきてもまだ砦の工事に仕残しがあったら、この取り決めは無効になり誰からも仕事の援助は受けられない、と。さて神々がこの条件を示すと、鍛冶屋はスヴァジルファリという自分の馬の助けを借りることを認めて欲しいといった。これは認められた。

鍛冶屋は冬の第一日から砦の建築にとりかかった。夜のうちに彼は馬で石を運んだ。神々は馬がどんなに大きな岩を運んでくるかを見て肝を潰した。馬は鍛冶屋の倍もの仕事をするのだ。冬も過ぎて行ったが、砦の工事は大いにはかどり、今や何者もそれを攻撃することができないほど高く頑丈に作られていた。そして夏のはじまる三日前には砦の門にとりかかっていた。そこでアース神たちは大いに困った。というのは、まさかフレイヤや太陽や月をくれてやることは出来なかったからだ。神々はそこで協議し、彼らがこのように窮地に陥ったのは誰の責任かとたずね合った。そしてあの鍛冶屋にあの馬を使わせた張本人はロキだということがわかった。彼らはロキに、あの鍛冶屋との取り決めが破談になるような策を考え出さなかったら碌な死に方はできないぞ、といって詰めよった。そこで彼は怖くなって、どんな犠牲を払っても、取り決めが無効になるように努力すると誓った。

さて、その晩鍛冶屋が馬をつれて石をとりに行くと、森の中から一頭の牝馬が駈け出してきていななないた。鍛冶屋の馬はそれをきくと暴れ出し、手綱をひきちぎって牝馬の後を追って、森の中へ駈けこんだ。鍛冶屋はつかまえようとしたが、馬どもは一晩中駈け廻っていて、その夜は工事が停滞した。そして翌日も同じように工事ははかどらなかった。鍛冶屋は約束通りに工事が仕上りそうにないのを見てとると、本性をあらわし、巨人の怒りに燃えた。アース神たちはここにやってきたのが山の巨人であったことを知ると、誓いを破って、すぐトールを呼んだ。トールは槌ミョルニルを高々とふり上げ、最初の一撃で巨人の頭蓋骨を粉々に打砕き、ニヴルヘルの下に投げ込んだ。牝馬はその後、あの馬のところに通っていたが、しばらくすると仔馬を生んだ。色は灰色で脚は八本あり、神々と人間のなかで最もすぐれた馬なのだ。これがスレイプニルであるが、この親の牝馬こそロキ自身にほかならなかったのだ。

シャチのイズン掠奪

アース神のオーディンとロキとヘーニルがある日いっしょに出かけた。山を越え、荒野を通って行ったが、食物がほとんどなかった。ついにとある谷に入ったが、そこで一群の牛に出会った。そのうちの一頭をつかまえ、火をおこし、料理しはじめた。しばらくたって、できているだろうと思ってとり出してみるとまだ全然できていなかった。それからまたしばらくたって試してみようとしたが、今度もまだ出来ていなかった。彼らはどうした事かと不思議に思い、互に話し合った。すると頭上の樫の樹に声がして、見上げると大鷲が眼に入った。鷲は牡牛の料理が出来上らないのは俺のせいだ、といった。だが、たんまり喰わせて貰えるのなら、料理は間もなく出来上るだろう、と。アース神たちは承知した。鷲は樹から舞いおりると鍋の側にとまった。そしてすぐに両腿と前脚をとり食べ始めようとした。だが、ロキはこれに腹を立て、大きな棒を手にとると、力まかせに打ってかかった。鷲はすぐに飛びたったが、ロキを棒にぶら下げたまま空中高く舞上った。ロキは腕が肩のつけ根からちぎれんばかりで、悲鳴をあげ助けてくれェといった。だが、鷲は、イズンをその若返りの林檎もろとも渡すと誓わないうちは離してやらん、と答えた。ロキはそれを約束して離してもらい、仲間のところに戻った。

ロキの約束した時がやってくると、彼はイズンをアースガルズから、ある森の中におびき出した。彼は、林檎をいくつか見つけたが、それはきっとあなたの気に入るだろうといい、それと比べて見るために自分の林檎ももって来て欲しいとたのんだ。そこへ巨人シャチが鷲の姿をして現われ、イズンをひっつかむと自分の屋敷へ掠し去った。そして手元に長い間イズンをおいていた。

アース神たちはイズンが林檎ともどもいなくなって大いに困った。彼らはどんどん年をとり始め、若返ることが出来なかった。そこで集まって相談してみると、イズンが最後にいっしょにいたのはロキで、二人はいっしょにアースガルズを出たことがわかった。そこでロキは捕えられ法廷につれてこられた。神々は彼に死か拷問を迫った。ロキは怖くなり、ヨーツンヘイムにイズンを探しに行くことを約束した。フレイヤはロキに鷹の羽衣を貸さなければならなかった。それを受け取るとロキは北のヨーツンヘイムへ飛び立った。

ロキがそこへやって来ると、シャチは海に釣に出かけていて、イズンだけが家にいた。ロキはイズンを小さな胡桃の姿に変え、爪の間に隠し、できるだけ急いで帰途についた。シャチが家に帰ってイズンのいないのに気がつくと鷲の羽衣をつけロキの後を追い、間もなく追いついた。

アース神たちは鷹が鷲に追われながら飛んでくるのを見るとアースガルズの城壁の前に出て、そこに山のように薪を積み上げた。鷹は城壁を飛び越えると内側におりた。その時アース神たちは一斉に薪に火をつけた。鷲はとまれずに翼をその火で焼き、下に落ちた。神々は門の内側でシャチを殺した。

シャチの娘スカジが父の仇討ちをしようとしてニョルズを夫にしたいきさつについてはすでに触れた通りである。

トールの槌取りもどし

トールはある時寝ているうちに槌が奪われたことがあった。目が覚めてその事を知ったトールは烈火のごとく怒った。鬚をふるわせ、髪をかきむしり、手探りして探した。それからロキに槌が盗まれたことを告げ、二人でフレイヤのところに行き羽衣を借り受けた。

ロキは羽衣を着て飛び立ち、ヨーツンヘイムに着いた。巨人の王スリュムは岡の上に坐って犬たちに黄金の首輪を作り、馬の鬣《たてがみ》を切りそろえていた。ロキはスリュムがトールの槌を盗み、地下八マイルのところに隠したことを聞きだすが、巨人は、フレイヤを女房によこすのでなければ槌は誰にも返さん、という。ロキはアースガルズに戻り、トールにその次第を語った。トールは美しいフレイヤに会いに行き、花嫁衣装をつけていっしょに巨人の国に行こうという。それを聞くとフレイヤは大いに腹を立て、鼻息を荒くしたので、アース神の館は震え、胸から大きなブリーシンガルの首飾りがとんだ。もしも巨人の国に行ったりしたら淫らな女と呼ばれますわ、とフレイヤは言った。

アース神たちはみな集まり、女神たちも話に加わった。トールの槌をどうやって取り戻すかについて権勢ある神々は相談をめぐらした。ヘイムダルが「トールに花嫁衣装を着せ、大きなブリーシンガルの首飾りをつけよう、頭のまわりをきれいに飾り立てよう」と言った。すると剛勇のアース神トールは「わしが花嫁衣装などまとったら、アース神たちから女みたいだといわれよう」と言った。するとロキが言った。「そんな事言っちゃいけない、トール、槌を取り戻さなかったら神々の国を巨人族がすぐ支配するようになるだろう」

こうしてヘイムダルの言った通りにされ、ロキが侍女になってヨーツンヘイムについて行く事になった。山羊たちがすぐ連れてこられて車につけられ、車はとぶように走った。山々は砕け、大地は火焔をあげて燃え、オーディンの子は巨人の国に向った。

スリュムは彼らがやって来るのを見ると言った。「巨人どもよ立て。広間に藁を敷け。ノーアトゥンのニョルズの娘フレイヤを花嫁御として俺のところに連れて来い。この屋敷には、黄金の角をした牝牛や真黒な牡牛が歩んでいる。おびただしい黄金やきらびやかな宝石がある。ただフレイヤだけが欠けておったのだ」

さて夕暮が迫り、巨人たちの前にビールや食物が運ばれた。花嫁のトールは牡牛一頭に鮭八尾、婦人たちに出された珍味のすべてを平らげ、三樽の蜜酒を飲み干した。

するとスリュムが言った。「これ以上大喰いの花嫁を見た者があるか。わしは、これ以上大喰いの花嫁も、これ以上酒飲みの娘も見たことないぞ」

すると、ずるい侍女が答えて言った。「フレイヤ様は、八夜の間何も召し上らなかったのです。それはもう巨人の国を焦れていらしたのです」

スリュムはヴェールをあげ、花嫁に口づけをしようとした。だがその途端広間の端までとびすさった。「フレイヤの眼は何て恐ろしいのだ。眼から火が燃えていたようだぞ」

ロキは今度もこう答えた。「フレイヤ様は八夜の間一睡もなさらなかったのです。それはもう巨人の国を焦れていらしたのですよ」

巨人の姉が入って来て花嫁から贈物をねだった。「わたしに可愛がって貰いたかったら、赤い腕輪をおよこし」

すると巨人の王スリュムは言った。「花嫁を浄《きよ》めるためあの槌を持って来い。ミョルニルを花嫁の膝に置け。ヴァールの手で俺たち二人は浄めて貰うのだ」

トールは槌の柄を手にした時心が躍った。まず最初に巨人の王スリュムを討ち、それからその一族全部を残らず打ち殺した。花嫁から贈物をねだった巨人の姉も殺した。こうしてトールはその槌を取り戻したのだ。

トールとウートガルザロキ

ある日、トールは山羊にひかせた車に乗ってでかけた。ロキもいっしょだった。夕方ある百姓のところに来て、宿をとった。その夜トールは山羊をつかまえて二頭とも殺した。それから皮を剝いで鍋に入れ、料理が出来上ると、連れの者といっしょに夕食の席に着いた。トールは百姓とその妻子を食事に誘った。それからトールは山羊の皮を火の側にひろげ、百姓とその家族に、骨を山羊皮の上に投げるようにと言った。百姓の息子シャールヴィは山羊の腿の骨をナイフで切り裂き、髄までこじあけて食べた。トールはその夜そこに泊った。そして翌朝まだ夜の明けやらぬうちに起き、衣服を着け、槌ミョルニルを手にとって振り上げ、山羊皮を浄めた。すると、山羊たちは立ち上ったが、一頭は後脚が不自由だった。トールはそれに気付き、百姓か家の者が山羊の骨を慎重に扱わなかったな、腿の骨が折れているぞ、と言った。百姓はトールが眉根をひきよせるのを見て、どんなに恐れたか、誰にも想像できまい。その眼を見ただけで、眼光の恐ろしさに卒倒しそうになった。トールは指の関節が白くなるほど槌をぐっと握りしめた。百姓はこういう場合に常であるように家族共々泣き叫んで、命ばかりはお助けください、と言い、自分たちの持っているものは何なりと代りにお取りくださいと言った。トールは彼らの恐怖を見ると怒りもおさまり、仲直りに彼らから子供たち、シャールヴィとレスクヴァを受け取った。二人はトールの召使いになり、それ以後はいつもトールにつき従った。

トールはそこで山羊を残して、東のヨーツンヘイムに向った。深い海を渡り対岸に上陸した。ロキとシャールヴィとレスクヴァがいっしょだった。しばらく進むと大きな森の前に出た。彼らは暗くなるまで一日中その中を歩いた。シャールヴィが皆のうちで一番足早だった。彼はトールの背嚢《はいのう》をかついだ。だが食糧は乏しかった。

あたりが暗くなると、彼らは夜の宿を探した。そして非常に大きな小屋を見つけた。端にドアがあり、それが小屋そのものと同じくらいの大きさだった。彼らはそこを夜の宿にした。ところが夜中に大地震が起り、大地が彼らの下で震え、小屋がゆれた。そこでトールは起き上って連れの者を呼び、手さぐりで前に進むと、小屋の右手に別室があったので、そこへ入った。トールはドアのところに坐り、他の者たちは彼よりも中にいておびえていた。だが、トールは槌の柄を握って身を守ろうと考えていた。その時、皆はすさまじい騒音とうなり音を聞いた。さて、夜が明けてトールが外に出てみると、森の中のほど近いところに一人の男が横になっているのが眼に入った。この男は小さくはなかった。男は寝ていて凄い鼾をかいていた。そこでトールは昨夜どんな音がしたか、わけがわかったように思った。トールは力帯をしめた。すると神力が湧いた。その途端、かの男は眼を覚まして、すぐに起き上った。この時ばかりは、さすがのトールも槌をふるって男を殺すのをためらったといわれている。トールは彼に名を尋ねた。すると、スクリューミルという名だと言った。

「だが、わしはお前の名を聞く必要はない」と男は言った。「わしは、お前がアースのトールだという事を知っているからな。だが、お前、わしの手袋をどこへひっぱって行ったんだ」

と言って、スクリューミルは手を伸ばして、自分の手袋を拾い上げた。そこでトールは昨夜小屋だと思っていたのはこの手袋だったことがわかった。別室と思ったのは手袋の親指だったのだ。

スクリューミルは、同行してもいいか尋ねた。トールは承知した。するとスクリューミルは自分の食糧袋をとってあけ、朝食にとりかかった。トールとその一行は別の場所で食事した。スクリューミルはそれから食糧を一つにしないかと提案し、トールは賛成した。すると、スクリューミルは皆の食糧を一つつみにし、背中に背負った。彼は一日中先に立ち、長い道のりを歩いた。そして夕方になると、とある大きな樫の樹の下にスクリューミルは一同の宿を求めた。彼はトールに向って、わしは樹の下で横になって寝るつもりだが、「あんた方は食糧の包みをとって夕食の支度をしてくれ」と言った。すぐにスクリューミルは寝入って物凄い鼾をかき出した。そこで、トールは食糧包みを手に取ってあけようとした。ところが、全く信じられない事だが、結び目一つ解く事が出来ず、革紐の端ひとつ前よりゆるくならなかった、と言われている。トールはいくらやっても何にもならないと解ると、怒り心頭に発し両手で槌ミョルニルをひっつかみ、スクリューミルの寝ているところに一歩あゆみ寄るとその頭を一撃した。すると、スクリューミルは眼を覚まし、木の葉が一枚頭の上に落ちて来たのかな、皆さん、食事がすんでこれからおやすみかな、と聞いた。トールはこれから寝ようかと思っているのだ、と言った。そうして一同は別の樫の樹の下に行った。だが枕を高くして寝られたものでなかった、というのが本当だ。

さて、真夜中になると、トールは、スクリューミルが、森中に轟くほどの鼾をかいて、ぐうぐう寝ているのを耳にした。そこで起き上って、スクリューミルの方に歩み寄り、すばやく槌を力いっぱいふりかぶると、脳天の真中に打ち下した。トールは槌の先が頭の中に深くめり込むのを認めた。その途端にスクリューミルは目を覚まして言った。

「おや、何だ。どんぐりでも頭に落ちてきたのかな。トール、お前どうかしたのか」

そこでトールは急いで元のところに戻って、いやちょうど目を覚ましたところなのだと答え、夜中だからまだ寝る時間だろう、と言った。その時、トールは内心第三の打撃を加える事が出来て、あの男と二度と顔を合わせる事がなくなればいいのに、と考えた。そこで横になると、スクリューミルがまたぐっすり眠り込むのを待った。

さて、夜明け前に、スクリューミルが寝込んだのを見すますと、トールは起き上って彼のところに駈けより、満身の力をふりしぼって槌を振りかぶると、上を向いているこめかみの上にふりおろした。槌は柄までめり込んだ。すると、スクリューミルは起き上って、こめかみを撫でて、言った。

「上の樹に鳥でもとまったかな。目を覚ました時、枝のようなものが頭の上に落ちてきたみたいだ。トール、お前、起きているのか。そろそろ起きて服を着る時間だな。だが、ウートガルズと呼ばれている城市までは、もうそんなに遠くはない。わしは、お前たちが互いに、わしの事を身の丈が小さくはないなどと言っているのを耳にしたが、ウートガルズへ行ったら、もっと図体のでかいのに会うだろうよ。ところで、忠告しておいてやろう。あまり自分たちの事を威張るなよ。ウートガルザロキの家来たちは、こんな子供だましの冗談など辛抱できんだろう。そうでなかったら引返すことだな。その方が身のためだろうよ。だが、行く気なら東に道をとるがいい。だが、わしは、ほれ今見えるあの山へ北の道をとって行く」

スクリューミルは食糧の袋を手にとって背にかつぐと、彼らと別れて、斜めに森の中に入って行った。アース神たちが、また会おうと言ったとは伝わっていない。

トールとその一行は出発して、昼頃まで歩いた。すると野原に城が建っているのが目に入った。そして、彼らがその天辺まで見上げる前に、項《うなじ》が背にくっついた。城のところまで行くと、門の前に柵があって閉まっていた。トールはその柵のところへ行ったが、開けられなかった。だが彼らはどうしても城の中へ入ろうと望んだので、柵の木の間をくぐり抜けた。すると、大きな広間が見えたので、そちらに進んだ。扉が開いていたので中へ入ると、そこに大勢の人々が二つのベンチに腰を下していた。多くの者は身の丈がすこぶる高かった。すぐに彼らはウートガルザロキ王の前に進み出て挨拶した。すると王はゆっくりと彼らの方に目を向け、歯を見せて、にやりと笑いながら言った。「この若造が車のトールか。だが、きっと見かけ以上の者であるに相違ない。何かお前かお前の仲間のできる技でもあるのかな。わしのところでは何か一かどの技芸にぬきんでていないような者は何人《なんぴと》も留まってはおれぬのだ」

すると、一番後ろにいたロキが口を切った。「わたしの得意の技をお目に掛けよう。ここにおられる誰もわしより早く飯を平らげることは出来ますまい」

すると、ウートガルザロキは答えた。

「なるほど、そんなことができるならそれも芸のうちだ。よし、すぐ試してみようではないか」

そして、ベンチの端に坐っているロギという者を呼び、床の上に進んで、ロキと技を競うように命じた。そこで桶が運ばれ、広間の床の上に据えられ、肉がいっぱい入れられた。ロキは一方に、ロギは反対側に陣取って双方とも猛烈なスピードで食べはじめたが、桶の真中で二人はぶつかった。ロキは肉を全部骨からとって食べていたが、ロギは肉も骨も、桶までいっしょに平らげていた。それでロキが試合に敗れたのは誰の目にも明らかだった。

さて、ウートガルザロキは、そこの若い男は何ができるのか、と尋ねた。すると、シャールヴィは答えて、ウートガルザロキの決める者と駈足の競走をしてみたい、と言った。ウートガルザロキはそれは立派な技だ。その技を見せようと望むからには、よほど早いらしいな、と言った。そして、さっそく試合をさせるよう命じた。ウートガルザロキは立ち上って外に出ると、そこの平らな野原にうってつけの競走場があった。さて、ウートガルザロキはフギという名の少年を呼びよせて、シャールヴィと競走するように命じた。さて、二人は第一回目の競走をしたが、フギは決勝点で振りかえってシャールヴィを迎えるほどの差をつけた。

するとウートガルザロキは言った。「シャールヴィ、試合に勝とうと思ったら、もっと一生懸命やらんといかんぞ。だが、もっと足の早いのが、ここには来ていないというのが本当だな」

さて二人は第二回目の競技をはじめたが、フギが決勝点に入って振りかえると、シャールヴィまで、弩《いしゆみ》の射程ほどの距離をあけていた。そこで、ウートガルザロキが言った。

「シャールヴィはなかなかよく走る。だが、とても勝てる見込みはないな。二人が第三回目の競技をしたらわかるだろう」

こうしてまた競走したが、フギが決勝点に入った時、シャールヴィはコースの半分もきていなかった。そこで、全員が勝負あった、と言った。

すると、ウートガルザロキが尋ねた。トールの偉業については、いろいろ言われているが、どんな技を皆の前で見せてくれるのか、と。トールは、一番したいのは誰かと酒の飲み比べをすることだ、と言った。ウートガルザロキは、それはいい、と言って広間に入り、小姓を呼んで、家来がいつも飲む角杯を持って来るように命じた。すぐに小姓は角杯を持って来て、トールに手渡した。するとウートガルザロキが言った。「この角杯を一息で空《から》に出来たら見事な飲みっぷりだといえる。二息で飲みほす者はいくらかいる。だが、三息で空に出来ない者だとて決して酒飲みでないとは言えない」

トールは角杯を見て、少し長いようだが、大きいとは思わなかった。とても喉が渇いていたので飲みはじめ、ぐいと呷《あお》って、さし当り、杯をそうちょくちょくはなす必要はあるまいと思った。ところで、息が続かなかったので、杯を口からはなして、どのくらい飲んだか見てみると、ほとんど前より減っている様子は見えなかった。

そこでウートガルザロキが言った。「よく飲んだ。だが、たくさん飲んだとはいえんな。もし、アースのトールがこれ以上酒を飲めなかったとわしに言う者があったら、信じなかったろうよ。二度目には全部飲み干すだろうとは思うが」

トールはものも言わず角杯を口に当て、前よりもぐいぐい呷り、息の続く限り飲んだ。だが、見ると角杯の尻が思ったほど上にあがっていない。そして杯を口からはなした時、最初の回よりももっと減っていないように見えた。角杯の縁を持って運べるほど、まだいっぱい満たされていた。

するとウートガルザロキが言った。「はて、どうしたのだ、トール。自分の酒量以上飲むのを控えるつもりか。三度目に杯を飲みほす気なら、それがいちばんの鯨飲であるに違いないとは思うが。わしらのところではアース神がいうほどお前は剛の者としては通るまいよ。ほかの競技でもっと腕を見せてくれないならばな」

するとトールは怒って角杯を口に当て、猛烈な勢いで、息の続く限り飲んだ。そして、杯の中をのぞいて見ると、今度はかなり減っているようだった。そこでトールは杯をおいて、もうそれ以上飲もうとはしなかった。ウートガルザロキは言った。「さあ、お前の力が思ったほど大したものでなかった事がはっきりしたぞ。もっとほかの競技をやってみるつもりか。この競技が何の役にも立たないのは今わかったのだからな」

トールは答えた。「もっとほかの技を試してもいい。だが、それにしても妙な気がする。わしが故郷のアース神のところで、こんなふうに飲んで、大した事ないと言われたら。さて、どんな競技を今度はすすめるのだ」

すると、ウートガルザロキは言った。「あまり大した事には見えないが、ここでは若者たちがわしの猫を地面からもち上げるという腕だめしをする。さきほどお前が期待ほど強くなかったのを見ていなかったら、こんなことをアースのトールに要求しようなどとは考えないのだが」

すぐに一匹の灰色の猫が広間の床の上にとび出して来た。かなり大きな猫だった。そこでトールは歩み寄って手で腹の下側を押え、持ち上げた。猫はトールが手を持ち上げると背を丸めた。だが、トールが出来るだけ手をのばしてひっぱった時、猫は片足を地面からあげた。トールはそれ以上は出来なかった。

するとウートガルザロキが言った。「この競技も予期しておった通りだ。あの猫はかなり大きいが、トールはここにおる大男どもに比べると背は低いし、小さいなあ」

するとトールが言った。「小さい小さいとあんたは言うが、それじゃ誰か出て来て、俺と力くらべをしろ。もう、怒ったぞ」

するとウートガルザロキはベンチの方を見廻しながら答えた。「お前と力くらべすることなど、屁とも思わぬような連中ばかりのようだ」そしてことばを続けて、「まずお手並拝見といこう。あの婆さんをここへ呼んでくれ、わしの乳母のエリを。トールが望むなら、これと力くらべをさせよう。婆さんはトールに劣らぬ者たちをこれまでに倒しているからな」

すぐに一人の老婆が広間に入ってきた。ウートガルザロキは老婆にアースのトールと角力をとれ、と言った。話はすぐにまとまった。角力の経過はこうだった。トールが力をふりしぼって争えば争うほど、老婆はますます磐石のごとく立つのだ。今度は老婆が攻撃に出て、トールは片足を浮かし、こうして激しい取組み合いになったが、間もなくトールは片膝をついた。するとウートガルザロキは進み出て、二人に角力をやめさせ、トールはこの館でこれ以上ほかの者に角力を挑む必要はあるまい、と言った。こうしているうちに夜になっていた。ウートガルザロキはトールと連れの者に席をあてがい、彼らはそこで、もてなしにあずかりながらその夜を過した。

さて、夜が明けるとすぐトールとその一行は起きて服をつけ、出発の準備をした。すると、そこへウートガルザロキがやって来て、彼らの前に食卓を用意させ、食物も飲物も、ふんだんにもてなした。彼らは食べ終ると出発した。ウートガルザロキは彼らを送って城の前まで来たが、別れぎわにトールに向って、今度の旅はどうだった、自分より強い者とぶつかったかな、と尋ねた。トールはあんた方の相手をして大恥をかかなかったとは言えない、と言った。「だが、あんた方が俺の事をとるに足りぬ奴と呼ぶ事はよく解っている。だから、いい気持がしないのだ」

するとウートガルザロキが言った。「もう、城の外に出ているから本当の事を教えてやろう。わしが生きておって、支配しているうちは二度と城には入れんぞ。もし、お前があんなにも力があって、危うく、わしらを危険な目にあわすところだったのを、あらかじめ知っていたら、城中に入れることなど絶対にしなかったろうよ。わしはお前の目を欺いたのだ。初めて森でお前を見かけた時、このわしはお前たちと話し合った。そしてお前が食糧の包みを開けようとした時、あれを鉄線で縛っておいた。だから、どこから開けていいか、わからなかったのだ。さて次にお前はわしを槌で三度叩いた。最初のはいちばん弱かったが、それでも、まともにくらったら死ぬほど物凄いものだったよ。わしの館の近くに山が見えるだろう。あの上に三つ、四角形の谷があって、中の一つがいちばん深い。あれはお前の槌の跡なのだ。あの山を代りに打たせたのだ。気づかれなかったがね。わしの家来とやった競技の場合も同じだ。最初に力比べしたのはロキだったな。彼は腹ぺこだったものだから猛烈なスピードで食べた。だがな、ロギというのは野火だったのさ。だから桶も肉も燃してしまったのだ。また、シャールヴィはフギという者と競走したが、あれは、わしの思考なのだ。思考のスピードと競走することはシャールヴィでも望めんだろう。また、お前が角杯から酒を飲み、なかなか減らぬと思ったあの時には、わしも実際信じられん奇蹟が起ったのだ、というのは、お前には見えなかったが、角杯の端は海の中に入っていたのだ。だから、今、海辺へ行ってみたら、お前がどんなに海の水を飲んで減らしてしまったかがわかる。それが、干潮と呼ばれているのだ」さらにまた、彼は言った。「お前が猫を持ち上げた事も同じように大したことだ。実は本当のことを言うと、お前が大地から猫の片足をもち上げた時には、一同残らずギョッとしたものだ。というのは、あの猫はお前に見えた通りのものではなくて、陸地をぐるりととりまいているミズガルズの大蛇だったのだ。それが、ほとんど尻尾と頭が地面につかないくらいだった。お前が、天にもうちょっとというくらいまで腕をのばしたからだ。また、エリと力比べをした時、お前はあんなに長い間抵抗し、片膝をついただけだったが、あの角力も奇蹟のようなものだったな。なぜなら、老齢（エリ）を感ずるくらい年をとって、そのために倒されない者はなかったし、これからもないだろうからさ。さて、これで別れなくてはならぬ。わしをあまりしげしげと訪れぬ方が、お互い身のためだろう。わしは、次には、あれやこれや手段をつかってお前に負けんように城を守るつもりだ」

トールはこの話を聞くと槌を摑んで宙に振りかぶった。だが、振り下そうとした時、ウートガルザロキの姿はどこにも見当らなかった。そこで、トールは城の方へ振りかえって城を破壊しようと思った。だが、広々とした美しい野原が見えるばかりで、どこにも城はなかった。そこで彼は戻ってスルーズヴァンガルまで引きかえした。そしてミズガルズの大蛇にあえないものか、探しに行こうと決心したのだ。

トールのミズガルズ大蛇釣り

トールは家にゆっくり落ち着く暇もなく、あわただしく旅の支度を急ぎ、車にも乗らず従者もつれずに、若者のようにミズガルズへ出発した。

ある晩、ヒュミルという巨人のところにやって来た。トールはその夜はそこに泊った。さて、夜が明けると、ヒュミルは起きて服をつけ、魚をとるため海に漕ぎ出す支度をした。すると、トールもとび起きて、すぐ支度をすませ、ヒュミルにいっしょに漕がせてくれと頼んだ。だが、ヒュミルは、「お前は小さくて年も若いから、あまり助けにはならんだろう、わしがいつものように長い間、ずっと沖で魚をとっていたら凍えてしまうぞ」と言った。

すると、トールは、ではそれだけ岸から遠くへ漕ぎ出すことができる。まだ、どちらが先に岸に船を返そうっていい出すか、わからんからな、と言った。トールは巨人にひどく腹を立てていたので、すんでの事に槌の一撃を喰らわすところだった。だが、力を試すのは別のところで、と考えたので、それをおさえた。トールはヒュミルにどんな餌がいいかと聞いた。するとヒュミルは、自分で勝手に用意しろと言った。そこでトールはヒュミルの飼っている牛の群れのところに行った。そして、ヒミンフリョートという一番大きい牛をつかまえて首をひっこ抜き、海辺へ持って行った。その間にヒュミルは舟を水中に押し出していた。トールは舟に乗り、船尾に坐ると二本の櫂をとって漕いだ。ヒュミルは大したスピードだと思った。

ヒュミルは船首で漕いだ。櫂は矢のように水を切った。するとヒュミルは、ふだん舟をとめて平目を釣る穴場に着いたぞ、と言った。だがトールは、もっと沖へ出ようと言い、二人はなお漕ぎ進んだ。するとヒュミルが、もうこれ以上沖に出るのはミズガルズの大蛇のため危険だ、と言った。するとトールは、もう少し漕ごうや、と言って、言った通りにした。そのためヒュミルはすっかりしょげかえった。

さて、トールは櫂を上へあげると、かなり強い釣糸を用意したが、釣針もそれにつれて大きく強いものだった。トールはその先に牛の頭をつけ、舟べりごしに投げ込み、針は海底に達した。そして、実際トールが蛇を手で引っ張りあげようとした時には、ウートガルザロキがトールをからかったのに劣らぬほど、ミズガルズの大蛇を愚弄してやったのだ。

ミズガルズの大蛇は牛の頭にパクリと喰いついたので、針が蛇の上顎に刺さった。蛇はそれを知ると、トールの両手の拳が舟べりにドシンとぶつかるほど猛烈な勢いで引いた。それでトールは腹を立て、アースの神力をふるって足を猛烈に突っ張ると両足が舟板を踏み破って海底に突っ立った。それから蛇を舟べりに引っ張りあげた。トールがどんなに鋭い目を蛇にむけたか、蛇が下からどんなに彼を睨んで毒気を吹きかけたか、おのれの目で見た者でなければ、恐ろしいものを見たとはいえないだろう。

巨人ヒュミルは大蛇を見、また海水が舟の中に入ったり出たりしているのを見た時、顔色を変え、真っ蒼になって恐怖におののいたといわれている。トールが槌をひっつかみ、宙に振りあげた瞬間、巨人は餌切りナイフを手探りでつかみ、トールの釣糸を舟べりの上で切ったので蛇は海中に沈んだ。トールは槌を後から投げつけた。なんでも人の噂では槌は海底で蛇の頭を切り落したという事だが、ミズガルズの蛇はまだ生きて海の中にいるというのが真実だ。トールは拳骨を振り上げるとヒュミルの横面に一発喰らわせたので舟べりごしにとんだ。そして彼の足の裏が見えた。トールは岸まで歩いて戻った。

トールとフルングニルの戦い

トールが東の国に行き巨人らを打殺そうとしていたころ、オーディンは名馬スレイプニルにまたがり、ヨーツンヘイムに向い、巨人フルングニルのところにやって来た。巨人は空中や海上を駈け行くのは誰か、と尋ね、名馬だなと言った。オーディンはこれ以上の名馬はヨーツンヘイムにもあるまい、首を賭けてもよい、と答えた。フルングニルはオーディンの馬は名馬か知らんが、自分もグルファクシ（黄金の鬣《たてがみ》）という名のずっと脚の速い馬を持っていると言った。オーディンは去ったが、フルングニルはその馬にまたがって、巨人の怒りにまかせオーディンを追ううちに、あっというまにヴァルハラの門の中に入ってしまった。フルングニルが広間の戸口にやって来るとアース神たちは酒宴に彼を招待した。彼はそれに応じ広間に入った。

そこでトールの愛用の盃が彼の前に出され、フルングニルはそれをすべてほした。酔っぱらうと大言壮語が始まった。ヴァルハラをそっくりヨーツンヘイムに移すの、アースガルズを地下に叩き込むの、フレイヤとシヴを除く神々を全部殺す、この二人だけは連れて帰るなどと言った。フレイヤだけが酌をしてやれた。アース神のもっているビールは残らず飲み干してやると巨人はいきまいた。

　アース神たちは彼の大言壮語にあいて、トールの名を呼んだ。すぐにトールは広間に突っ立ち槌を振りかぶった。トールは烈火のごとく怒り、どうして巨人がここで飲んでいるのか、誰がフルングニルにヴァルハラ滞在をゆるしたのか、なぜフレイヤがアース神の酒宴でのように奴に酌をしているのか、と尋ねた。フルングニルは険しい目をしてトールを見ると、オーディン自身が酒宴に招待して、安全を保証したのだと答えた。トールは言った、「出て行く前に、もうここに来た事を後悔するぞ」「武器を持たぬ者を殺すのはアースのトールの名誉にはなるまい」とフルングニルは言った。「国境で俺と戦う方がもっと勇気がいるだろうぜ。俺としたことが楯と砥石を家においてきたとは馬鹿なことをしたもんだ。ここに武器さえあれば、すぐにでも打ち合えるのだがな。だが、武器を持たぬ俺を殺したら極悪人と呼んでやるぞ」

　トールはフルングニルと戦うことを決して拒みはしなかった。誰かに決闘を挑まれたことなど初めてであったからだ。

　フルングニルはヨーツンヘイムにできるだけ急いで帰った。そこで彼はその旅のことで大いに賞讃を博した。彼がトールと戦うということは喧伝された。巨人たちはこの試合が彼らにとって大問題であることを理解した。フルングニルは彼らの中で最も強い男であったから、もし彼が敗れたら、トールからひどい目にあわされることになる。そこで巨人たちは高さ九マイル、腕の下の幅三マイルの粘土の男を作った。これにぴったり合う心臓が見つからなかったので牝馬の心臓を入れたが、それはトールがやって来た時臆病なことを証明した。だが、フルングニルは三角形の石の心臓をしており、頭も大きく厚く、その楯も石で出来ていた。さて彼は立ってトールを待ち、楯を前にかまえた。砥石は肩の上に持ち、それを武器として使おうとした。こうして立った時冗談事ではなかったのだ。そばに粘土の巨人メックルカルヴィが立っていたが、トールの姿を見ると怖くて思わず小水をもらした。

トールはシャールヴィと決闘に来たが、シャールヴィはフルングニルが立っているところまで走って行って言った。「巨人さんよ、不注意な人だな、あんたは。楯を前にかまえたりして。トールはあんたのことを見て地中を通り、あんたの真下から出て来るんだぞ」そこでフルングニルは楯を足の下に敷き、両手で砥石をとった。その途端、すさまじい稲妻がはしり、恐ろしい雷鳴が聞え、トールの姿をみとめた。トールはアースの神力をもって嵐のごとく殺到した。槌を振りかぶると遠くから巨人めがけて投げた。フルングニルは砥石を持ち上げると投げつけた。それは空中で槌にぶつかり、バラバラに砕けた。一部は地上に落ち、それが地上に産するすべての砥石になったのだが、一片がトールの頭に入り、彼はどうとばかりに倒れた。だが槌は巨人の頭の真中に当り、頭蓋骨を粉砕した。巨人はトールの上に倒れて片足をその首の上に乗せた。シャールヴィはこの間に粘土の巨人と戦い、簡単に勝利をおさめていた。彼はトールのところにやって来て、その脚をもちあげようとしたがだめだった。トールが倒れたと聞いてアース神たちもみな来て、脚をどけようとしたが、だめだった。そこへ、生れて三つのトールの息子マグニがやってきて、トールから脚をすぐにどけた。「こんなに遅く来てごめんね。あいつに出会っていたら、この巨人なんか拳骨で殺していたのに」と言った。トールは起き上ると息子をやさしく迎えて、こいつは大物になるぞ、フルングニルの馬のグルファクシはお前にやろう、と言った。オーディンはその馬を父の自分にでなく、女巨人の子にやるのはよくないぞ、と言った。

トールはスルーズヴァンガルに帰ったが、砥石は頭に刺さったままだった。そこでグロアという巫女のところへ行った。女が魔法の歌をトールに向って歌うと、砥石が動いた。トールはこれに気がつくと、砥石を厄介払いできるものと思った。それでグロアの骨折りに対して礼をして、女を喜ばしてやろうと思った。トールは、北の国にいてエーリヴァーガルの川を渡った。その時、あんたの主人を籠に入れ背負ってヨーツンヘイムから運んでやった。もうじき家に帰るだろう、と物語った。グロアはこれを聞くとすっかり嬉しくなり、そのために呪文を全部忘れてしまった。このため砥石はとれず、今でもトールの頭に残っているのだ。

トールとゲイルレズ

ロキはある時フリッグの鷹の羽衣を身につけ気晴らしに飛び廻ったことがあった。彼は巨人ゲイルレズの砦の様子を見たいと思ってそこへ飛んでいった。彼は天窓にとまって大きな広間の中を覗いた。ゲイルレズは鳥に気がつくと家来につかまえて来いと命じた。壁をよじ登るのはその男に容易な事ではなかった。壁はとても高かったからである。ロキはその男が彼をつかまえようと躍起になっているのを見て面白がった。そのため、男が上にあがって来ても飛び立つ余裕はあると考えて、とまったままでいた。ところが、いざ飛び立とうとした時、両足がぴったりとくっついて離れず、つかまえられて巨人のところへ連れて行かれた。

ゲイルレズは彼の目を見ると、連れてこられたのは鳥ではなく姿を変えた人間だとわかった。彼はロキに話しかけたが、ロキは答えなかった。巨人はロキを箱の中に押し込め、三カ月の間食物をやらなかった。それからしびれを切らして箱から引き出し、話しかけると、ロキは自分が誰であるか語った。生命を助けてもらうために彼は、トールが槌や力帯や手袋を持たずにゲイルレズのところに来るようにはからう事を誓った。それからロキは家に飛び帰ることを許された。

ロキがどこをどうごまかしたかは知らないが、とにかく、トールはロキとシャールヴィを連れて出発した。途中ヴィーザル神の母の女巨人グリーズのところに立ち寄った。グリーズはゲイルレズについて、一筋縄では行かぬ、とてつもなくずるい巨人だと言った。そのため彼女はトールに力の帯と鉄の手袋と杖を貸してくれた。トールは旅を続け、ヴィムルという大きな川のところにやって来た。これを渡らなければならなかった。トールは力の帯をしめ、流れに杖をついた。ロキはその帯にしがみつき、シャールヴィは楯の紐にぶら下った。トールが川の真中まで来た時に急に水嵩《みずかさ》がまして肩の上まできた。トールは言った。「ヴィムルよ、水嵩をますな。巨人の砦まで渡って行こうと思っているのだから。だが、よいか、お前が水嵩をませば、アースの力も天までますのだ」

トールはゲイルレズの娘ギャールプの姿をみとめた。彼女は上流の峡谷で川をまたいで立っていた。川の水嵩をました張本人はこの女だったのだ。トールは大きな石を拾うと女めがけて投げつけた。石は目標にあたり、川の流れは彼を岸の近くまで運んで行ったので、ななかまどの繁みをつかむ事ができた。これにすがって岸に上った。このため、「七竈《ななかまど》はトールの救い」という表現が出来たのだ。

トールがゲイルレズのところに来ると、彼と連れの一行は山羊小舎の中に入れられた。そこには一脚の椅子しかなかった。それにトールが腰をおろした。すると、間もなく椅子が彼をのせたまま天井まで持ち上った。そこでトールはグリーズの杖を天井の梁にあて、突っぱって椅子を押しさげた。すると下でポキッという大きな音と悲鳴が起った。椅子の下にいたのはゲイルレズの娘のギャールプとグレイプだった。トールはこの二人の背骨を折ったのだった。

さてゲイルレズはトールを試合のため広間に入れた。広間の真中には火が焚かれていた。トールが真直ぐゲイルレズに向って進むと、巨人はやっとこをつかい真赤に灼けた鉄の棒をとるとトールに向って投げつけた。トールは鉄の手袋でこれを受け止めると、それを振りかぶった。ゲイルレズは柱の後にとび込んで身を隠した。トールは棒を力まかせに投げつけると、それは柱を貫き、ゲイルレズの体を抜け、壁も突き抜けて大地に突きささった。

バルドルの死

善良なバルドルが或る時自分の生命にかかわる穏やかでない夢を見た。その夢の事をアース神たちに告げると、神々は集まって対策を協議した。

オーディンは立ち上り、スレイプニルに鞍をおき、ニヴルヘイムまで馬を走らせた。ヘルの館に近づくと、胸のあたりを血で染めた犬がかけ寄って吠えついた。オーディンはかまわず馬を進め、ヘルの道は轟いた。彼は高く聳えるヘルの館にやって来た。巫女の墓のある東門の前に来て、彼女と言葉を交わそうと思ったのだ。オーディンが魔法の歌を唱えると女は起き上り、死者の言葉を語った。「わたしに骨の折れる道をとらせたのは誰。雪に埋もれ、雨に打たれ、露にぬれ、長い事わたしは死んでいた」オーディンは言った。「ヴェグタムという者で、ヴァルタムの子だ。ヘルの事を語ってくれ。環がまき散らされたベンチ、美しい壁ぎわの高座、黄金の川は誰のものなのだ」「バルドルのため、高貴な蜜酒が醸されています。神々は今困り果てています。やむなく語りました。ここで口をつぐむ事にしましょう」「黙らないでくれ、巫女よ。バルドルの殺し手となり、オーディンの子の生命を奪うのは誰なのだ」「ヘズが誉れ高い樹（バルドル）をここに運んで来ます。彼がバルドルの殺し手となり、オーディンの子の生命を奪う事になるでしょう。やむなく語りました。ここで口をつぐむ事にしましょう」「黙らないでくれ、巫女よ。ヘズの凶行に復讐し、バルドルの殺し手を火焙りにする者は誰なのだ」「リンドがヴァーリを生み、この子が一夜にしてバルドルの敵を打殺すのです。敵を火焙りにするまでは手も洗わず、髪も梳《くしけず》りません。やむなく語りました。ここで口をつぐむ事にしましょう」「黙らないでくれ、巫女よ。どの乙女たちが泣くだろうか」「わたしの考えでは、あなたはヴェグタムではなく、オーディンでしょう」「お前は巫女ではなく、三人の巨人の母だろう」「お帰りなさい、オーディン。ロキが縛めから離れ、世界の終末が近づくまで、ここに来てはなりませぬ」

神々は皆で相談して、バルドルをあらゆる危険から守ることに決めた。そして、フリッグは、バルドルに指一本触れぬ事を、火、水、鉄及びあらゆる金属、石、大地、樹、病気、獣、鳥、毒、蛇に誓わせた。それがすむと神々は安心し、バルドルとアース神たちの気晴しが行われた。バルドルが集りの真中に立ち、ほかの全員が、彼を目がけて射たり、切りつけたり、石を投げたりした。だが、何をやっても彼は傷を負わなかった。

ところで、ロキはこれを見ると、それが気に喰わなかった。女の姿に化けてフェンサリルのフリッグのところに行った。フリッグは、集りでアース神たちが何をしたか知っておいでかい、と尋ねた。女は、皆バルドル目がけて射ましたが、バルドルは傷を負いませんでした、と答えた。「武器も樹もバルドルを傷つけやしないよ。みんなから誓いをとりつけたんだから」とフリッグが言った。

すると女が尋ねた。「バルドルに指一本触れぬと、何もかも誓いを立てたのでございますか」するとフリッグが答えた。「ヴァルハラの西に、宿り木という若木が生えている。これは誓いを要求するには若すぎると思ってね」

すぐに女はそこを去った。

さて、ロキはその宿り木を摑み、引き抜いて、集りにやって来た。ところで、ヘズという者が人の輪の外に立っていた。というのは彼は盲目だったからだ。ロキはヘズに話しかけた。「なぜお前はバルドルを射ないのだ」彼は答えた。「バルドルがどこに立っているか、わたしには見えないし、それに武器を持っていないからね」

するとロキが言った。「ほかの者と同じようにして、バルドルに敬意を表すがいい。わしがお前にバルドルの立っているところを教えてやる。この枝で彼を射てみろ」

ヘズは宿り木をとって、ロキに教えられた通りにバルドルを射た。矢はバルドルを貫き、彼は地面に倒れて死んだ。これは神々および人間にふりかかった最も不幸な出来事だった。

バルドルがばったり倒れた時、神々は一人残らずことばもなく、手をだらりと下げ、互に顔を見合せるばかりで、このような仕業をした者に皆の思いはむけられた。だが誰も復讐する事は出来なかった。そこは聖所であったから。さて、アース神たちは何とか喋ろうとつとめたが、言葉よりも先に涙がこみ上げてきて、誰も自分の悲しみを言葉に出して言う事が出来なかった。だが、その損失が誰よりも胸にこたえたのはオーディンだった。というのは、彼はバルドルの死がアース神たちにどんなに大きな損失であるかを誰よりもよく見通していたからだ。

さて、神々が正気にかえると、フリッグは口を開いて、神々の中で自分の好意と寵愛のすべてを一身に担って、冥府《ヘル》への旅路につき、そこでバルドルを見つけ出し、彼をアースガルズに返してくれるよう、ヘル〈死の女神〉に身代金を差し出す者はいないか、尋ねた。この旅を引き受けたのはオーディンの子で、〈俊敏のヘルモーズ〉という名の者だった。そこで、オーディンの馬スレイプニルが轡《くつわ》をとって引き出され、ヘルモーズはこの馬にまたがって駈け去った。

アース神たちは、バルドルの死体をかついで海辺へ運んだ。バルドルの船はフリングホルニといって、あらゆる船の中で最も大きかった。これを海に浮べて神々はバルドルの葬式をしようと思った。そこでヨーツンヘイムにヒュロッキンという名の女巨人を迎えに人がやられ、女巨人は狼にまたがり、毒蛇の手綱をさばいて到着すると、下にとびおり、オーディンは四人のベルセルク〈狂暴戦士〉を呼んで、馬にしてきた獣の番をさせたが、四人はその獣を地面に投げ倒してやっと取り押えることができた。さて、ヒュロッキンは船の船首に行って、ぐいとひと押しすると船は水に浮び、コロから火花が散って大地が震えた。すると、トールは怒って槌をひっつかみ、神々全員のとりなしがなかったら、女巨人の頭を粉砕するところだった。

さて、バルドルの死体は船に運ばれた。妻のナンナはこれを見ると悲しみのあまり心臓がはりさけて死んだ。ナンナは火葬薪の上に運ばれて、荼毘《だび》にふされた。その時、トールはその場に立っていたが槌ミョルニルで薪を潔めた。すると足もとにリトという名の小人が走り出た。トールは足で小人を蹴とばして、火の中にほうり込んだので、焼けて死んだ。

この火葬には多くの者たちが訪れた。オーディンが来た。彼といっしょにフリッグとヴァルキューレたちと鴉が来た。フレイはグリンブルスティンという野猪にひかせた車に乗って来た。ヘイムダルはグルトップという馬に乗り、フレイヤは猫に車をひかせてやって来た。また、そこには、霜の巨人や山の巨人らも大勢やって来た。オーディンは火葬薪の上にドラウプニルという黄金の腕輪をおいた。最後にバルドルの馬が馬具一式とともに火葬薪の上にのせられた。

さて、話はヘルモーズの事になる。彼は九夜の間、暗い深い谷間に馬を進めた。ギョル川に出て、ギョル橋のところに出るまでは何も見えなかった。この橋は輝く黄金で被われていた。橋の番をしている娘はモーズグズという名だった。彼女はヘルモーズに名と素性を尋ねた。そして言った。「前の日には、死者が五隊もこの橋を渡った。それなのに、あなた一人ほども橋は鳴り響かなかった。それに、あなたは死者の顔色をしていない。なぜ、あなたはこのヘルにやって来たのですか」彼は答えた。「わたしはヘルまで行って、バルドルを探さなくてはならないのだ。この道筋でバルドルを見かけなかったか」

すると娘は「バルドルはギョル橋を渡りました。ヘルへの道は下りで北に向っています」と答えた。

そこでヘルモーズはヘルの垣根のところに来るまで馬を進めた。そこで馬をおり、鞍をしっかり締め直すと、また馬に乗り、拍車を入れた。すると馬は大きく跳躍して楽々と垣根をとび越えた。それからヘルモーズは館まで進み、馬をおりて広間の中に入った。すると、そこの高座に兄のバルドルが坐っているのが目に入った。ヘルモーズは一夜を過した。ところで朝になるとヘルモーズはヘルに、バルドルをいっしょにつれ帰らせてくれ、と頼み、どんなにアース神たちが泣き悲しんでいるかを語った。するとヘルは言った。バルドルが噂通り、皆に愛されているかどうか、調べてみなければならぬ。そして、「もしも世界中のものが、生きているものも、死んでいるものも、彼のために泣くなら、彼をアース神のもとに戻そう。だが、もし誰かがそれを拒み、泣こうとしないなら、冥府に留るのだよ」

そこでヘルモーズは立ち上った。バルドルは彼を館の外に案内して腕輪のドラウプニルをとり出して、オーディンに記念に贈った。ナンナはフリッグに布やその他の贈物を、フッラには指輪を託した。それからヘルモーズはもときた道をひき返し、アースガルズに着いて、見たり、聞いたりした事をあまさず報告した。

すぐにアース神たちは四方八方に使者をさしむけ、バルドルをヘルから泣いて取り戻すよう要請した。そして万物がその通りにした。人間も動物も大地も石も木も、すべての金属も。これらのものが霜の中から熱いものの中に入る時泣くのは知っての通りだ。さて、使者たちが戻って使いを果した時、彼らはとある洞窟にセックという女巨人が坐っているのを見つけ、バルドルをヘルから泣いて取り戻すよう頼んだ。女巨人は言った。「セックは乾いた涙でバルドルの事を泣こう。生きている時も死んでからも彼から何も貰った事はない。ヘルよ、手に入れたものを放すな」

多くの者は、この女巨人こそロキであった、と言っている。

ロキの捕縛

神々はロキに対して激怒した。ロキは逃げ出してある山に身を隠し、そこに四つのドアをもつ家を建てた。それで家の中からあらゆる方角を見る事が出来た。また昼間にはしばしば鮭に姿を変えて滝に身を隠した。この滝の中の自分を捕えるためにアース神たちがどんな手を編み出すかを考えた。だが家にいる時は、リンネルの糸を手にとり、ちょうど人が網を編むように結び目をつくった。燈火が彼の前に点っていた。と、その時、アース神たちが身近に迫ったのを見てとった。オーディンが王座フリズスキャールヴからロキのいるところを見ていたのだ。ロキはすぐにとび上り、網を火の中に投げ込むと、川の中に身を躍らせた。

さて、アース神たちは家のところまでやって来ると一行中の知恵者でクヴァシルという者が中に入った。彼は火の中に網の焼けた灰を見つけると、これが魚をとる道具であるに違いないとさとり、アース神たちに話した。すぐに彼らは灰を参考にしながら、ロキがつくっていたのと同じ網にとりかかり、作り上げた。網ができ上ると、アース神たちは川に行って滝の中に網を投げた。

トールが網の片端を、もう一方の端をアース神の残り全員がもち、網をたぐり上げた。だがロキはそれを避けて、二つの石の間に身を横たえた。彼らはロキの頭上で網を引き上げ、何か生きものがいるのを知ってもう一度滝のところに近よって網を投げ、下の方で逃げられないように重いものを結びつけておいた。ロキは網をかわしたが、海まで間近なのを見ると、網の縁の紐をとび越して滝に泳ぎ戻った。神々は彼がどこにいるのかわかった。そこで彼らはまた滝のところに行き、二手にわかれた。トールは川の真中までかち渡り、それから海の方に向った。ロキは二つの道しかない事がわかった。生命の危険をおかして海にとんで逃れるか、もう一度網をとび越えるか。彼は後の方をえらび、網紐の上を出来るだけすばやくとび越えた。トールがさっと手をのばして摑んだ。だが、手の中で魚がすべったので、尻尾のあたりをぐいと力を入れて摑んだ。このため鮭の尻尾は先細りになっているのだ。

こうしてロキは容赦なく捕えられ、とある洞窟のところに連れて行かれた。それから神々は三つの平らな岩をとって、とがった角にあて、平らな岩の一つ一つに穴をあけた。それからロキの息子たち、ヴァーリとナルヴィが捕えられた。神々はヴァーリを狼の姿に変えると、狼は弟のナルヴィを引き裂いた。すると神々はその腸をとってロキを先ほどの三つの岩に縛りつけた。一本は肩の下、二本目は腰の下、三本目は膝の下を通した。するとその紐は鉄に変った。それからスカジは毒蛇をつかまえて来て、毒液が彼の顔の上に滴り落ちるように、彼の頭上に結びつけた。それから、ロキの妻シギュンは、彼の横に立って毒液の滴の下に洗桶を支えている。それがいっぱいになると、持って行って捨てる。だが、その間はロキの顔に毒が滴るのだ。すると彼は猛烈にもがくので大地が震える。これが地震と呼ばれるものだ。ロキはこうして世界の終末《ラグナレクル》まで縛られているのだ。

オーディンと詩人の蜜酒

アース神族とヴァン神族がかつて和睦を結んだ時、一つの壺の中に双方が誓いのことばを述べてから唾を吐き入れた。神々はこの平和のしるしを失わないようにそれから賢者クヴァシルをつくった。

クヴァシルは広い世界を旅をして廻り、人々に知恵を授けた。ある時、フィヤラルとガラルという小人のところに来たが、小人らはクヴァシルを淋しい場所に誘って殺した。彼らは彼の血を二つの鉢と一つの鍋に入れ、血に蜂蜜を混ぜ、それから蜜酒を作ったが、これを飲む者は詩人か賢者になれる性質を持っていた。アース神に対して小人たちはクヴァシルは知恵に溺れて死んだ、と言った。

小人たちはギリングという名の巨人とその妻を招待した。小人らはギリングにいっしょに海に漕ぎ出さないかと尋ねた。ギリングは承知した。岸に沿って舟を出した時、小人らは舟を岩礁にむけたため舟は顚覆し、ギリングは泳げなかったので溺死した。小人らは舟を元に戻すと岸に向って漕いだ。

彼らがこの出来事をギリングの妻に話すと、彼女は辛がって大声で泣いた。するとフィヤラルは、外に出て、夫が溺れた海の方を見たらいくらか気が楽にならないか、と言った。反対する理由はなかった。だがフィヤラルは弟のガラルにドアの上に石臼を運んでおいて、女が出て来たらおとせ、泣き声にはあきあきした、と言った。ガラルはいわれた通りにして女を殺した。

ギリングの子スットゥングは事件を聞くと、出掛けて行って、小人らをつかまえ、海に漕ぎ出し、満潮の際に水の下になる岩礁の上に彼らをおいた。彼らの命は風前の燈だった。彼らはスットゥングに命乞いをして、父母の殺害の償いに高貴な蜜酒を差し出した。スットゥングはこの申出を受け、和解した。スットゥングは蜜酒を持って帰ると、ある山に隠し、娘のグンレズにその見張りをさせた。

オーディンはこの事を聞くと出かけ、蜜酒を手にしたいと思った。彼は九人の下僕たちが草を刈っているところに来た。オーディンは鎌を研いでやろうか、と聞くと皆喜んでそうして貰うと言った。オーディンは帯から砥石をとって鎌を研いだ。すると鎌がすばらしくよく切れたので、下僕らはその砥石を売る気があるかと尋ねた。オーディンは買いたいものはそう言うがいい、と言った。すると全員が夢中になって買いたがった。オーディンはすると砥石を空中に投げた。下僕らはみなそれを摑もうとしたが、互に首を鎌で斬り合っただけだった。

オーディンはバウギという巨人のところに泊ったが、このバウギはスットゥングの兄弟だった。バウギは九人の下僕が互に殺し合って死んでしまい、どこから新しい働き手を雇ったものかわからないので困っている、と言った。オーディンはボルヴェルク（災をひきおこす者）と名のって、九人前の仕事をバウギのためにするから、報酬としてスットゥングの持っている蜜酒をひと飲みさせてくれないかと申し出た。バウギは、あの蜜酒は俺にもどうにもならん。スットゥングがひとり占めしたがっているんだから。だがいっしょに行って飲めるよう力をかそうと約束した。

ボルヴェルクはその夏はバウギのために九人分の仕事をした。だが、冬が始まった時報酬を求めた。二人はいっしょにスットゥングのところに行った。バウギは彼にボルヴェルクと二人の間で取り決めた事を話した。だが、スットゥングは蜜酒をただの一滴も飲ます事を断った。するとボルヴェルクはバウギに、蜜酒を手に入れるためには計略をつかわなくちゃならんと言った。ボルヴェルクは錐《きり》をとり出すと、バウギにこれで山に穴をあけてみろと言った。しばらくすると、あいたぞ、と彼が言った。ボルヴェルクは穴の中を吹いた。すると屑が彼の方にとんで出た。バウギが騙そうとした事がわかった。そこで完全にあけてくれ、と言った。バウギはまた穴をあけ、ボルヴェルクがもう一度吹いてみると屑は中の方にとんだ。そこでボルヴェルクは蛇に姿を変えて穴の中にもぐり込んだ。バウギは錐で後から彼の方を突いたが、当たらなかった。

オーディンはグンレズが蜜酒の番をしているところに行って、三夜彼女のところに滞在した。グンレズは蜜酒を三度飲む事を許した。最初の一度でオーディンは鍋を飲みほし、二度目で一つの鉢を、三度目にもう一つの鉢を、というふうにして蜜酒を全部飲みほした。

さてオーディンは鷲の羽衣を身につけると、出来るだけ急いで飛び立った。だが、スットゥングはこれを見るとこれも鷲に姿を変えて彼の後を追った。アース神たちはオーディンが飛んでくるのを見ると壺を外に出して並べた。オーディンはアースガルズに入ると口から蜜酒を壺の中に吐いた。だがスットゥングがすぐ後に迫っていたので蜜酒を少し後ろにこぼした。誰もそれをしまいこまなかった。欲しい者がそれを手に入れる事ができた。それが〈へぼ詩人〉の分け前だ。

オーディンはスットゥングの蜜酒をアース神や詩をつくる事の出来る人間たちに与えたのだ。

世界の終末《ラグナレクル》

全世界が、人も神々ももろともラグナレクルに滅びることになるだろう。それがいつ起るか、神々はあらかじめ知っていた。途方もない出来事が迫っている事を多くの予言や、前兆が告げていたからだ。アースガルズでは雄鶏グリンカムビがオーディンの戦士たちを目覚めさす。巨人の国では赤い雄鶏フィヤラルが鳴く。北の下のヘルの館では煤で赤茶けた雄鶏が鳴きはじめる。ガルムが冥府の門の前で恐ろしく吠える。それから三冬、厳しい戦が引き続き全世界を襲う。邪悪と暴力が支配し、兄弟同士が戦い、子は父を、父は子を容赦しない。この世の没落の前に、鉾の時代、剣の時代、嵐の時代、狼の時代が続く。その後にフィムブルヴェトルと呼ばれる恐ろしい冬が訪れる。

雪はあらゆる方角から降り、霜はひどく、風はきつい。太陽は何の役にも立たぬ。このような冬が引き続いて三度もやって来るのだが、その間に夏は一度も来ない。

狼どもが太陽と月を呑み込む。星々は天から落ちる。大地とありとあらゆる山々は震え、樹々は根こそぎにされ、山は崩れ、すべての足枷と縛めはちぎれ、落ちる。

フェンリル狼は自由の身になり、海は怒濤となって岸に押し寄せる。ミズガルズの大蛇が激怒にかられ、陸にむかって肉薄してくるからだ。この時、ナグルファルが水に浮ぶ。これは死者の爪から作られた船だ。高潮に船は浮び、北から巨人フリュムに舵をとられてやってくる。死者のすべての軍勢が乗り込んでいる。東からはムスペルの軍勢が海原を渡ってやって来る。舵をとるのはロキだ。巨人たちは狼とともに攻め寄せる。フェンリル狼は大口をあけて殺到する。その下顎は地に、上顎は天についているが、余地があればもっと開けたに違いない。その目と鼻の穴からは火が噴き出している。ミズガルズの大蛇は狼の側を進む。大地と海の上に毒を吹き、見るも恐ろしい形相をしている。この戦のどよめきの中で天は裂け、ムスペルの子らが馬を駆ってくる。スルトは火に包まれながら先頭に立っている。彼の剣は太陽よりも明るく煌めく。彼らがビヴロストの橋を渡る時、橋は砕ける。

ムスペルの子らはヴィーグリーズという野に馬を進める。そこにはフェンリル狼とミズガルズの大蛇もやって来る。さらに、そこにはロキも霜の巨人全員を従えたフリュムも到着している。ロキにはヘルの輩が全員つき従う。だが、ムスペルの子らは独自の陣形をとり、目も眩むばかり。

ことここに到るや、ヘイムダルは立ち上って力の限りギャラルホルンを吹き、神々全員を目覚めさす。神々は集合する。オーディンはミーミルの泉に馬を馳せて助言を求める。この時ユグドラシルの梣《とねりこ》は震える。天も地も恐怖につつまれる。アース神と死せる戦士たちは甲冑に身を固めヴィーグリーズの野をさして進む。黄金の兜をいただき、美々しい甲冑を身にまとい、グングニルの槍を手にしたオーディンが先頭を切って馬を進める。相手はフェンリル狼だ。トールはオーディンとならんで進む。だがオーディンに腕を貸すことはできぬ。ミズガルズの大蛇をむこうに廻して戦うのに手いっぱいなのだ。フレイはスルトと戦う。チュールは自由の身になった冥府の犬ガルムを相手にして戦う。ヘイムダルの相手はロキだ。

フレイとスルトの間に激しい死闘がくりひろげられるが、ついにフレイは倒される。彼がスキールニルにやってしまった名剣のないのが彼の命取りとなるのだ。チュールとガルムは相討ちで果てる。ヘイムダルとトールも同じだ。トールはミズガルズの大蛇を血祭りにあげる。だが九歩その場から歩いただけで大地に倒れて死ぬ。大蛇に吹きかけられた毒のためだ。狼はオーディンをのみ込む。これがこの神の最期だ。だが、間髪を入れず、ヴィーザルが立ちむかい、片足で狼の下顎を踏みつけ、手で上顎を押えて、口を引き裂く。

スルトは大地の上に火焔を投げて全世界を焼き尽す。大地は海に没し、焔と煙は猛威をふるい、火炎は天をなめる。

新しい世界

海中から新しい大地が浮び上る。それは緑で美しい。そこには種を蒔かぬのに穀物が育つ。滝はたぎりおち、鷲は上空を舞い、魚を狙う。

新しい太陽が天をめぐる、大きく輝かしく。ヴィーザルとヴァーリは生き残る。スルトの焔も彼らを傷つけるには至らなかった。彼らは以前アースガルズのあったイザヴェルの野に住む。そこへトールの子モージとマグニもやって来る。槌ミョルニルをたずさえている。それからバルドルとヘズも冥府から戻り、ヘーニルはヴァナヘイムから戻る。一同はともに腰をおろして語り合い、先に起った事、ミズガルズの大蛇やフェンリル狼のことを話す。その時、彼らは、かつてアース神たちの持物であった黄金の将棋を草の中に見つける。

隠れて朝露で生命をつないでいた二人の人間が出て来る。この二人から新しい大地に住む新しい人類が生れる。そこには心配も、苦しみも邪悪もなく、喜びと潔白だけが支配する。ギムレーに太陽よりも美しい黄金葺きの館が立っている。そこに誠実な人々が住み、永遠に幸福な生活を送ることになろう。

その時、すべてのものを統《す》べる強き者が天から裁きの庭におりてくる。

2 英雄伝説

『エッダ』中にある英雄詩は「ヘルギの歌」と「ニヴルンガルの歌」の二つのグループと「鍛冶屋ヴォルンド」に分れる。この中、ヴォルンドの伝説は早くから知られ、すべてのゲルマン種族の間で愛好されている。古いところでは五一一年頃の『聖セヴェリン伝』また古代英語の『デーオルの歎き』に似た話があるほか、大英博物館にある「オーゾンの小箱」（八世紀頃の作）には名工ヴォルンドとその弟で弓の名手エギルが浮彫りにされている。『シーズレクのサガ』（十三世紀）は低地ドイツでヴィーラント伝説がとくに好まれたことを証明している。大陸からこの伝説がすでに早く英国や北欧に伝わったものらしい。「鍛冶屋ヴォルンド」の伝説は、ちょうど神話と英雄伝説の中間に位する話であるので、先ずこれから紹介して行きたい。

鍛冶屋ヴォルンド

フィン王の息子にスラグヴィズ、エギル、ヴォルンドという三人の兄弟がいた。彼らはスキーで滑りながら獣を狩った。狼谷《ウールヴダリル》にやって来てそこに家を建てた。近くに狼池《ウールヴシャル》と呼ばれる池があった。ある朝早く、彼らは池のほとりで三人の女が亜麻布を織っているのを見つけた。女たちのかたわらに白鳥の羽衣がおいてあった。それはヴァルキューレたちだった。三人兄弟たちは乙女らをつれて帰り、それぞれ自分たちの妻にした。彼女らは七年間そこに留まったが、八年目にはみな懐郷の念がつのり、九年目には矢も楯もたまらず別れを告げ、暗い森を目指して去った。

彼等は帰って来ると館が空なのに気がついた。彼らは出たり入ったりしてあたりを探した。エギルとスラグヴィズは妻を探しにスキーで去った。だがヴォルンドだけは狼谷に留まり、赤い黄金を槌で鍛え、宝石をちりばめ、腕輪をすべて紐に通しておいた。こうして彼は美しい妻が自分のもとに帰って来るのを待っていた。

スヴィーショーズ（スウェーデン）王ニーズズは、ヴォルンドが一人で狼谷に残っている事を知った。夜陰に乗じて兵たちは進んだ。甲冑は鋲で打たれ、彼らの楯はかけゆく月の光を浴びてきらめいた。彼らは館の妻壁のところで鞍から下り、玄関の中に入った。すると、ヴォルンドがもっている腕輪がしめて七百個紐に通してあるのが目に入った。彼らは手にとって、それを戻す時、一つだけは返さなかった。

ヴォルンドは遠路歩いて狩猟から戻ってきた。そして茶色の牝熊の肉を焼きに行った。乾き切った樅の木や、風で乾燥した木が、ヴォルンドの見ている前で、めらめらと燃えた。

彼は熊皮の上に坐って腕輪を数えたが、一つ足りないことに気が付いた。彼は妻が帰って来たのだろうと思った。そして長いこと坐っているうちに眠り込んでしまった。そして、いやな気持におそわれ目が覚めてみると、手は固く縛り上げられ、足には足枷がかけられていた。

「靭皮《じんぴ》の紐をかけておれを縛った王は何者だ」

そこでニーズズ王が言った。「ヴォルンドよ、狼谷のどこでわれらの宝を手に入れたのだ」

ヴォルンドはニーズズ王のところに引きたてられた。王はヴォルンドの紐から外した黄金の腕輪を娘のボズヴィルドに与えた。そして王自身はヴォルンドのもっていた剣を身に帯びた。すると王妃がいった。「この人といったら剣を見せられたり、ボズヴィルドの腕輪を見たりすると歯をむき出すの。眼といったら、まるでギラギラ光る蛇そっくり。この男の足の腱を切って、今から沖の島に移しておしまい」

いわれたとおりに、膝の腱を切られ、沖の島にヴォルンドは移された。そこで彼は王のためあらゆる種類の宝を鍛えた。王以外にヴォルンドのところに行こうとする者はいなかった。

ヴォルンドは歎いた。「ニーズズの帯には剣が輝いているが、あれは、おれが技巧の限りを尽して研ぎ、身に帯びるに便利なように鍛えたものだ。あの輝く剣は、おれの手から永遠に奪われてしまった。あれに、このヴォルンドの鍛冶場でお目にかかる事はあるまい。それにボズヴィルドはおれの花嫁の黄金の腕輪をしているが、これをとり戻す事もまだ出来ないでいる始末だ」

ヴォルンドは坐り、横になったが、寝られず、寝返りを打ち、それから槌をふるった。ニーズズのために彼は精を出して芸術品を鍛えた。

ニーズズの幼い王子たちが宝を見に沖の島にかけつけた。長持のところに行って彼らは鍵をせがんだ。彼らが中をのぞいた時、彼の悪心も開いた。中にはおびただしい思い出の品が入っていたが、王子たちには赤い黄金と宝がつまっているように思えた。

「明日、二人でおいで。黄金をあげるよ。だが、わしのところに来た事は、侍女にも召使いにも内緒だよ」

朝早くから兄が弟に言った。「腕輪を見に行こうよ」

長持のところに行って彼らは鍵をせがんだ。彼らが中をのぞいた時、彼の悪心も開いた。

ヴォルンドは少年たちの首を切り、その足をふいごの下の穴に隠し、髪の毛の下の頭蓋骨は銀で包んで酒杯にし、ニーズズに手渡した。眼からつくった輝く宝石はニーズズの賢い妃に贈り、王子二人の歯からはブローチをつくってボズヴィルドに贈った。

さてボズヴィルドは父王から贈られた腕輪をこわし、内緒でヴォルンドに直して貰いに来た。

「父上と母上には、前よりずっと美しく見えるように、あなた自身には黄金で前と寸分違わぬよう、こわれたところを直して上げましょう」

彼の方が奸智にたけていたので、ビールで酔わせ、彼女は腰をかけたまま寝入った。

「さあ、これで王妃を除いて、あのよこしまな奴ばらに、わしの恨みを晴らしてやった」とヴォルンドは言った。

彼は鳥の翼から羽衣をこしらえていた。「よーし、わしはニーズズの家来たちから奪われた水かきをとり戻したぞ」

笑いながらヴォルンドは空中に飛び上った。ボズヴィルドは泣きながら島を去った。男が去った事、父の激怒を深く悲しみながら。

ニーズズの賢い王妃は外に立っていたが、大広間に入った。ニーズズは壁ぎわに坐って休んでいた。

「ニャーラルの王ニーズズ、お目覚めですか」

「うとうとしておるところだ。息子たちが死んでからというもの、何の喜びもなく、ほとんど寝られぬ。頭が凍える。お前のすすめが、わしの破滅のもととなったのだ。さあ、ヴォルンドと話をしてみたい」

ニーズズ王は外に出るとヴォルンドを見上げていった。「さあヴォルンドよ、言ってくれ。わしの王子たちはどうなったのだ」

「話をする前に誓いを立ててくれ。船べりにかけて、楯の縁にかけて、馬の膝にかけて、また剣の刃にかけて、ヴォルンドの妻を殺さぬよう、わしの花嫁を殺さぬよう。たとえ、お前のよく知っている者をおれが妻にし、館でおれたちの子供が生れる事になってもな。お前の作った鍛冶場へ行ってみろ。血まみれの皮が見つかるだろう。お前の王子達の首を切りおとし、足はふいごの下の穴に隠したのだ。髪の毛の下の頭蓋骨は銀でつつんで、ニーズズにおくり、目から作った輝く宝石は、ニーズズの賢い妃におくった。また、彼ら二人の歯から、ブローチを作って、ボズヴィルドにおくったのだが、今お前の一人娘ボズヴィルドは子を孕《はら》んでいるのだ」

「これ以上つらい話を聞いたためしはない。ヴォルンド、貴様も同じ目にあわせてやりたい。お前を馬上から捕えるほど背の高い者はおらんし、お前を射落せるほど剛の者もおらん。何しろお前は雲の上を漂っているのだから」

笑いながらヴォルンドは空中に飛び上った。ニーズズはふさぎこんで再び腰をおろした。そして言った。「立て、サクラーズ、わしのすぐれた奴隷よ、どうか、まつげの白いボズヴィルドに美しく装って、父のところに話しに来るように言ってくれ」

姫はやって来た。

「ボズヴィルドよ、わしの聞いた事は本当なのか。お前たちは島でいっしょだったのか」

「お父さま、お聞きの事は本当です。ヴォルンドと島で不安な一時を過しました。ああ、あんな事がなければよかったのに。わたし、あの人に抵抗する事が全然出来なかったの。全然出来なかったのよ」

フンディング殺しのヘルギ

ヴォルスングの子シグムンド王はブラールンドのボルグヒルドを娶った。二人は男子に恵まれたが、勇名轟くヒョルヴァルズの子ヘルギにちなんで、ヘルギという名を付けた。彼の誕生については古い歌にこういわれている。

鷲どもが鳴き、天山から聖《きよ》い雨が降ったその昔、ボルグヒルドはブラールンドで猛きヘルギを生んだ。

屋敷に夜が訪れると、運命の女神《ノルニル》たちがやって来て、尊い生れの者にその場で運命を定め、この者が名だたる君主になり、ならびなき王と仰がれるよう決めた。

彼女らは、ブラールンドで、城を破る者のために、力をこめて運命の糸を撚《よ》った。女神らは、金色の糸を用意し、月の広間の下の中程に縛った。

さて、昔からの習慣に従って王子はハガルのところに養子にやられ、そこで育った。

シグムンド王と強大な王フンディングの間には不和と敵意があり、幾度も衝突しては互に殺し合った。シグムンド王とその一族はヴォルスンガルと呼ばれている。

ヘルギは友の手厚い保護を受け、幸せに輝きながら成長していった。彼は部下によく報い、黄金を与え、血にまみれた宝を惜しまなかった。

一度変装して乳兄弟ハマルの名を借り、フンディング王のところに偵察に行った事がある。王は兵をやってヘルギを探させたが、彼は女奴隷の服を着て石臼のそばに立ち、危機を脱した。彼は軍勢を集めるとフンディング王にたちむかい、激しい戦ののち、これを討った。ためにフンディング殺しのヘルギと呼ばれた。彼は入江に兵とともに碇泊し、沿岸部を徴発し、生肉を食べた。みなが食事をしているところに武装した乙女がやって来て、ヘルギに話しかけた。「あなた方は誰。故郷はどこ。何故ここにいるのですか。どこへ航海するの」

ヘルギは、ハマルと名のり、順風を待っておるところだ。吹いたら東の故郷へ帰るつもりだ、と答えた。

乙女は言った。「なぜあなたの甲冑は血でよごれているのです。なぜ兜も脱がずに生肉を食べなければならないのです」

「知りたいならいうが、ユルヴィンガルの一人であるわたしは、海の西のブラガルドで先頃、熊どもを捕え、鷲の仲間たちを剣で満腹させてやったのだ」

この乙女はヘグニ王の娘シグルーンでヴァルキューレになり、空や海を駈ける事が出来た。ヘルギとその軍勢のこともよく知っていたのだ。

「戦の知らせを婉曲にいわれるとはずるいお人ですね。シグムンドの子よ、あなたが軍船に乗り込んでいるのを見たことがあるのです。血にそまった船首にあなたが立ち、冷たい浪がたわむれていた。今あなたはわたしの前で、しらを切っていらっしゃるが、ヘグニの娘は、ヘルギをよく知っているのですよ」

乙女は、こうして二人がたがいにむかい合う前からヘルギに思いをかけていたのだ。

ところがシグルーンの父は娘をグランマル王の子ホズブロッドに嫁がせることに決める。シグルーンは父の意志に従わず、ヴァルキューレたちとともにヘルギを探して空や海を駈けた。

その頃ヘルギはフンディングの息子たちと戦っていた。そして彼らを討ち平らげ、疲れ果て坐りこんでいるところをシグルーンが見つけ、彼の頸に抱きついて口づけをし、一部始終を語った。彼女が口づけをして兜をかぶった王に挨拶した時、勇士は女を憎からず思った。彼女は彼を見るより早くシグムンドの子に心をこめて愛情を告白したのだった。

「民会でわたしはホズブロッドと婚約させられました。夫にしたかったのは別の勇士だったのです。でも一族の者たちの怒りが恐ろしい。父の夢を打ちこわしたのですから」

「父御の怒りも一族郎党の敵意も気にかける事はない。乙女よ、わたしのところで暮すがよい。

生れよき人よ、あなたの一族など恐れはしない」

ヘルギは兵を集め、グランマルの一族と決戦を挑んだ。シグルーンの父と子もグランマルに加勢した。恐ろしい戦があってグランマルの子たちと首長のすべてが倒れ、ただシグルーンの弟ダグだけが死を免れ、ヘルギに忠誠を誓った。

戦場でヘルギに出会ったシグルーンは非常に喜んだ。だが一族の者がダグを除いて屍に変り果てたと聞いて歎く。

ヘルギは言った。「元気を出しなさい、シグルーン。あなたはわたしたちのヴァルキューレだったのだ。王たちだとて運命には勝てぬ」

ヘルギはシグルーンを娶り、二人の間に息子たちができた。

だが、ヘルギは老齢には達しなかった。ダグが父の仇を討つためオーディンに犠牲を捧げた。オーディンはダグに自分の槍を貸し与えた。ダグは義兄のヘルギをフィヨトゥルルンドで見つけ、その槍で刺し貫いた。

ダグは姉に起った事を知らせた。シグルーンは弟の誓いを破った事と夫ヘルギの死を知ると恐ろしい呪いの言葉を弟にむけた。

「レイプトの輝く水と、冷たいウンの岩にかけ、ヘルギに誓ったすべての誓いが、お前の身の破滅になるように。お前の乗った船は、申し分のない順風であっても進むな。お前の乗った馬は、敵から逃げなければならない時も走るな。お前の振った剣はお前自身の首のまわりで音を立てる時以外は切れるな。お前が外の森で狼になり、富も喜びもすべて失われ、死体を貪って腹が張り裂けて死ぬ以外は何の食物にもありつけぬようにでもなれば、死んだヘルギの復讐が遂げられる事になるのだけれど」

弟は血を分けた姉のこの呪いを聞いて、おどろいた。賠償を差し出して姉を慰めようとするが、深い悲しみに閉されたシグルーンの耳には入らない。ヘルギの亡き今、この世にある喜びはない。ヘルギを回想して彼女は言う。

「姿のよい、梣《とねりこ》の木が、茨の中から生い育ったように、また、ほかのすべての獣よりすぐれた若鹿が、露にぬれ、天にむかって角をきらめかすように、ヘルギはどんな勇士よりもまさっていました」

墓塚がヘルギのために作られた。

ところがある晩、墓塚の側を通りかかったシグルーンの侍女は、ヘルギが大勢の供をつれ墓にやって来るのを見、すぐに女主人に知らせる。シグルーンは墓塚に行く。

「オーディンの貪欲な鷹たち（鴉）が、暖かい死体を見つけた時のような、露にぬれて夜明けを迎えるような嬉しさでございます、あなたにお目にかかれて。血にまみれた鎧を脱がれる前に、死なれた王に口づけしとうございます。ヘルギ、あなたの髪は霜で厚くおおわれ、全身死者の露（血）でしとどにぬれ、血は冷たくなっています。どのように介抱したらよろしいのでしょう」

「シグルーンよ、わたしが悲しみの露（血）にぬれているのは、そなたのせいなのだ。太陽のように輝く、黄金で飾られた南の娘よ、そなたは寝る前に苦い涙を流して苦しむ。それがわたしの胸の上に冷たく落ち、悲しみのため重くなり、燃えるような血になるのだ。喜びも土地も失ったが、美酒を酌みたい。胸の傷を見ても誰も悲しみの歌を歌わないでくれ。今この墓塚の中には死んだわれわれのそばに、生れよき女、妻がいるのだから」

二人は墓の中で抱擁し合った。だが、逢う瀬は長く続かなかった。ヘルギは、雄鶏が勝利の軍勢を目覚まさぬうちに、明るんだ道を蒼ざめた馬に乗って天の道を帰らねばならぬ。

翌日の夕方もシグルーンはヘルギを待った。だが、やっては来なかった。シグルーンは心痛と悲哀のあまり短命であった。人は生れ変るもの、と昔は信じられていた。ヘルギはハッディンギャルの勇士ヘルギに、シグルーンはハールヴダンの娘カーラに生れ変ったといわれている。


このヘルギをめぐる歌は『エッダ』のシグルズをめぐる一連の歌と比べると、悲劇的パトス、豪快な英雄的精神はすでに失われて、むしろヴァイキング時代のスカルド詩人が王侯の武勲を称えてつくった頌歌といえるものである。古い伝承がいくつか見られるものの、ヘルギとシグルーンの愛と死が中心をなし、全体にロマンチックな哀調がただよっている。

シグルズ

ヴォルスングの子シグムンドがエイリミ王の娘ヒョルディースを娶り、二人の間に出来たのがシグルズである。シグムンドはフンディングの息子たちとの戦で倒れた。ヒョルディースはヒヤールプレク王の子アールヴと再婚したのでシグルズは少年時代をここで過した。

シグムンドとその息子たちは一人残らず、力と身の丈と頭と、すべての技能において余人にまさっていた。だが、シグルズは中でも最もすぐれ、魔法にたけたすべての人々が、彼こそ誰よりもすぐれた気高い戦士の王だと呼んでいる。

シグルズはヒヤールプレクの飼育馬のところへ行って後にグラニと呼ばれた馬を自分のために選んだ。小人のレギンがシグルズを養育したが、彼は身の丈こそ小さかったが誰よりも器用で頭がよく、魔術に長じていた。レギンはグラムという名剣を鍛えてシグルズに与えた。この剣はすこぶる鋭く、ライン河の中に突っ込んで、毛糸の房を流れの上手から流すと、水を切るように一刀両断にした。この剣でシグルズはレギンの鉄敷《かなしき》を真二つにした。

レギンは兄のファーヴニルが父の遺産を一人占めし、龍の姿に身を変えているのを、シグルズをそそのかして討たせようとする。シグルズはしかし先ず父の仇をフンディングの子らにたいして討つ。

ヒヤールプレクのところに戻ったシグルズはレギンと龍のすむ野に行く。そしてファーヴニルが水を飲みに這っていく跡を見つけると、道に大きな穴を掘り、その中にシグルズはひそむ。ファーヴニルが黄金のところから這い出して穴の上まで来た時、シグルズは剣で彼の心臓を刺し貫いた。ファーヴニルは身を震わし、頭と尾を振り動かした。

断末魔のファーヴニルは、シグルズの名を聞き、燃える焰のような赤い宝はお前の命取りになるぞ、と忠告して死ぬ。

シグルズが剣から血をぬぐっていると戦の間どこかへ行っていたレギンが戻ってくる。そしてシグルズにファーヴニルの心臓を火にあぶって喰わしてくれ、という。シグルズが心臓を枝に刺してあぶり、あぶり上ったと思って指でつまんで試した。すると指を火傷したので急いで口の中に突っ込んだ。ファーヴニルの心臓の血が彼の舌につくと彼は鳥の言葉がわかるようになった。藪でさえずっている四十雀《しじゅうから》の言葉から、シグルズは、レギンが自分を罠にかけ、兄の復讐を遂げるつもりでいる事を知り、レギンの首を刎ね、それからファーヴニルの心臓を食べ、レギンとファーヴニルの血を飲んだ。

それからファーヴニルのすみかへ行き、莫大な宝を見つけ、二つの箱につめ、グラニの背に積んだ。この馬はシグルズが背にまたがらぬうちは進もうとしなかった。

シグルズはヒンダルフィヤルに馬でのぼり、南からフランケンの国に道をとった。山上で彼は火が燃えているような大いなる光焔を見た。それは天まで輝き映えていた。そこに進むと楯の垣があり、垣の中に入ってみると一人の男が完全武装して横になって寝ていた。まずその頭から兜をはずした。すると女である事がわかった。鎧は身体にぴったりはりついたようになっていた。そこで剣グラムをつかって鎧を女からはぎ取った。すると女は目を覚まし、シグルズと語る。女はシグルドリーヴァ（後で紹介する『ヴォルスンガサガ』ではブリュンヒルド）といい、ヴァルキューレであった。オーディンのいいつけに背いたため、眠りの茨で刺されたのだ。彼女は、恐れを知らぬ男以外とは結婚せぬ、という誓いをたて、この山で、馬で炎を越えてくる勇士を待っていたのであった。シグルズは彼女にルーンの玄妙な知識と種々の忠告を受け、愛を告白する。

その後、シグルズはギューキ王のもとを訪れ、その子グンナル、ホグニらと友誼を結ぶ。シグルズはギューキの娘、若いグズルーンを妻にした。

やがて彼らはグンナルのためブリュンヒルドに求婚するため出発し、道にくわしいヴォルスングの若武者シグルズも一行に加わった。かなう事だったら彼こそ彼女を娶るところだったのだ。(『ヴォルスンガサガ』により、欠落の箇所を補えば、館をとりまく火焰をグンナルはとび越えられず、シグルズがグンナルの代りをする)

シグルズはブリュンヒルドと新床を交わすが、剣グラムを二人の間に横たえる。そして口づけはおろか抱擁もしなかった。彼はうら若い乙女をギューキの子に渡した。(『ヴォルスンガサガ』によれば、グズルーンの母に忘れ薬を飲まされたシグルズはブリュンヒルドとの婚約の事をすっかり忘れている)

ブリュンヒルドはグンナルの妻となったがシグルズへの思慕の情を断てない。(『ヴォルスンガサガ』によれば、ブリュンヒルドとグズルーンは川で水浴の折に口論をし、グズルーンに、火焰を越えたのは実はグンナルでなく、シグルズであり、床入りしたのも彼であると聞かされる)

ブリュンヒルドの恨みの念は殺意に変る。グンナルは彼女にそそのかされ、弟のホグニに相談するが、彼は反対する。そこで誓いに縛られていない頭の悪い弟グトホルムにシグルズ殺害を吹き込む。グトホルムはシグルズが寝ている時その胸に剣を突立てるが、後ろからグラムを投げつけられ一刀両断にされる。

グズルーンのおどろきと悲しみ。ブリュンヒルドは刃に伏して死ぬ。このあとの、アトリとグズルーンの結婚、アトリに招待されたグンナルとホグニの悽惨な死は中世ドイツの叙事詩『ニーベルンゲンの歌』と多くの共通点をもちながら、ゲルマン英雄のより原型に近い形を提供しているように思える。そして『エッダ』中でも圧巻の箇所ではあるが、紙幅の関係もあり、『ヴォルスンガサガ』の項で、散文化されて、より脈絡のとりやすい再話のものを紹介する事で一応、『エッダ』の項はこのあたりで閉じたい。

第二章　サガ

15世紀の写本から

『エッダ』が、すでに見てきたように、北ゲルマン人の間に伝えられた韻文の歌謡形式による神話、英雄伝説で、その内容が全ゲルマン種族のもつ伝承と共通なものを多く有しているのにひきかえ、サガは、アイスランド人が、散文により、十二、三世紀頃から、植民前後の事情、アイスランド定住後の生活、海外でのヴァイキング活動、同時代の首長らの争いなどを年代記風にしるしたものである。

サガ saga という語は、英語の say やドイツ語の sagen と同系の segja という動詞に由来する名詞で、〈語り。語られたできごと。物語〉を意味する。

ただ、アイスランドのサガ文学という時には、これから説明するように、さまざまな内容を含めなければならないので、十二、三世紀以後独特の発達を見た散文物語ぐらいに広く解釈しておく方が便利であろう。

サガは歴史そのものではないが、歴史的な記録である。本書では、それ故『エギルの物語』とすることをやめ、『エギルのサガ』とし、「アイスランド人のサガ」「王のサガ」というようない方をしようと思う。

サガに対して、ごく短い散文の作品はサットル þáttr と呼ばれている。普通は、主人公のエピソードといったものを内容としているが、後に紹介する『グリーンランド人の話』のようにいくつかの重要な作品もある。サガと区別してこの方は「話《サットル》」とした。

サガの分類には、内容によるものや時代による分け方がある。百六十あまりのサガを手ぎわよく分類した便利な本も出ている（K. Schier: Sagaliteratur Sammlung Metzler 78 Stuttgart 1970）。しかし本書では、最も重要な、文学的価値の高いサガ二十数篇の紹介を目指しているので、中世末期のヨーロッパ大陸文学の翻訳、翻案ないし、その影響の濃いものは省略し、大体ヤン・デ・フリースの『古代北欧文学史』の分類を主に参考にし、次の四つの分類にしぼることにする。「宗教的学問的サガ」「王のサガ」「アイスランド人のサガ」「伝説的サガ」。

このうち「伝説的サガ」は、アイスランド植民以前の伝説的英雄を扱っていて、その中には『エッダ』の中の英雄伝説と共通するものも多い。しかし成立年代は他のサガより下る。「宗教的学問的サガ」は、アイスランドの最も正確な記録である『植民の書』、キリスト教改宗を扱ったサガ、アイスランドの最も誇る歴史家で詩人でもあるスノッリのエッダ、氏族の抗争を伝える同時代の記録『ストゥルルンガサガ』などが入る。「王のサガ」は、九世紀から十三世紀のノルウェーの歴史を扱っている。これはアイスランド人らの、植民前の母国の歴史に対する興味、誇るべき祖先の家系・功業によせる関心からばかりでなく、植民後も、多くのスカルド詩人やヴァイキングたちがノルウェーの宮廷で重く用いられ、またそれを名誉にしていたことを考えると成立の事情がよくわかる。サガの中では、このサガのみは著者の名がわかっている。最後に、

「アイスランド人のサガ」であるが、これこそ、質量ともサガ文学中の圧巻といえるものである。若干の王のサガを除いてそれは中世ヨーロッパ文学中でも最も重要な散文芸術作品であり、しかも、同時代のヨーロッパ文学の影響を受けることなく、完全に独立に、自国語（ラテン語でなく）で、あれほど豊かな文学が花開いたことは全く驚きの外はない。しかも中世には珍らしく、韻文によらず、リアリスチックな筆致で事実をできるだけ忠実に客観的に記述するスタイルは大陸側の文学には見られぬものである。

そして古代中世文学あるいは歴史を研究する者にとって何にもまして魅力のあることは、アイスランドサガが、アイスランドというほとんど無人の島に、キリスト教改宗以前の北欧の伝統的な生活形態をそっくり移して、一つの（完全とはいえぬまでも）異教的なゲルマン社会を新たにつくり、タキトゥスの『ゲルマーニア』を、多少の誇張をあえてすれば、ここに現実化したことである。彼らの神々はキリスト教の神々ではない。ほかでは生息を許されなかった異教ゲルマンの神々である。彼らの社会はノルウェーの伝統的な氏族中心の社会であり、やがてできる民会が立法、司法の府としての役割をもつ。その生活は牧羊と漁業を主とし、若い時に、外国へ通商あるいは掠奪行に出かけ、また外国の宮廷に近侍あるいは詩人として仕えることを名誉とした。ヴァイキングは資源に乏しく、農耕にはなはだ不適な北海の孤島の住民にしてみれば当然の生活防衛でもあった。彼らは英国やアイルランド、ロシヤや西ヨーロッパなど被害者の側からすれば、確かに残忍酷薄な海賊であったであろう。しかし、ヴァイキング側からすれば、若いうちに海外に出て通商あるいは掠奪行に参加することは、富と名声を求める絶好の機会であり近道であったわけだ。従来のヴァイキング史がとかくヴァイキングたちの海外での雄飛にのみ力点がおかれ、彼らの故郷での日常生活を語ることが少いのは遺憾だが、この本国での彼らの実生活、モラル、宗教観などをわれわれに伝えてくれる好個の材料がサガでもある。『エッダ』の「オーディンの箴言」に見られる徹頭徹尾此岸的な、厳しい実人生の経験から汲みとられた農民階層の知恵の結晶というべき処世訓は、サガの記述のいたるところに具現されている。

このように見てくるとサガの研究は単に従来欠落していた中世ヨーロッパ文学の最も豊かな一角を埋めるだけでなく、北欧史やヴァイキング史を内面から照射することになり、よくブルクハルト以来お題目のように繰り返されるヨーロッパ成立の三つの柱――ギリシャ文化、キリスト教とゲルマン気質――のうちの一つをはっきり見定めるためにも不可欠の資料となるのである。キリスト教化されぬ以前のゲルマンの社会と文化と信仰を知る上で「アイスランド人のサガ」は『エッダ』とならんで今後ますますその価値にふさわしい評価を受けることになるであろう。

では、このように豊かなサガ文学がどのようにしてアイスランドに成立したのか。

それは冒頭に述べたように植民という事情が大いに関係している。そしてまた植民者の文学的資質の高さにもよっている。一時はノルウェーの宮廷はほとんどアイスランドの詩人によって独占されたほどの輩出ぶりを歴史は伝えている。同時にアイスランドの自然と風土もそれにあずかっていよう。アイスランドの農家は大部分は現在でも互に数十キロ離れたところに点在している。サガの中で、人々が出会えば、決まり文句のように交わす挨拶は「何か変ったことはないか」であった。長い暗くて寒い冬の間、人々にとっての娯楽は、スポーツとサガの朗読であった。北方の民会や全島民会がいかに、海外や国内のニュースに飢えた人々の情報収集と交換の場であったか。『エギルのサガ』などを読むとよくわかる。また、宴会もさまざまな話の聞けるよい機会であった。アイスランドのサガ成立の事情をつかむために、先ずそのような実例から入って行くことにしよう。

一一一九年にレイキャホーラルの百姓屋敷で盛大な結婚式が祝われた。それは『ストゥルルンガサガ』から知れるが、ダンス、レスリング、サガの朗読などが七日間続いたという。そのとき、フロールヴという男が、ヴァイキングや王の物語や墓あばきの話をした。その中には、多くの現存のサガと同じように詩が散文の中にちりばめられていたという。もう一人の司祭は、あるスカルド詩人のサガをその詩とともに朗読したという。このサガは残念ながら残ってはいないが、その詩の一部は『スノッリのエッダ』中に引用されているので、歴史上の事実であったことが裏書きされる。

一一一九年というとまだサガの写本の一つも存在しない時代である。しかし、それにもかかわらず現在残されたサガの様式、つまり散文の物語に多くの詩が挿入されるという様式はあきらかに成立していたようである。それらの詩はそのもつ複雑な詩形のため、かえってよく口承され、優に数百年の星霜にたえている。しかし、サガの語り手が、ここに見られるような実際の場面で、聴き手の趣向にあうようかなり手心を加える余地もあったと、考えられるがどうだろうか。

全島民会で大勢の人々が国外の話を聞かせてもらいたくて一人の人のところに殺到したという話も同じように興味深い。一一三五年ローマで叙任されてアイスランドに戻った司教のマグヌース・エイナルソンが民会に到着したときは彼の体験談をききたい人々があふれ、大変なさわぎであったという。

このような例はまだいくらもあるが、このぐらいにして、アイスランド人が物語にすぐれていたことは、「王のサガ」からも知れ、また、十三世紀のデンマークの僧サクソ・グラマティクスの『ゲスタ・ダノールム』中の伝説に多くの材料を提供したアルノルドゥスというアイスランド人の名も残っている。

このような話を知ると、ではなぜ、多くの人々の口に上ったかずかずのサガが記録にとどめられることが遅かったのか疑問に思えるか知れない。

これは北欧が文献時代に入るのがドイツや英国などよりずっと遅かった事情によって説明できる。西ヨーロッパが文献時代を迎えるのはキリスト教改宗と切っても切れぬ関係にあり、例えば、北欧スカンジナヴィアとくらべ改宗の早かった英国やドイツでは、ペンの担い手であった僧がラテン文字により自国語の記録を残しはじめるのは八世紀半ばからである。ところがスウェーデンとならんで改宗の遅かったアイスランド（一〇〇〇年）では、最初の母国語による文書が書かれるのにほぼ改宗から一世紀を要したのである。この特筆すべきアイスランド文筆活動の開始は、司教ギツルによる十分の一税支払の規定である。これは民衆にわかりよい口語の簡潔で明快な条文であった、といわれている。これが皮切りになって、宗教的著作が、各地に次第にふえてくる修道院や教会を中心とした熱心な牧師たちの指導のもとに生み出される。それにつれて学問的活動も活潑化し、セームンドのように、作品は失われたが、ラテン語で歴史的著作をあらわす者も出てくる。十分の一税規定は教会の実際の必要から記録されたが、それに伴って住民の登録、財産登録が司教区の文庫に記入されねばならなくなる。また司教の叙任のためには、その功績を記録し、まとめて提出せねばならぬ。法律は、旧来のように法令布告者により、立法の岩で大声で言明されるのでなく、民衆にわかる言葉で書きとめられることになる。十二世紀から年代記を外国にならって書き始め、重要な事件が記入されることになる。一〇五六年生れのセームンドがアイスランドの学問の父であるとするなら、最初の史書『アイスランド人の書』を書いたアリ・ソルギルスソン（一〇六八―一一四八）は、アイスランドの歴史学の父ともいえるだろう。この史書の冷静に事実を扱った信頼のできる記述は、まさに正しい歴史記述の範を示したもの、といえ、スノッリも『ヘイムスクリングラ』の序で、それをほめ、この原則を自らも貫くことを表明している。

ノルウェーと違ってアイスランドに幸いした事情としては、ノルウェーは王侯、貴族が宮廷を中心にしてその精神生活をもち、しかも大陸のそれを模範としていた。つまり、母国語よりはラテン語が重視された。ところが、アイスランドでは宮廷はおろか王も存在しなかった。豪農らは子弟を熱心に自国語による教育にまかせた。独立を求め、専制君主をきらって新天地を求めた人々の意気込みすらそこに感じられるように思う。ノルウェーの宮廷詩人の大部分をある時期にはアイスランド人が独占するようになる、ということは既に触れた。このように盛んな精神活動の流れ（アイスランドのルネッサンスと呼ぶ学者もいる）の中にひときわすぐれて聳え立つのがスノッリ・ストゥルルソン（一一七九―一二四一）である。彼の首長、歴史家、法律家、詩人、政治家としての波瀾に富む生涯は『ストゥルルンガサガ』に語られている。その文学的才能は当代随一とされ、「王のサガ」のうち冠たる『ヘイムスクリングラ』や『スノッリのエッダ』を残したことで全中世を通じての最も大きな貢献を彼はしてくれた。『スノッリのエッダ』は「詩学入門書」といってよく、詩語の説明とそのもとになる神話の概観、自作詩による韻律一覧を内容とする。すでにその神話の概観は、エッダの内容紹介のところで大いに利用させてもらった。ノルウェー王朝史といえる『ヘイムスクリングラ』については、長くなるから後で説明することにしよう。

スノッリを頂点として、十三世紀からは、これまで口碑として伝えられた歌謡やサガを記録し編纂する時代に入る。関心の中心は、宗教や法律、王の歴史よりは、誇るべき祖先の生活、入植前後の状況、名だたる豪農の確執などである。アイスランドの物語芸術の頂点は一二八五年頃記載された『ニャールのサガ』といってよいであろう。これに匹敵する散文作品は当時のヨーロッパのどこにも見出せないであろう。小泉八雲がつとにこの作品を激賞したのは流石である。

現存するサガはアイスランドで刊行中の「アイスランド古代文学集」三十五巻におさまる予定で、その量の豊かさに驚かされるが、アイスランドからデンマークへ送られる途中で船が沈み失われた写本や、一七二八年と一七九五年のコペンハーゲンの大火で失われたものをも考慮に入れるならば、おそらく自国語による民衆の生活の記録としては全中世にも類を見ない厖大な量の作品群といえるのではあるまいか。

「アイスランド人のサガ」のうち特にすぐれた『エギルのサガ』『ニャールのサガ』『ラックサー谷の人々のサガ』『エイルの人々のサガ』『グレティルのサガ』の五長篇をよく、五大サガのように呼んでいる。しかし、『グレティルのサガ』などは、すでに、「古典的な」雄勁なサガの文体を失い、メルヒェン的で冒険的な要素を多く備えている。時代が下るにつれて、元来並行して存在していた軽い娯楽的内容のものが流行を見るようになる。中世後期には大陸の騎士小説の翻訳や他愛のないメルヒェン的サガが多くなる。大陸の文学を愛好した証明として低地ドイツの伝承シーズレク（ドイツのディートリヒ・フォン・ベルン）の編纂と翻訳があり、また、『エッダ』中の英雄伝説を散文でつないで再話した『ヴォルスンガサガ』や、デンマークの伝説的英雄のサガも同時代の趣味を反映している。

アイスランドの独立が失われたときから、国民の創造的な精神も衰えを見せはじめる。編纂の時代は続き、それによって残された多くの写本にわれわれは古代アイスランド文学研究の資料を仰ぐわけであるが、隷属の時代には、かつての輝かしい精神の高揚、創造力の奔出はもはやみたくもみられなかった。

1　宗教的学問的著作

キリスト教のサガ

ソルヴァルド・コズラーンスソンという男がいた。国外に行き、ヴァイキング行にしたがったが、分捕品のうち自分で使わないものはすべて、捕われた人を救うために使用したので、名をあげ、人々から愛された。

低地ドイツのサクスランドに行き、フリズレクという司教を訪れ、洗礼を受け、しばらくそこに滞在したが、そのうちにソルヴァルドは布教にアイスランドに行き、身内の者に洗礼を与えてくれるよう頼む。九八一年に彼らはアイスランドに渡った。当時の錚々たる首長（ゴジ）らの名は省略するが、フリズレクは北欧語を解しなかったため、ソルヴァルドが代って福音を説いた。だが、反響はほとんどなかった。

ソルヴァルドの身内の者は石に供犠をした。その中に自分たちの役に立つ霊が住んでいるというのだ。父のコズラーンは、司教とこの霊のいずれが強いか、わからぬうちは洗礼など受けられぬ、という。司教が石のところに行き、石にむかって歌を歌うと、石は真二つになって割れた。コズラーン一家はそのため洗礼を受けた。

ソルヴァルドとフリズレクは島内で布教活動を続ける。だが、西フィヨルド地区では説教によって受洗するものはなかった。ところが北地区では、多くの者が供犠を止め、偶像を壊し、異教の神殿税を払わない者も出てきた。

二人は民会でも布教にはげんだが、皆はスカルド詩人に嘲笑詩をつくらせた。「二人でつるんで九人の私生児を生めり……」と。激怒したソルヴァルドは二人の男を斬り殺した。

二人はこのため追放になる。民衆は焼討をかけようとしたが、鳥がとび立って馬がおどろき、人々は負傷したため、それは果たせない。

ソルヴァルドとフリズレクはノルウェーに渡ることになった。同じ船にアイスランドのヘジンという男が乗り込んだが、この者をソルヴァルドは殺す。司教はついにソルヴァルドと袂を分つ。

ソルヴァルドはあまりに復讐欲が強くて、とてもこの先いっしょに布教活動はできまいと感じたからだ。司教はザクセンに帰り、そこで死ぬ。ソルヴァルドはしばらく商取引に従事した。

さてゴルムの子ハラルド王の治世に、デンマークのアーロース（オールフス）に司教区ができ、ブレーメンから司教アルベルトがそこに行き、しばらく滞在した。その弟子にサングブランドという者がいたが、師とともにカンタラボルグ（カンタベリー）の司教フグベルトスに招かれ、楯を賜物としてもらう。後に彼はそれをノルウェーのオーラーヴ・トリュグヴァソン王に献ずる。王は銀を与える。サングブランドはその銀で美しいアイルランド娘を買う。決闘屋が娘を手に入れようとして決闘を申し込むがサングブランドはこれを殺したためデンマークにいられなくなる。そこでオーラーヴ・トリュグヴァソン王のもとに走り、そこで僧になり、しばらく王の宮廷牧師になる。

オーラーヴ王も洗礼を受け、西はアイルランドから東はホルムガルズ（ノヴゴロド）まで、またノルウェーのすべての民にキリスト教を布教した。

オーラーヴ王はステヴニルという者をアイスランドへ送り布教にあたらせた。だが、異教の者たちの間に反響がないので、彼は異教の神殿や供犠所を打ちこわしたり、偶像を破壊しはじめた。すると異教徒らが決起したので、ステヴニルは命からがら逃れた。

ステヴニルは身内の者から、キリスト教は氏族を汚すものだとして告訴され、後にノルウェーに戻った。

そこでオーラーヴ王はサングブランドをアイスランドへ派遣した。彼はシーズ・ハルのところに滞在し熱心に礼拝をおこなった。ハルは家の者ともども洗礼を受けた。サングブランドの熱心な布教により洗礼を受ける人もふえてくる。

一人の狂暴戦士がサングブランドに決闘を挑んだ。彼は跣で火の道を歩けるし、抜身の剣の上に裸で倒れても平気だという。サングブランドは火を潔め、剣の上で十字を切った。狂暴戦士は火で火傷を負い、剣に刺し貫かれて死んだ。

さて、夏の全島民会でサングブランドの布教した新しい信仰のことが大いに話題を呼び、両派が分れて互に相手を誇りあった。ヒャルティ・スケッギャソンは立法の岩の上で「フレイヤは疥《かい》癬《せん》かきの牝犬なり……」という詩をつくり、神を侮辱したかどで追放を宣告される。さらに生命を狙われるが、彼もいっしょにノルウェーに渡る。

その頃ノルウェーには多くのアイスランド人が自分の船で来ていた。〈孔雀のオーラーヴ〉の子キャルタン（『ラックス谷のサガ』参照）もその一人であったが、彼は相手がオーラーヴ・トリュグヴァソン王と知らずに泳ぎを競い、後に改宗する。

サングブランドもちょうどその頃ノルウェーに帰っていて、アイスランドの改宗の見込みがないことを王に伝える。王は怒り、ニザロースにいたアイスランド人を捕え、枷にかける。何人かの者がアイスランドに布教に行くことで生命を助けられる。だが、人質はとられた。

オーラーヴ王はレイヴ・エイリークスソンをグリーンランドに布教にやる。彼は進路からそれ、ヴィーンランド（葡萄の国。北米大陸のこと。『赤毛のエイリークのサガ』および『グリーンランド人の話』参照）を発見した。さらに難破した人々を見つけ救助したので〈運のよいレイヴ〉と呼ばれている。

オーラーヴ王はギツルとヒャルティをアイスランドに派遣した。異教徒とキリスト教徒の対立は激化した。異教徒がキリスト教が入らぬように異教の神々に人身御供を捧げようとすれば、キリスト教徒の方でも勝利を祈願して自らの身を犠牲にすることを志願したり、志願者を募ったりした。首長のソルゲイルはそのとき法律布告者であったが、マントをかぶったまま一日中臥せる。両派の戦いを恐れた彼はそれから調停案を示した。それはこうだった。洗礼を受けて一人の神を信ずべし。捨子と馬肉を食べる風習は残す。供犠は秘かに行う分には差支えなし。ただし証人が連れてこられた場合には追放免除金を払うべし、と。

このようにしてアイスランド人はすべて洗礼を受けることになる。一〇〇〇年のことだった。

このサガはこのように明快かつ客観的な叙述によってキリスト教のアイスランドへの導入を伝えている。異教徒であった法律布告者ソルゲイルは内戦の危機を回避するため、マントをかぶったなり一日中臥せったが、そのとき彼の心中に去来したのは何か。新しいキリスト教のとどまるところを知らぬ潮流であったのではないだろうか。キリスト教に勝ちをゆずらなかったらどうだったろうか。両派の争いは内乱となり、オーラーヴ王も恐らく武力行使に踏み切ったに違いない。

このサガは、次に紹介する『植民の書』の続きをなすように構想されたらしい。アイスランド史全体の流れを頭におき、『植民の書』がキリスト教徒として植民してきた者のことを最後の部分で触れているので、ちょうどそこのところからはじまって改宗の経過を語り、後の十二、三世紀の歴史へのつなぎに役立っている。

ついでに述べると、アイスランドにはスカーラホルトに司教区があるのみで、スウェーデンのルンドに大司教区があり、全北欧の教会はこの傘下にあったが、一一五二年にノルウェーのニザロースに大司教区ができると、アイスランドはほかのヘブリーズ、オークニー、フェロー、グリーンランドとともにそこに司教区が属することになる。

植民の書

ベーダの年代学の本（デ・ラチオーネ・テンポールム）の中にティーレという島のことが述べられている。ブレトランド（ブリタニヤ）から北へ六日の航程で、冬には日が見られず、夏には夜がない。学者たちはこのティーレをアイスランドとしている。

アイスランドがノルウェーから植民される前に北欧人がパパと呼んでいるキリスト教徒が住んでいたことは、彼らの残していた本そのほかからわかる。

アイスランドにノルウェーから植民があった時代に、ローマではハドリアーヌスが教皇で、それをついだのがヨハネスである。ドイツではルートヴィヒが皇帝で、コンスタンチノープルではレオーとその子アレクサンドル、ノルウェーではハラルド美髪王、スウェーデンではエイリーク・エイムンダルソンとその子ビョルン、デンマークではゴルム老王、英国ではエルフラーズ大王（アルフレッド）とその子ヤートヴァルズ（エドワード）、ダブリンではキャルヴァル、オークニーではシグルズ侯が、それぞれ王であった。

ノルウェーのスタズからアイスランド東部のホルンまで七日を要したという。またアイスランド西部の岬スネーフェルスネスからグリーンランドまで三日、南アイスランドの岬レイキャネスからアイルランドのイェルドフラウプまで三日かかったといわれている。

ノルウェーの人々がフェロー島に行こうとして押し流され、大きな国を見つけた。彼らは東のフィヨルドで山に登り、煙か人の住んでいるしるしがないかどうか見廻した。だが何も見えなかった。彼らは秋にフェロー島に戻った。彼らがその国を去ったとき激しく雪が山に降った。それ故彼らは雪国と名をつけた。彼らはその国をとてもほめた。彼らの上陸したところは、今東のフィヨルドのレイザルフィヨルドと呼ばれているところだ。このように司教の学者セームンドは語っている。

ガルザル・スヴァーヴァルソンというスウェーデン生れの男がいた。雪国を探すために出かけ、東のホルンの東に着く。そこに当時港があった。ガルザルは国をめぐって、島であることを確かめた。北のスキャールファンディというフィヨルドのフーサヴィークで一冬すごし、そこに家を建てた。春になって海に出ようとしたとき、ナートファリという彼の奴隷が、奴隷と妾といっしょに後に残った。そこはナートファラヴィークと呼ばれている。

ガルザルはノルウェーに帰って、この国のことを非常にほめた。その後その国はガルザルホルムと呼ばれた。当時は岸と山との間に森があった。

フローキ・ヴィルゲルザルソンという男がいた。偉大なヴァイキングだった。雪国を探すためにノルウェーのロガランドから出航の準備をした。大きな供犠をおこない、道を示す役目の三羽の鴉に供え物をした。彼は先ずシェトランド諸島に行き、次にフェロー島にむかった。ここから例の鴉を三羽たずさえ大海に乗り出した。一羽を放つ。と、それは舳先に戻った。二羽目を放つ。これは空中を飛んで船に戻った。三羽目は舳先をこえて真一文字に飛び、その方向に彼らは国を見つけた。彼らは東のホルンのあたりにつく。それから島をまわって北西のバルザストロンドに上陸した。フィヨルド中に魚が溢れていた。彼らは漁に夢中になり乾草をつくることを怠ったので、つれていった家畜は全部冬に死んだ。春は非常に寒かった。フローキが山にのぼって見るとフィヨルドは浮氷群でいっぱいだった。そこでフローキはこの国をアイスランドと名づけた。夏に彼はノルウェーに帰ったが、この国のことをあまり良くはいわなかった。ヘルヨールヴは良い面と悪い面を語った。だが、ソーロールヴは、この国では、すべての草の茎からバターが滴る、といったので〈バターのソーロールヴ〉という仇名をつけられた。

インゴールヴとレイヴという乳兄弟がいた。二人はフラヴナフローキ〈鴉のフローキ〉が発見し、当時アイスランドと呼ばれていた国を探しに出かけた。そして東部のフィヨルドの、アールプタフィヨルドに入る。南の方が北よりも良いように思い、一冬そこに滞在した後に再びノルウェーに戻った。

その後、インゴールヴはアイスランドへの旅に財産を注いだが、レイヴは西へヴァイキング行に出た。アイルランドを荒らし廻っているうちに、そこに大きな地下室を発見する。中に入ってみると暗闇に男がいて、手にもつ剣がきらりと光る。レイヴはその男を討ち、剣と多くの宝を奪った。それ以後彼はヒョルレイヴ〈剣のレイヴ〉と呼ばれた。彼はなおもアイルランドを劫掠し豊かな分捕品を手に入れ、十名の下僕も手下にする。その後ノルウェーに帰り、インゴールヴに会い、その妹ヘルガを妻に迎えた。

その冬インゴールヴは一大供犠をおこない、自らの運命に対する前兆をもとめた。ヒョルレイヴは供犠をしようとしなかった。神託はインゴールヴにアイスランドを示したので二人は出発する。その夏にハラルド美髪王はノルウェーの支配者になって十二年経っていた。われらの主の托身後八七四年だった。

インゴールヴはアイスランドが見えたとき幸運を祈って高席（家長が坐る）の柱を船べりごしに海に投じ、柱の流れついたところに住もうといった。今インゴールヴスヘヴジと呼ばれているところにインゴールヴは上陸した。

ヒョルレイヴは西に進路をとったが、水不足に悩んだ。アイルランドの下僕が粉とバターをこね、それが渇きを消すと主張した。それを彼らはミンサクと呼んでいた。ところがそれが出来上った時大雨があり、テントで雨をためた。ミンサクは黴が生えはじめたので海にすてた。ヒョルレイヴはヒョルレイヴスヘヴジに上陸した。そこには当時フィヨルドがあり、彼は家を二つ建て冬を過した。

春になって、播種しようとしたとき、牡牛が一頭しかいなかった。下僕の一人が牡牛を殺し、熊に殺されたといつわって報告し、ヒョルレイヴ一行が熊を探しに出かけたときに彼を襲おうといった。その通りになってヒョルレイヴは殺され、下僕たちは島に逃げた。

その後、インゴールヴの召使いらがヒョルレイヴの死体を発見したため、ことを知ったインゴールヴは仕返しに下僕たちを残らず殺した。

インゴールヴはレイキャヴィークに住み、エルヴサー（川名）とフヴァルフィヨルドの間の土地を手に入れた。彼は人の住まぬ国にきて、最初に住んだのですべての植民者のうち最も有名であった。ほかの植民者は彼にならった。彼はフロシの娘ハルヴェイグを妻にした。

インゴールヴの孫ソルケルは異教の人々のうち最もすぐれた信仰の持主であり、法律布告者であった。彼は死が迫ったとき、ベッドを陽光のふりそそぐ中に運び出させ、太陽をつくった神の手に身をまかせた。


『植民の書』はこれから、主な植民者たちの叙述に入る。このように詳細な植民の記録は世界史を通じても珍らしく、ゲルマン人の植民史に実に内容豊かな材料を提供している。ましてやアイスランドの人々にとってはこの上なく興味深い記録で、祖先の話をさらにくわしく知りたいという気持を昂じさせたことは想像にかたくない。後述のサガに出てくる人物も多いので、紙幅の関係から、ここでは、興味ある若干の人々の植民の模様を附け加えるのにとどめよう。

＊

ソーロールヴ・モストラルスケッグは大の供犠者で、トールを信じていた。ハラルド美髪王の圧政を避けてアイスランドへむかったが、ブレイザフィヨルドにきたとき高席の柱を海中に投じたが、それにはトールの像が彫られていた。彼はトールもこの国にくるように願い、入植した土地はすべてトールに捧げ、その名にちなんで命名することを約束した。

さて彼はスネーフェルスネスの北岸に上陸したが、トールの柱もそこに漂着していた。そこに家屋敷をつくり、神殿を建て、トールに捧げた。そして全所有地をソールスネス〈トール岬〉と名づけた。岬の山をヘルガフェル〈聖山〉と呼び、山を信仰し、何人にも身を潔めずにそこを見ることを許さなかった。また、平安の場所があり、そこでは人も動物も身に危害が加えられてはならぬところであった。人は死んだら山に入るというのがソーロールヴ一族の信仰だった。トールが着いた岬でソーロールヴはすべてのことを裁き、近隣の人々の賛同を得て、そこで地方民会が開かれた。民会のときそこで小用をすることは禁止され、岩礁に行かなければならなかった。聖なる土地が汚されることを恐れたのだ。ソーロールヴが死んで、その子ソルスティンがまだ小さかったとき、小用を聖なる土地で足した者があって、民会で争いが起り、両方に死傷者が出る騒ぎがあった。結局仲裁されたが、血で汚れたため民会場は移されることになった。そこには人間を生贄に捧げるとき、その背骨を折った〈トールの石〉があるし、また人間の生贄を宣告する法廷があった。

＊

スクータザルスケッギの子ビョルンはノヴゴロド航海者であったので〈毛皮のビョルン〉と呼ばれていた。彼はアイスランドにきたが、後にデンマークで、フロールヴ・クラキ（『フロールヴ・クラキのサガ』参照）の墓をあばき、王の剣スケヴニングを手に入れた。

＊

インギムンドは白熊の仔二頭を見つけ、ノルウェーにもって行き、ハラルド王に献上する。そしてその返礼に木材を積んだ船をもらった。当時はまだノルウェーでは白熊は見られなかったのだ。

＊

エーヌンドは燃える矢を川越しに放ち、川の西の土地を自分のものとして聖化し、その真中に住んだ。

＊

ヘルギはアイスランドに近づいたとき、どこに上陸すべきか否かをトールにたずねた。キリストを信じていたのだが、航海や困難なことに際してはトールに呼びかけた。彼はガルザルホールムに上陸し、一対の豚をそこに放ったが、三年後には七十頭にふえていた。彼は河口で大きな焚火をして全地域を潔めた。

＊

フラヴンケル・フラヴンスソンが山を越え、谷に住み、眠ると夢を見た。一人の男がきて、できるだけ早くたつようにと告げる。そこで起きて先を急ぐ、少し行ったところで全山が谷に崩れ落ち、彼は九死に一生を得た。

＊

老ソールハッドはノルウェーのスラーンドヘイムの神殿の司祭であった。アイスランドへ植民するため神殿をたたみ、神殿の土と柱をいっしょにもっていった。

＊

ウールヴリョートはアイスランドの法律をつくった。アイスランドの見えるところにきた船は船首の飾りをはずすことが決った。口を開けた龍頭が土地霊を脅かさないようにと。

＊

女は若い牝牛をつれ一日に、日出から日没までの間に歩けるだけの土地以上は手に入れられないことが決められていた。

＊

先に植民した者があまり沢山土地を取ったため、後からきた者は困った。ハラルド王は、誰も乗組員といっしょに火をもって一日でまわれる以上の土地を取ってはならぬということで争いを調停した。朝、東に太陽があるときに松明をとって消さずに歩き出し、太陽が西にくるまで歩くのだ。

＊

学者はこの国が六十年間にすっかり植民されたといっている。この六十年間に植民したアイスランドの最も偉大な首長らの名は次の通りである。

と、ここで、エギル・スカラグリームスソン（『エギルのサガ』参照）などの名があげられる。『植民の書』の末尾は、若干の入植者がすでにキリスト教徒であったこと。それはほとんど西の、英国やアイルランドからきた者たちである。しかし大部分は異教に戻った。そして神殿を建て供犠をおこなった。この国はそれからほとんど百年間異教のままであった、ということばで終っている。すでに紹介した『キリスト教のサガ』がこの終った部分によく接合することは前に述べた通りである。『植民の書』の内容価値は略述したところからも十分推察できると思うので、くどくどしい説明は省いてもよいであろう。

アイスランド人の書

『アイスランド人の書』は西アイスランドのヘルガフェル出身のアリ・ソルギルスソンが一一二二年から三二年の間に書いたもの。アリはノルウェー王家の血筋をひくアイスランドの名門の出である。父のソルギルスが早く死んだため祖父のところにあずけられたが、祖父もローマ行きの途中で死んだため、ハウカダルのハルのところで育てられた。このハルは記憶力がおどろくほど強く、また外国経験もあり、ノルウェー王とも親しかった。この養父のところで成長するうち彼は歴史に興味をもつようになった。またハウカダルには博学な叔父ソルケルがいて、グリーンランドの直接の見聞をその叔父からきいた。さらにアイスランド最初の司教イースレイヴの子で博識をもって聞えたテイトがいて、これからもアリは深い影響を受けた。アリはこの書を書くにあたって、史書としての客観性をもつことを何よりも重要視した。それは、目撃者の報告を重んじたことや報告の根拠をあげていることにもうかがえる。

アリの『アイスランド人の書』はアイスランド語で書かれた最初の史書で、八七〇年の植民から一一二〇年までのこの国の略史を扱っている。明快な文体、客観的な記述により正しい歴史記述の模範を示したことで後世に伝えた影響は大きく、スノッリが高く評価していることは前にも触れた。

この『アイスランド人の書』ははじめソルラークとケティル両司教のために書き、セームンドに見せたものを書きあらためたものである。

アイスランドにノルウェーから初めて植民があったのは、ハラルド美髪王の時代で、義兄テイトの言によると、ラグナル・ロズブローク（デンマークの十世紀の伝説的な王）の子イーヴァルが英国の聖王エアドムンドを討った頃で、キリスト生誕後八七〇年のことである。

インゴールヴのことは『植民の書』で紹介した通りなので先を急ぐ。

ノルウェーから大移動が続き、ハラルド王は国土が荒廃することを恐れて禁令を出すに至る。アイスランドへ渡航するものから税金を取り立てることにした。

アイスランドに広く植民がおこなわれるようになるとウールヴリョートはノルウェーのグラスィング（民会の名）の法律に範をとった法律をつくり、また彼の義兄弟グリーム・ゲイツケルは全島をくまなく歩いて全島民会開催の場を探した。この労に報いるため全島民は彼に一ペニングずつ与えたが、これを彼は後に神殿に寄付した。さて全島民会の場所は現在のところ（スィングヴェルル）に決った。

一年を三百六十四日とし七年目の夏ごとに一週間をくり入れる暦法もこの民会で決められた。

ソールズ・ゲリルとトゥング・オッドの間の民会での争いがきっかけになって（『めんどりのソーリルのサガ』参照）、全島は四つの地区に分けられることになり、そのそれぞれに三つの民会が、北地区だけは四つの民会がおかれて、民会員の訴訟を扱うことになった。

グリーンランド〈緑の国〉と呼ばれる国がアイスランド人によって発見され、植民された。ブレイザフィヨルドの〈赤毛のエイリーク〉が発見者で、国が良い名前だったら人々は喜んで出かけるだろうと、このように命名したのだ。ここでは東と西に人間の住居があった。また皮のボートや石器があった。そのため、ヴィーンランドに住んでいるのと同じ、グリーンランド人がスクレーリンギャルと呼ぶ住民がいたことが推測された。これはキリスト教がアイスランドに入る十四年か十五年前〈八八五―八八六〉のことである。

キリスト教がアイスランドに入るときの事情については、すでに紹介した『キリスト教のサガ』の方がずっと詳しいので省略する。

この後、当時アイスランドにきた外国生れの司教の名が語られ、次いで司教イースレイヴ、その子ギツルが紹介される。アイスランドに教会税として十分の一税が法制化されたのは彼の時代であり、またスカーラホルトに初めて司教区ができたのもその頃であった。

『アイスランド人の書』は『植民の書』ほど豊かに植民者の風俗、信仰、生活の全般についての魅力ある記録は提供していない。そのためアリを『植民の書』の編者とする推論は当然生れやすい。従来その説を支持する者が多かったが、最近有力になりつつある説によると、アリは『植民の書』の編者ではなく、その代りにおびただしいノートを残しただけで、その未整理のノート類を後代の編者が利用してこの書を編んだのであろう、といわれている。

スノッリのエッダ

スノッリ・ストゥルルソンは一一七九年アイスランド西部のフヴァムルで、首長ストゥラの子として生れた。三歳のとき、学者セームンドの孫にあたるヨーン・ロプトソンの養子となり、当時の学芸の中心地オッディに過した。ヨーンはその頃最も有力な首長であり、学識のある僧であり、同時に世俗的な野心もある男だった。

スノッリの歴史や神話や古語についての教養はすべてこのオッディで培われたといってよい。オッディはセームンドやアリの著作や『古エッダ』、スカルド詩などが書写された場所であったらしいから。

スノッリは単に才能豊かな若者であっただけでなく、富と権力に対する欲望も相当強い男だった。二十歳で資産家の娘と結婚、ボルグに移り、そこで有力者にのし上り、歴史家、法律家、詩人としての名声を高めた。政治家としても有能で教会と首長の争いに手腕を発揮したり、全島民会の法律布告者になったりしている。一二一八年にノルウェーを訪れ、ハーコン王やスクーリ侯の知遇をえる。この侯やその他ノルウェーの首長にすすめられて、後述の『ヘイムスクリングラ』のようなノルウェー王の列伝を書くことになったのである。

『ヘイムスクリングラ』は王のサガの中の雄篇で、王朝の伝説的由来を語った序章『ユングリンガサガ』を除けば、ハールヴダン黒王（ハラルド美髪王の父）からマグヌス・エルリングスソンにいたるノルウェーの支配者らの列伝を中心にした史書である。「アイスランド古代文学集」にして三巻、質量ともに彼以前にも、また以後にもこれに匹敵するものなく、おそらく全ヨーロッパ中世においても自国語で書かれた歴史記録としてユニークな位置を占めるであろう。内容的に見れば、(1) 異教時代のゲルマンの信仰、生活、文化、(2) キリスト教改宗期の変化、(3) 改宗後の歩み、という三段階の北欧史が実に興味深くくりひろげられている。

史料としてはステュルミルの『オーラーヴ王のサガ』その他を利用しているが、スノッリは、構成の巧みさ、登場人物の性格の活写という点で以前の王のサガの著者を遥かに凌駕した。史料の扱い方は批判的であり、荒唐無稽な部分は捨て、同時代の信頼すべきスカルド詩人の作は極力とり入れるなど客観的であることに努力した。そして、それでもなお残る史料の不足を豊かな想像力で補っている。

スノッリの文学的業績の二は、『散文エッダ』である。この作品は、すでに紹介した『エッダ』と区別して、『スノッリのエッダ』『新エッダ』とか、『散文エッダ』と呼ばれるのであるが、その意図は、作中にある次のことばから明らかである。「詩語を習得し、表現の豊かさを学び、また詩の中に隠されたものを理解したいと思う若い詩人に、知識をふやしたり、楽しみのために、この本を読みなさいといわなければならない」

つまり、スノッリの『エッダ』は詩人のための入門書なのである。古代北欧のスカルド詩は高度に複雑な韻律、語順をもつ技巧的な詩であり、またその詩によく用いられるいわゆる〝ケニング〟と呼ばれる代称（海を〈白鳥の道〉とするなど）は、神話や伝説を自家薬籠中の物としていない者には正しく理解することができぬ実に厄介な代物である。スノッリの時代でも、これらのことがらに熟達することはかなり困難ではなかったかと推測できる。スノッリは、そのことをよくわきまえ、スカルド詩のむつかしい技法をいかにわかり易く説くかに、正確に照準をあわせ、このハンドブックを書いている。

内容は三部からなり、第一部「ギュルヴィたぶらかし」は神話の概観、第二部「詩人のことば」は詩語、とりわけケニングの説明、第三部の「韻律一覧」はハーコン・ハーコナルソン王とスクーリ侯のための頌歌とそのコメントである。

第一部「ギュルヴィたぶらかし」は一種の枠物語で、伝説的なスウェーデンの王ギュルヴィが老人に姿をやつしてガングレリと名乗り、アースガルズに赴き、この世の過去と未来のことを神々に尋ねる。そして古詩、主として『古エッダ』からのそれを引用しながら、北欧神話の梗概が語られる。ギュルヴィは最後に突然野原に立ち、今まであった壮麗な宮殿が跡かたもなく消え失せていることに気づく。このため「ギュルヴィたぶらかし」の名がついている。

この部分は実は、すでに、本書のエッダの神話の章で十分に利用させてもらっている。『古エッダ』だけでは十分に関連のつかめなかった神々の物語が、ここでは芸術的に纏りのある神話物語に仕上げられているからである。流れるような、それでいて読者を絶えず緊張させる、フモールにみちた文体で、詩人のケニングの素養に必要な神話を語り進める腕には舌をまく外はない。トールの巨人の国での冒険はすでに紹介ずみであるが、この愉快な話の出所は『古エッダ』ではなくスノッリの『エッダ』なのである。

第二部は「詩人のことば」で、内容形式ともに第一部よりもまとまりは悪いが、ケニング技法を詳しく扱っている。どのように一つの概念が二つないしはそれ以上の語によっていいかえが可能か、ということを七十名ものスカルド詩人の四百にあまる詩から引用しつつ説明している。このため、失われてしまったスカルド詩を多く保存し、今日でもスカルド詩入門書として十分に役立つ内容をそなえている点で貴重である。ケニングの用法を実例であげてみると、例えば、オーディンのケニングには、「鴉神」「ミーミルの友」「狼の敵」等々二十いくつもあるが、これらは説明の要はないと思う。では、黄金はなぜ「エーギルの火」「シヴの髪」などといいかえられるのか。海神エーギルが神々を招待したとき、黄金の延板を広間に運ばせた。それが広間中に輝いて酒宴の照明となったから「エーギルの火」と呼ばれるのである。また、いたずら者のロキがあるとき女神シヴの髪をすっかり刈りとる。トールはロキを引っつかまえ、黒い妖精のところへ行き、黄金の髪を作らせる。このため「シヴの髪」は黄金を意味するのだ。と、こういう具合に興味深く教える。紹介ついでに古代人の想像力を知るよすがに、右の神話や伝説をバックにしたものとは違ったケニングをいくつかあげてみよう。海＝「鯨の背」「白鳥の大地」、火＝「木の殺し手」、戦＝「武器の嵐」、船＝「浪の馬」「海王の馴鹿」「海馬」、手＝「鷹の大地」「弓の苦難」「肩の足」、脚＝「足の裏の樹」「道を駈ける槍」等々。あげてゆくときりはないが、このようにスカルド詩は古代人のもつイメージを知る上での絶好の資料なのである。

ケニングに次いでは、「ヘイティ」と呼ばれる、同意語の紹介、説明があるが、グロッサリを示すだけでは興味はないので省略する。

第三部「韻律一覧」は二つの自作の詩とそれへのコメントである。スノッリはここでスカルド詩で最も好まれる八行三強勢のドゥロートクヴェトの韻律を用い、そのあらゆるヴァリエーションを自由自在に駆使して百二の詩節を例示している。若い詩人に詩作の模範を自ら示す意気込みで、若い頃からの理論研究を少しの欠陥もみせずに実作に結晶させた才能には驚きを禁じ得ない。しかし作品の内容価値そのものはそう高いわけではないので、スカルド詩の実例は後にゆずることにする。

ヤン・デ・フリースの説によると、第三部が最初に書かれ、スカルド詩の韻律を実地に示すための自作の詩と理論がそこに提出された。ところが、韻律だけでは不足なので、言語上の困難を克服させるためケニング技巧についての整理を第二部で試み、第一部では、その前提となる神話や伝説の梗概が最後に書かれたという。

この説の当否はここでは問わない。スノッリが意図した通りに複雑な技巧が若い詩人たちにうけつがれ、以前にもまして絢爛たるスカルド詩が花咲いたか、といえば、そうではなかった。しかし彼の残した『散文エッダ』は、北欧神話と宗教史の研究に最も重要な基礎資料となり、多くの貴重なスカルド詩を湮滅から救い、また『古エッダ』には残されていない興味ある幾多の神話や断片的なモチーフを現代に伝えている。そして、『ヘイムスクリングラ』の筆者としてのスノッリが、ヘロドトスになぞらえられる歴史家とされるなら、『散文エッダ』の筆者スノッリは中世で最もすぐれた物語作家と呼んでも過褒ではないであろう。

スノッリがノルウェー王のアイスランドへの野心にからむ政争にまき込まれて殺されたのは一二四一年のことで、それは『ストゥルルンガサガ』に語られている。

ストゥルルンガサガ

『ストゥルルンガサガ』はアイスランド共和国の終末期の豪族の確執を叙述した歴史である。

かつての名誉と氏族の連帯を何よりも尊ぶサガ時代はもはや遠くに去り、ストゥルルンガサガ時代を今支配するものは、所有欲、野心、支配欲であった。打算、冷酷、残酷さが、かつての誇り高いヴァイキング精神にかわり、道義は頽廃して、血で血を洗う戦いが繰り返され、アイスランドはノルウェーの外圧によるよりは内部崩壊によって終末を迎えることになったのである。登場人物二千五百名の少々まとまりの悪い、部分的に人物描写等にすぐれたものを見せる膨大なこの作品をここで紹介するのはひかえておく。

2　王のサガ

「王のサガ」は、次章の「アイスランド人のサガ」とはちがって、原則として筆者の名前が知られている。舞台はアイスランド国外、主としてノルウェーでの、王侯の事蹟を扱っている。

いつ「王のサガ」が、どのような理由からアイスランド人により書かれたか、はっきりしたことはいえないが、推定する材料はある。

ノルウェーでは文献記録時代に入るとラテン語による王の伝記が書かれたが、その最古のものは十二世紀後半である。その一つ、トロントヘイムの僧テオドリクスの『ノルウェー王の古代史』Historia de antiquitate regum norwagiensium はハラルド美髪王からはじまり、一一三〇年で終る。興味あることに著者はアイスランド人の報告と詩を資料としてあげている。デンマークでもサクソ・グラマティクスが伝説の時代から同時代までのデンマーク史『ゲスタ・ダノールム』を十三世紀初めに書いたが、やはり、古代の伝承についてはアイスランドの詩人に負うことをあきらかにしている。

ところでアイスランドの写本『フラテイヤル本』に、もっと直接にノルウェー王に、王のサガを語った詩人の話がでてくる。アイスランドのソルステインという男が、ハラルド苛烈王の宮廷に行き、人々をサガで楽しませる。しかしユル（冬至祭、後のクリスマス）の頃に憂鬱になる。というのはサガの手持ちが底をついてきたからだ。そこで最後にハラルド王自身のサガを少しずつ区切ってユルのときに語ることにする。その物語が終ったとき王は、それをどこで手に入れたのかとたずねる。彼は答えて、アイスランドでは毎夏民会に行き、ハルドル・スノラソンの語るサガからそれを覚えたといっている。

大陸や英国の年代記の影響を受けたノルウェーでは上述のように遅ればせながら王の事蹟の記録がはじまる。その際王に近侍として仕えるスカルド詩人は王の要望により、王と行をともにしつつ頌歌を捧げ、また王の輝かしい系譜を歌にして残した。全北欧を通じてキリスト教布教に最も功績のあったオーラーヴ聖王のかずかずの奇蹟は、多くの伝承となって世代から世代へ、国から国へと伝えられたことは容易に理解できる。残念ながらその多くのものは失われて現存していないけれども。ノルウェーの王侯側からすれば、すぐれたアイスランド詩人により誰にもわかる自国語で自国の王朝史を書いてもらうことは喜びであったし、アイスランドの詩人の側からすれば力量才幹を世に問う絶好の機会であり、王侯の友情と褒賞も魅力だったのだ。

スノッリは『ヘイムスクリングラ』により、王のサガの圧巻を世に残したが、それ以前にも、いくつかの王の小さいサガがあって、今日残されたものは、『モルキンスキンナ』（ぼろ写本）や『ファグルスキンナ』（美写本）と呼ばれる写本その他におさめられ、またはっきり著者のわかる王のサガとしては、ヨーンソン（一一六九—一二一三、アイスランドのスィングエイヤルの修道院の僧）のスヴェリル王の事蹟を扱った『スヴェリスサガ』、また、スノッリの甥ストゥルラ・ソールザルソンの『ハーコン・ハーコナルソンのサガ』、著者名ははっきりせぬが、デンマークやオークニーの王侯を扱った『ヨームのヴァイキングのサガ』、『オークニー人のサガ』などがある。

それでは、これら王のサガの中で最も偉大な『ヘイムスクリングラ』を手はじめに、二、三のサガを紹介してみよう。

ヘイムスクリングラ

ヘイムスクリングラという語は〈世界の輪〉の意味で、序章『ユングリンガサガ』の冒頭に出てくる語である。しかしこの作品の古い呼び名である『ノルウェー王のサガ』の方がよりよく内容を語っているように思える。

このサガは「アイスランド古代文学集」にして三巻の大冊である。その名のように、ノルウェーの王朝史を扱っていて、国や民衆のことを主にしてはいない。序章は、ノルウェー王の系譜を神代から説きおこし、わが国の『古事記』や『日本書紀』に似通ったものをもつ。神々を歴史上の人物として扱い、古代の信仰、供犠、葬制、伝説、戦争などが、〈博学ショーゾールヴ〉の詩『ユングリンガタル』や〈亜流詩人エイヴィンド〉の詩を織りまぜながら語られている。

序章を除いて、十六のサガを含み、その各々が一人一人の王の生涯と治世を語っている。大ざっぱにいってハラルド美髪王の統治八六〇年から彼の直系の最後の王マグヌス・エルリングソンの一一七七年の勝利まで、約三百年間を扱ったものである。もし三人の中心人物をあげるなら第一にオーラーヴ・トリュグヴァソン、第二にオーラーヴ聖王、そして第三にハラルド苛烈王であろう。

スノッリは序文に書いている通り、アリの鋭い史眼に裏うちされた史書と信頼のおける同時代のスカルド詩人の作をよりどころにして、従来の奇蹟譚にありがちの誇張と不正確を排し、興味本位の伝説の道を進まず、あくまで聖者でなくて人間を、聖蹟譚でなくて、歴史をしるそうとした。そしてその洞察力と磨きのかかった明澄な文体で歴代の王の列伝を生き生きとした芸術作品にまでたかめたのである。膨大な内容の中から、ほんの一部——文字通り、九牛の一毛にしかあたらないが——をとり出し紹介してみよう。

ハールヴダン黒王の妃ラグンヒルドはすばらしい夢を見た。彼女には予見の才があったからだ。あるとき見た夢で、肌着にささった棘が見る見る間に枝が全ノルウェーを覆うほどの巨木に生長する。その根はしっかりと大地に張り、幹の根元は血のように赤く、幹の中ほどは美しい緑で、枝は全部雪のように白かった。

　この夢は勿論王妃の子ハラルド美髪王とその一門の繁栄を暗示している。全巻にあらわれる夢の話は驚くほど多く、しかも、予見の才と夢、夢の神聖さ、夢占、夢ときなどこの方面の研究にとって欠かせぬ材料をふんだんに提供している。


　次は小王から身を起してノルウェーの専制君主となったハラルド美髪王の〈ハールファグル（美髪）〉の名の由来を語る話。

　ハラルド王はハルダンガのエイリーク王の娘ギューザに求婚の使者を立てる。気位の高い彼女はたかが二、三の地方を支配する王にすぎない者を夫に選ぶために処女を捧げたくはない、デンマークのゴルム王、スウェーデンのエイリーク王のように専制君主としてノルウェーに君臨する王がいないとは、不思議なこと、といい、使者に、全ノルウェーの支配者にならぬうちは妃になりたくない、と彼に伝えてくれという。

　使者は無論怒った。痛憤やるかたなく帰って王に軍勢を派遣して乙女をこらしめてやっては、という。ハラルドはこれを聞くと、いや、むしろそのことばに感謝せねばならぬ、どうしてそのことに思い当らなかったのか、といい、全ノルウェーを、貢納、歳入、支配とともどもわがものにせぬうちは神かけて、髪を刈りも、くしけずりもせぬ、と誓う。

　彼はこの後奮戦に次ぐ奮戦でついに初志を貫き、ハヴルスフィヨルドで大勝利をおさめ、ノルウェー全土の主となり、十年間のばし放題だった髪を湯浴みした後ラグンヒルド侯に刈らせる。

侯はハラルドに〈美髪〉という仇名をおくったが、誰もかれも、王を見たものはその名がふさわしいと思った。

ゴング・フロールヴ（ロロ）は西の海を〈南の島〉（ヘブリーズ島）へむかい、さらにヴァランド（フランス）に行き、そこを荒らし、一つの侯国を占領、そこに多くのノルマン人を定住させた。そのため、そこはノルマンディーと呼ばれる。ゴング・フロールヴの子孫から英国王ヴィルハールム（ウィリアム）が発している。

この外、フェロー島、アイスランド、グリーンランド、ヴィーンランドなどの発見にもふれている。

さて、異教の信仰や供犠に詳しいのも、『ヘイムスクリングラ』の特徴である。

ハーコン善王の時代、フラズ侯シグルズは大の供犠者であった。古来の風習では、血の供犠が行われるときには、すべての農民が神殿のあるところに、祭の間、必要な食料持参で集まらなければならなかった。そこではあらゆる動物、殊に馬が殺された。血は皿に受けられ、払子《ほっす》で血を祭壇や壁の内と外に、また参会者にもふりかけられた。肉は煮られて宴会に供された。広間の中央に火がたかれ、鍋がかけられ、火をこえて酒杯が渡された。祭主が杯と神饌を潔めねばならない。まず王の勝利と支配のためにオーディンの杯を、次に豊作と平和のためにニョルズとフレイの杯をあげねばならなかった。それからブラギの杯をあげる者も多かったし、すでに墓に眠る身内の者のためにも杯をあげた。

キリスト教改宗をすすめる王に異教徒の反対が強く、ハーコン王が杯に十字を切ったのを、シグルズ侯がトールに捧げるしるしだと弁解し人々の怒りをおさえる。農民は馬肉、スープ、馬の脂を王にすすめるが、みな拒否され、ついに布ごしにスープの蒸気を吸わせたりしたが、王のそのときの表情などを想像してみると面白い。


オーラーヴ・トリユグヴァソン王が王になるについては、ハーコン侯の非道とその死がドラマチックに語られている。

ハーコン侯は女癖が大変悪かった。名士の娘たちを一、二週間つれてこさせては床をともにし、それから帰す、というふうであったためその身内の者の怒りを買う。農民たちの不平もつのる。ハーコン侯はついにカルクという下僕をつれ逃げ出すが、農民らは道という道を全部封鎖する。ソーラという女の家に行き、豚小屋に穴を掘ってかくまってもらう。下僕は夢を見る。そして侯の最期の近いことを知る。オーラーヴ・トリユグヴァソンが国に戻って侯の子を殺す。農民はオーラーヴの下に集まり、意気投合し、彼を王に選ぶ。一同は侯を探索することにした。ソーラは侯のお気に入りだから、そこに立廻っていると睨み、そこを家探しをするが見つからない。オーラーヴは豚小屋の横の大石の上に乗って、ハーコン侯に不幸をもたらした者には恩賞をとらせるぞ、という。穴の中にひそむ侯と下僕にはもちろんこのことばが聞える。侯は、裏切らないだろうな、という。決して、と下僕は答える。

夜、カルクはオーラーヴに黄金の首輪をもらった夢を見る。注意しろ、と侯はいう、オーラーヴにあったら血で真赤な首輪をお前の首にかけるだろうよと。明け方に今度は侯の方が夢を見る。悪夢で、とびあがらんばかりに踵と首をひきつけ、大声で恐ろしい叫びをあげた。カルクはびくっとし、恐怖に陥り、刀を帯から引き抜くと侯の咽喉に突き刺し、首を斬る。彼はその首をオーラーヴに差し出したが、オーラーヴはカルクの首を打たせる。島で侯とその下僕の首は曝され、石打ちにされ、胴体は引きずられてきて焼かれた。それほどトロントヘイムの人々の侯に対する敵意は大きかった。

オーラーヴ・トリュグヴァソン王はキリスト教の改宗に熱心な王で、『キリスト教のサガ』中のアイスランドへサングブランドを送った人物である。彼の少々強引な改宗のやり方を拾ってみよう。

王はトゥーンスベルグで民会を開き、魔術や妖術を使う者はすべて追放に処することを決めた。魔法使いらを宴会に招き、酔って寝入ったところを焼討にして殺した。

トロントヘイムで改宗をすすめる王の軍勢とそれに反対する〈鉄のスケッギ〉ら農民勢が対立する。王は、それではいっしょに神殿に入って礼拝を見よう、と数名ずつ中に入る。そして、金銀で飾られ最も高い尊敬を受けていたトールの像を、王は杖で打ちすえ、座から落し、一方臣下らは、他のすべての神々を同様に打ち落した。〈鉄のスケッギ〉はドアのところで斬り殺された。王は外に戻るとキリスト教を受容するか戦を挑むかの二者択一を迫り、結局改宗に決まる。王はそこに集まっていた全民衆に洗礼をほどこしたが、信仰を守るよう農民たちから人質をとった。スケッギの残した娘を王は側女に迎えるが、床入りの後、王が寝入ると娘は短刀を引き抜いて王に刺しかかる。王は気付き短刀をとり上げる。親の仇討を果せず娘は去る。

ラウズという男は頑強に改宗に反対した。王は夜襲をかけて屋敷を包囲し彼を捕え、縛ってつれてこさせる。説得に応じないラウズに業を煮やした王は、彼の口の中に蛇を入れようとするが、手足を縛られたラウズが口で息を吹きかけるためになかなか入らない。そこでヒースの根を口の中に先ず押し込み、蛇を根の中に入れ、空洞になっている一方の端に焼けた鉄をもっていったので蛇は口の中に入り、内臓を喰い破ってラウズの生命を奪った。

オーラーヴ・トリュグヴァソン王の最期はデンマーク王スヴェイン、スウェーデン王オーラーヴとトロントヘイムのエイリーク侯を相手に廻しての壮絶なスティクレスタズの海戦である。海戦の模様が紙数の関係からほんの一部しか紹介できないのは残念だが、寺田寅彦随筆集（岩波文庫版第一巻一八八―一八九頁）から香り高い名訳を借用させていただくとしよう。

オラーフ・トリーグヴェスソンが武運つたなく最後を遂げる船戦《ふないくさ》の条は、なんとなく屋島や壇の浦の戦に似通っていた。王の御座船「長蛇」のまわりには敵の小船が蝗《いなご》のごとく群がって、投げ槍や矢が飛びちがい、青い刃がひらめいた。盾に鳴る鋼の音は叫喊《きょうかん》の声に和して、傷ついた人々は底知れぬ海に落ちて行った。……王の射手エーナール・タンバルスケルヴェはエリック伯をねらって矢を送ると、伯の頭上をかすめて舵柄《だへい》にぐざと立つ。伯はかたわらのフィンを呼んで「あの帆柱のそばの背の高いやつを射よ」と命ずる。フィンの射た矢は、まさに放たんとするエーナールの弓のただ中にあたって弓は両断する。オラーフが「すさまじい音をして折れ落ちたのは何か」と聞くと、エーナールが「王様、あなたの手からノルウェーが」と答えた。王が代わりに自分の弓を与えたのを引き絞ってみて「弱い弱い、大王の弓にはあまり弱い」と言って弓を投げ捨て、剣と盾とを取って勇ましく戦った。――私は那須与市や義経の弓の話を思い出したりした。

（中略）

今はこれまでというので、王と将軍のコールビオルンは舷《ふなばた》から海におどり入る。エリックの兵は急いで捕えようとしたが、王は用心深く盾を頭にかざして落ち入ったので捕える事ができなかった。盾を背にしていた将軍は盾の上に落ちかかり、沈む事ができなかったために虜《とりこ》となった。

王はこの場で死んだと思われた。しかし泳ぎの達人であった王は、盾の下で鎖帷子《くさりかたびら》を脱ぎ捨てここを逃げのびてヴェンドランドの小船に助けられたといううわさも伝えられた。ともかくも王の姿が再びノルウェーに現われなかったのは事実である。

次のオーラーヴ聖王のサガは、スノッリが元来初めに書きだし、『ヘイムスクリングラ』の中心にすえたものだけに力のこもった作である。オーラーヴ・トリュグヴァソンの死後、幼いときから力と知恵に恵まれた彼が、幾多の征旅に打ち勝った後、ついにノルウェーの王に選ばれる。しかしクヌート大王の勢力が強くなるとホルムガルズ（ノヴゴロド）のヤリツレイヴ王のところに一時逃れる。夢にオーラーヴ・トリュグヴァソンが現われ、ノルウェーに帰れという。その頃からオーラーヴ・トリュグヴァソン王は不思議な力で病を治したり、予言で人々をおどろかすようになり、奇蹟を現わす人という噂がひろがりはじめる。オーラーヴはロシヤから帰って農民軍と戦い、敗れて死ぬ。死んだ王の血が奇蹟を現わして、傷にふれるとそれが治る。さらに墓のおかれた砂丘から薬効をもった泉が湧き出るようになる。王の神聖さはもはや誰にも疑うことのできぬものとなり、王に対する評価は一変し、聖者として尊崇を集めるようになる。奇蹟の例を二、三あげてみよう。

ノルウェー王オーラーヴ静閑王はニザロースの、オーラーヴ聖王の死体が最初埋葬されていた場所に教会堂を建て、祭壇をつくった。そこに聖王の聖遺物入れを安置するとかずかずの奇蹟が起った。その一つ。聖オーラーヴの日の前の晩に盲目の人が眼が見えるようになった。その二。この祭日に聖遺物入れと聖遺物がかつぎ出され、いつものように墓地におろされたとき、口のきけなかった人が、神と聖オーラーヴをたたえる歌を歌う。その三。十四年盲目だった女がスウェーデンからはるばる巡礼し、聖オーラーヴの日にミサにつれて行かれ、目が見えるようになる。その四。聖遺物入れを運んでいるとき急に重くなり、その場から運ぶことができなくなる。そこで置いた場所を掘ってみると、殺されて埋められた子の死体が出てくる。それを片付けるとまた以前のように軽く運ぶことができた。

オーラーヴ聖王の同腹の弟として生れたハラルド・シグルザルソン（後の苛烈王）の生涯も武人として波瀾に富んだ一生だった。彼はスティクレスタズの会戦で負傷したが農民に救われ、ロシヤのヤリツレイヴ王のところに逃れる。さらにビザンチンで国土防衛軍の司令官になり、各地に戦って勝利をおさめる。ヴェーリンギャル（ビザンチンの北欧人よりなる近衛軍の名、ロシヤ名ヴァリヤグ）によりサラセンの国と呼ばれたアフリカへむかい、八十の砦を征服。シシリーでは難攻不落の砦を攻めるのに秘策を練る。エルサレムへの進攻ではヨルダン河で水浴をし、主の墓に多くのものを手向ける。ギリシャに戻り、故国に帰らんとした彼は王妃を激怒させて獄につながれる身となるが、オーラーヴ聖王の奇蹟により、うまく脱出、シャーヴィザルスンド（金角湾）の封鎖を突破してビザンチンを去り、ノヴゴロドへ入る。ヤリツレイヴ王の王女と結婚、古ラドガをへてスウェーデンのシグトゥーナへ戻る。ノルウェー王マグヌスと国土を二つに分け、ノルウェーの王となるが、彼はなおもユトランドなど各地を転戦する。王は最後に英国の王弟トスティに援軍を約し英国へ進攻したとき、スタムフォードブリッジで矢に咽喉を貫かれて死ぬ。ときに五十一歳。一〇六六年のことであった。

ここではシシリーでの攻城戦の模様をご覧にいれよう。

ハラルドがシシリーを荒し廻ったとき、兵糧も武器も十分にある城を包囲することになった。彼は一計を案じ、鳥刺しに鳥を捕えさせ、その背に木片をつけ硫黄とワックスをつけ放った。鳥たちは城の屋根の下にすむ雛のところに帰る。だがやがて砦は火に包まれ、全民衆はハラルドに命乞いをした。

第二の城も堅固な城壁にとり囲まれ難攻不落に見えた。ハラルドは昼間戦をしかける一方、昼夜兼行で城壁の下を掘り進み、気づかれぬうちにトンネルを大広間の下までつくる。そこから宴会最中の敵軍を奇襲し城市を攻略した。

第三の砦はこれまでのうち一番大きく、しかも堅固だった。城のまわりに深い濠があったので前の策は役に立たない。長い間対陣したが、城中の者はみな城壁の上に集まり、ヴェーリンギャルたちを見下ろして馬鹿にした。ハラルドは城から射程外のところに武器をもたずに兵をおき、敵を恐れずゲームに耽るところを城中の者に見せ、さんざん嘲笑させた。城中の者はやがて油断して城門を明け、前よりも一層はやしたて、しかも武器をもたずに城壁に行くようになった。するとハラルドは、一同にある日マントや帽子の下に武器や兜を隠してゲームにしばらく打興じさせ、突如として攻撃させる。彼らは楯はもっていなかったため、マントを左手に巻きつけて戦った。激戦の末ついにハラルドは勝利をおさめた。

第四の砦はさらに攻めるのがむつかしく、奪取できる可能性は皆無に見えた。そこで兵糧攻めを行ったが、はかばかしくない。そのうちハラルドは病に伏し、離れたテントから指令を出すようになる。城中からはスパイが放たれ、探るとギリシャ軍の司令官は病が重く、士気が上らないことが知れる。そのうちハラルドの死が伝えられ、ギリシャ軍は、城中の僧たちに城市の中に墓所を求めたいと申し出る。城中の者はハラルドの死体を彼らの教会に葬ることで莫大な財宝が手に入ることを喜ぶ。こうして長い葬式の列が城門から市内に入ったが、あっという間にギリシャ軍はラッパを吹き鳴らし剣を抜きはなって、内と外から呼応し攻撃に移り全市を荒しまわり、人々を殺し、数知れぬ分捕品を手に入れた。

このハラルド苛烈王については、ほかの「王のサガ」に『アウゾンと白熊』の話や『名射手ヘーミング』の話が伝えられている。前者はすでに邦訳があるので、後者について少し触れよう。那須与一か、中島敦の小説『名人伝』をちょっと思わせるが、何よりウィリアム・テルの、例の林檎を頭の上において射落させるくだりに非常によく似たモチーフがそこに見られる。

ハラルド王は槍をとるとその先を地面に突き立て、弓に矢をつがえ、ひょうと空中に放つ。空中から落ちてきた矢はぐさりと槍の柄に見事に刺さる。ヘーミングも矢をつがえるとひょうと放つ。空中高く旋回した矢は落ちてくると王の矢の矢筈《やはず》に刺さる。

王は槍をとって力いっぱい遠くへ投げる。居並ぶ者は声をそろえて賞讃する。王に促されたヘーミングはさらに遠くへ投げる。王は小刀をとって樫の樹に突き刺し、矢を放つとその柄に突立つ。ヘーミングも放つ。やはり柄に突立ったが、見ると柄を割り、矢の先は刀身の上に突立っていた。王は新しい矢をつかむ。彼は怒りに燃えていた。弓の両端がつきそうになるほど引きしぼるとひょうと放つ。矢は驚くほど遠くへ飛び、しなやかな枝に刺さる。これはお見事、と一同は声を上げる。だがヘーミングはもっと遠くへ飛ばし、くるみに突き刺った。一同の賞讃は一通りでなかった。

するると王はいった。「くるみを一つとって、彼の弟の頭にのせよ。このくるみに、当てるのだぞ。距離は前と同じだ。誤てば、そちの命は無い」ヘーミングは言った。「わたくしめの命はもとより王の思いのままでございます。しかしながら、これは射れませぬ」弟は言った。「死を選ぶよりは、兄上、どうか射てくれ。できる限り命は大事にしなくてはな」「じっと動かずにいると決心してくれたのか」「もとよりだ」「では王には弟と並んで立っていただこう。くるみを正しく射当てたかどうか、見てくだされ」だが、王は家来の一人を代りにそこに立て、自分はヘーミングと並んで立つといった。

ヘーミングは王に命じられた場所に立つと十字を切り、自らにむかって言った。「神も照覧あれ、弟のビョルンに死を望むよりはこの身に死が望ましいことを。だが、この責任はすべてハラルド王にあるぞ」矢を放つとそれは目にも止まらぬ速さで飛び、くるみと弟の頭の間を通り、弟は少しも傷を負わなかった。

まだ話は続いて王の苛烈ぶりが発揮される。だが次のことだけつけ加えるにとどめよう。ハラルド王は一〇六六年英国のスタムフォードブリッジの戦いで咽喉を射られて死んだ。このことは前にも述べたが、この射手こそサガによればヘーミングだった、と伝えられている。

ヨームのヴァイキングのサガ

このサガはヴェンドランドのヨームスボルグ（現ポーランドのヴォリンに比定される）を根拠地とし無敵を誇ったデンマークのヴァイキングたちを扱っている。前述の『ヘイムスクリングラ』やファグルスキンナ（美写本）ばかりでなく、『クニュトリンガサガ』にもかなり詳しく触れられていて、写本の多いことからしてこのサガが北欧で非常に愛好されていたことがわかる。

前半はデンマーク史、とりわけキリスト教改宗史である。後半が、ヒョルンガヴァーグの史上名高い海戦でクライマックスに達する勇壮なヴァイキングたちの活躍である。多くの伝承的モチーフにより史実からかなりそれ、「散文による英雄歌」（ヘラー）とか、「歴史が伝承にいかに変化するかの好例」（デ・フリース）とされている。

ヨームスボルグは他のサガではデンマーク王が建設したことになっているが、このサガによれば、デンマークのヴァイキング、パールナ・トーキがヴェンドランドの王ブーリスレイヴからヨームという土地をもらいうけ、ここに要塞堅固な港市ヨームスボルグを建設する。そしてそこに独自の法律を施行し、勇猛をもって鳴るヴァイキングたちを集める。

都市の一部は海に張り出しており、彼はそこに三百六十艘の軍船が碇泊できるほど大きい港をつくらせた。それで船は全部都市の中におさまった。実に巧みに出入口がつけられ、その上には大きな石門が作られ、出入口の前には鉄の扉があって港を内部と遮断していた。石門の上には大きな塔が建てられ、その中には投石器が備えてあった。

パールナ・トーキは賢者の忠告を入れて彼らの名誉がいや栄え、彼らの力がいや増すようにヨームスボルグに法律を施行した。それは以下のようなものである。五十歳以上及び十八歳以下の者はここには入隊できない。隊員でない者が入隊することを望んでも血族関係を顧慮してはならぬ。同じ臂力、同じ武装した者の前から何人も逃走してはならない。各人は隊員のため自分の兄弟のように復讐しなくてはならぬ。事態がいかに望み薄であっても、いかなる場合にも恐れの言葉を発したり危惧したりしてはならぬ。遠征で手に入れた金目のものは大小に拘らず軍旗の下に運ばなければならぬ。女を城市内に連れ込んではならぬ。また三日以上外泊してはならぬ。

さてデンマークのスヴェイン王は、パールナ・トーキの後を継いでヨームスヴァイキングの首領になったシグヴァルディにはかられて、つれ出され、ヴェンドランドの王ブーリスレイヴの貢納を免除する。そしてその娘グンヒルドを妃にむかえる。シグヴァルディは妹のアーストリーズを妻にした。二組の結婚式が行われ、翌日王は彼女らの顔をよく見る。シグヴァルディは王の貰った方が美しいと言ったが、王はそうは思わなかった。

間もなくスヴェインの催した宴会で、招かれたシグヴァルディとヨームスヴァイキングらは、強い酒をふるまわれ、浄杯の誓いをして、シグヴァルディは三年以内にノルウェーを荒しハーコン侯を国から追放するか殺す、さもなければ屍をノルウェーにさらすつもりだと誓い、ヴァイキングたちはシグヴァルディに最後まで従うことを誓う。

こうしてノルウェーに進攻した彼らは各地を荒し、ヒョルンガヴァーグで両軍は激突する。合戦はヨームのヴァイキングの奮戦によりそちらに有利になる。ところがハーコン侯が守護神に沢山の犠牲を捧げ、ついにはわが子まで生贄にして戦を再開すると、雹の嵐が有利に吹き出し、また女神の指の一本一本から矢が飛び出してヴァイキングたちに当る。シグヴァルディは「魔女と戦うとは誓わなかったぞ」と退却、勇士ブイは唇と顎を切られ、両手首も失って海に身を投ずる。

ヴァグンとビョルンほかの者は暗礁でついに全員捕えられ七十名の者が一本の綱に縛りつけられる。〈泥沼のソルケル〉がヨームのヴァイキングの首斬り役を仰せつかった。

ここのところから死を恐れぬヴァイキング気質がよくあらわれている。首を刎ねるソルケルと刎ねられるヴァイキングの問答を聞いていただこう。

四人目の男にかかり、綱から外し髪に棒を通してねじり上げ、ソルケルがきいた。

「貴様、死ぬことをどう思う」

「いいことだと思う、俺の親爺と同じ運命だから」

「それはどんなことだ」

「斬れ、親爺は死んだのだ」

そのときソルケルは首を刎ねた。

五番目の男が引き出され、ソルケルは彼に死ぬのはどう思う、と尋ねた。

「俺が死を恐れたり、恐怖のことばを口にしたりしたら、ヨームスヴァイキングの掟を忘れたことになる。いつかは誰も死ぬものさ」

ソルケルは男の首を刎ねた。

六番目の男はいった。

「よい誉れをもって死ぬのはよいことだ。だがソルケル、貴様は恥をさらしながら生きていくだろう」

七番目の男が引き出された。例の如く尋ねられた。

「俺達はよく議論したものだ。素早く首を刎ねられたら、首がはなれたときのことを、何か知っているかどうかを。それで、もし何かわかったら短刀を差出そう。そうでなければ下に落ちるだろう」

首はとんだ。だが短刀は下に落ちた。

八番目の男は、「死ぬのはよいと思う」と答え、首を刎ねられる間一髪のところで「雄羊」と叫んだ。ソルケルは刀をおいて何を言おうとしたのか尋ねた。

「貴様らが昨日打撃を受けたとき呼び出したあの牝羊（守護女神のこと）には、あてがってやる雄羊があまり多くなかったようだな」

「不届き者め」

とソルケルはいって、ばっさり切り下ろした。

九番目の男は「顔を前から斬ってくれ。ちょっとでも瞬きをするかどうか見てくれ。俺たちはそのことでよく議論したものだからな」

ソルケルは前から近づいて彼の顔を斬った。瞬きはしなかったが、死が襲ったとき目は閉じた。

十番目の男は「小便をする間待ってくれや」といい、それをすますと「大抵のことは考え通りには行かぬものだて。俺は侯の妃ソーラ・スカガドーティルと寝ようと思っていたに」と、一物を振ってみせ、それからズボンを引き上げた。

ハーコン侯は言った。

「即刻この者の首を打て。こやつは久しく邪《よこしま》な考えを抱いておったのだ」

ソルケルは男の首を刎ねた。


ブイの子スヴェインのとき、首をぐいとひいたため髪をつかんでいた奴隷の両腕が切られる。ハーコン侯の子エイリーク侯は名をきいて助命する。ヴァグンは大胆不敵な誓いをするが斬られる瞬間、彼をビョルンが蹴とばす。そのためソルケルの剣は頭をかすめ綱を切る。自由になったヴァグンはソルケルを斬り殺す。エイリーク侯は助命を父に乞い、結局、一同が助かるのなら自分も助かりたいというヴァグンの願いをいれ、残り全員を救う。

ハーコン侯はこの海戦で名を高めたが、既に述べた通りオーラーヴ・トリュグヴァソンがノルウェーに来たとき下僕に殺された。


「王のサガ」としては『オルクネインガサガ』や『フェーレイインガサガ』のように、オークニー島やフェロー島の侯を扱ったもの、デンマークのクヌート王の後裔を扱った『クニュトリンガサガ』、ノルウェーの『スヴェリルのサガ』『ハーコン・ハーコナルソンのサガ』などあるが、いずれも『ヘイムスクリングラ』にくらべると内容も文体も著しく劣る。政権の交代を目まぐるしく追うのに急で、人物が一向に躍動していないし、芸術作品としては退屈なものが多い。

ただ、次章の「アイスランド人のサガ」に入る前に、次の二つのサガだけは是非ともここで取り上げておきたい。

それは「王のサガ」に直接属するかどうかは問題だが、二つともアイスランド外を中心舞台とする物語で、ヴァイキングの北米大陸発見行を内容としているものである。

今日学者によって北米のノヴァスコシヤの西の地に比定される、サガでヴィーンランド〈葡萄の国〉と呼ばれる国のことは、古代アイスランドの文献の多くに出てくる。筆者が当っただけでも十種ほどあるが、ドイツのブレーメンのアーダムの『ハンブルグ教会司教史』中にも十一世紀の七〇年代に、つまり、北米大陸発見があったとされる年の僅か七十年後に取り沙汰されたことの報告がある。しかし何といっても『赤毛のエイリークのサガ』と『グリーンランド人の話』の二つが最も詳しく興味深いもので、これを中心にして主な点だけでもここに紹介しておきたい。

昭和四十年十月十三日付の毎日新聞はエール大学に寄贈された古文書の中からヴァイキングのアメリカ大陸発見を裏付ける古地図（一四四〇年製）が発見されたと報じ大きな話題を呼んだ。この地図は後でコピーで見たが、羊皮紙に、ヨーロッパ及びアフリカの当時としてはかなり精確といってよい地図の左上に、小さな三つのくびれをもつ島が描かれ、ヘルランド、マルクランド、ヴィーンランドと上からしるされ、羊皮紙の左上端にビアリンとレイヴ・エイリークスソンが神のみ心により、ヴィーンランドを発見したとある。サガ、年代記以外の唯一の記録であり、発見者の名をあげていること、この地図の書かれた一四四〇年頃までに北欧人が何世紀かの間アメリカに行っていること（年代記にもそう書いてある）の傍証を提供したことなど重大な意味をもっている。アメリカ大陸側の直接資料が問題となるが、ノルウェーのヘルエ・イングスタド博士の、学術的発掘によって確かな証拠をつかんだとする報告があり、ニューファウンドランド先端のヴァイキングの暖炉跡から採集した炭を放射性炭素で分析したところ、西暦一〇〇〇年頃同地にヴァイキングが着いたことを示唆したというシーボーグ米原子力委員長談（昭和四十年十月六日ロイター共同）はこれに基づいたものである。先年訪れたアイスランドの首都レイキャヴィークの中央の丘の上には船の舳先に立ちアメリカの方を向いたレイヴ・エイリークスソンの銅像が建っており、アメリカからアイスランド建国千年祭（一九三〇年）に寄贈されたことが、裏面に彫ってあった。

研究書や研究論文はおびただしいが、ここでは触れる余裕がない。とにかく話題を呼んだ発見のサガの叙述を辿ってみることにしよう。

赤毛のエイリークのサガ

赤毛のエイリークの子レイヴはノルウェーのオーラーヴ・トリュグヴァソン王のところに仕えるが、布教に熱心なこの王の使命を帯びグリーンランドに渡ろうとする。ところがノルウェーからグリーンランドに赴く途中進路を失い、長い間海上をさまようちに思いもかけなかった陸地を発見した。そこには野生の小麦畑があり、葡萄が生い茂っていた。メスルという樹があった。レイヴは帰路難破した人々を見つけて故郷に連れ戻った。レイヴは〈運のよいレイヴ〉と呼ばれた。

さて、レイヴの発見した国のことは多くの者の話題になり、兄弟のソルステインが出発するが長い間漂流した末失敗して帰る。

〈有為な若者〉と仇名されたソルフィン・カルルセフニは病死したソルスティンの妻グズリーズと結婚。グリーンランドで人々の噂にのぼったすばらしいヴィーンランドを探しに行こうとし、総勢百六十名でグリーンランドの西岸を出発する。ビャルネイヤルを出て南進すること二日にして大きな平石のある陸地を発見、そこには白狐が沢山いた。その地にヘルランド（平岩の国）と名をつけた。さらに二日間航海を続け、南から南東に舵をとり、森の生い茂った動物の沢山いる陸地を発見した。その南東に一つの島があったが、ここで一頭の熊を殺したのでビャルネイ（熊島）、その国をマルクランド（森の国）と名付けた。それからマルクランドに沿って南へ長い間航海をする。とある岬に船の龍骨があったのでキャラルネス（龍骨岬）、長い海岸にはフルズストランド（びっくり海岸）と名をつけた。一同はさらに進んでとあるフィヨルドに入る。そのフィヨルドの前に島があり、激しい潮流がその周りを流れていたのでストラウムエイ（潮流島）と名付けた。その島には沢山の鴨がいて卵のためほとんど進むことができないほどだった。

この後ヴィーンランドを探すため意見がわれ、二手に分れる。カルルセフニらは南下、長いこと航海した末、とある河口につく。その土地には低いところには野生の小麦が、樹の茂っているところには葡萄が生えており、どの小川も魚でいっぱいだった。森の中にはあらゆる種類の動物が沢山いた。半月ばかりは何も変ったことはなかった。

ところがある朝早く、彼らがあたりを見廻すと、沢山の皮のカヌーが目に入った。上陸してきた連中は黒人で恐ろしい顔、いやな髪をしていて、目は大きく頬は広かった。このときはいったんは帰ったが、再びやってきたときに市がはじまる。スクレーリンギャルと呼ばれるこの連中の一番欲しがったのは赤い布地で、交換に差出すのは毛皮と毛皮製品だった。剣や槍も買いたがったがこれは断った。赤い布地が不足して指の幅くらいに細く切った。だがスクレーリンギャルは同じかそれ以上の毛皮をよこした。たまたまカルルセフニたちの牡牛が森の中から走り出て声高く吼えた。すると彼らは仰天して逃げ帰った。

三週間ばかりたった。スクレーリンギャルが南のかなたからさながら潮のひたよせるように舟をつらねてやってくるのが見られた。舟の上では竿が西から東へふられ、すごい声で叫んでいる。カルルセフニたちは赤い楯をとって身構えた。スクレーリンギャルは舟からとび降り、両者は互に接近して戦いが始まった。矢が雨霰と降り注いだ。スクレーリンギャルは竿の先に羊の腹ぐらいの真黒な非常に大きなボールをつけ、それを投げつけてきた。地面に落下するとそれは物凄い音を発した。この音にカルルセフニたちはびっくりして逃げ出し、河の上手へ一目散に逃げたが、断崖のところまでくると踏み留って激しく抵抗した。赤毛のエイリークの私生児フレイディースがきて見ると皆が退却しているので彼女は叫んでいった。「何故こんなみじめな奴らの前から逃げ出すのです、わたしだって武器を手にしたら、ましな戦いぶりができるでしょうに」皆は女の言葉にかまわず逃げる。彼女は皆の後に続こうとしたが身重の体であるので遅れた。スクレーリンギャルは彼女めがけて攻撃してくる。彼女の前にいたスノッリの息子が倒れて死んだ。頭に平らな石がつき刺さっていた。側に抜身の剣がころがっている。彼女はこれを取り上げると身を守ろうと身構えた。スクレーリンギャルは迫る。そのとき彼女は服の下から乳房を引き出し、抜身の剣でそれをぴしゃりと打った。これを見て、スクレーリンギャルは恐れ、舟にとんで帰り、急いで漕ぎ去った。カルルセフニたちは彼女を見つけ無事を祝った。戦いはこうして終り、傷の手当などをした。

この戦いの箇所はリアルに描かれ興味深い。原住民の数は明らかに誇張であろう。彼らが使った新兵器については、アルゴンキン（北米インディアン）は昔新しい皮の中に丸石を縫い込み、皮が乾くと石を固くつつむので、これに柄をつけてとばし、舟を沈めたり、人を殺したり失神させたりしたということで、これはそれに類したものかと思われる。

とにかく原住民との戦いは、折角の植民をあきらめる最大の原因となった。彼らはグリーンランドに帰る。

サガの叙述はあくまで冷静に淡々と進められ、誇張や人物讃美から遠い。個々の点では不可解なところや曖昧なところが指摘できるのはやむを得ない。口承のものが事件から約三百年後に記載されたのであるから。

グリーンランド人の話

このサガでは驚いたことにヴィーンランドへの旅が五回もなされたことになる。その部分は分量的には『赤毛のエイリークのサガ』の約三倍もありながら、実質的には『赤毛』にない箇所はほとんどなく、水ましされているだけである。叙述は末期のサガの特徴とされる人物描写の誇張が見られ、文章は説明的で、全体として真実味に欠け、平板類型的で面白味に欠ける。五回のヴィーンランド航海を『赤毛のエイリークのサガ』との相違点に留意しながら簡単に紹介してみよう。

（1）ビャルニはグリーンランドへ行く途中北の海に迷い、三つの国を見かけた。見かけたとあるだけで方向は示されていないし、ビャルニなる人物は他では全然裏付けのできない戸籍不明の人物。これはレイヴの旅行を理由づけるための創作ではあるまいか。

（2）レイヴはビャルニに会いに行き探険旅行のことを聞いた上で出発し、ヘルランド、マルクランド、ヴィーンランドを見つける。目新しい点はマルクランドで白い砂が海岸にひろがっていたこと。冬の最も短い日には太陽は午前九時の位置と午後三時半の位置をとっていたということぐらい。後者は天文学者間に北緯四十九度と五十八度二十六分の間かと論議を呼んだものである。何より事件は何も起らないのに帰国するのも解せぬ。

（3）レイヴの弟ソルヴァルドはレイヴの船を借りて出発、レイヴの小屋につき年を越すが、翌年スクレーリンギャルの攻撃で矢に当り死ぬ。仲間は遺言通りキリスト教風に埋葬して帰国する。

レイヴの小屋というのは考古学者たちが現在も躍起になって探しているものである。エスキモーの小屋を一度誤認して騒がれたことがある。ノルウェーのイングスタド博士の著書『ヴィーンランドへの道』（一九六五年刊）によるとニューファウンドランドでヴァイキング時代の北欧の建築様式のラングハウスの跡が発見され、鍛冶場から若干の石器、多くの錆びた釘、鉄の断片と、最も重要なものとして疑いようもなく北欧タイプの滑石の紡ぎ車などが発掘され、放射性炭素による年代測定から約西暦一〇〇〇年頃とされ、レイヴの小屋ではないかと推定している。カラー写真で添えられた真赤な野生の葡萄も印象的である。博士の発掘が他の多くの考古学や地理学、歴史学や生物学、人類学等の傍証で裏付けられることを筆者は心から望んでいる。さて、

（4）カルルセフニは定住を覚悟で六十名の男と五人の女にあらゆる種類の家畜を伴って出発する。スクレーリンギャルと物々交換したのは乳であった。戦のきっかけは原住民の一人が武器を奪おうとしてカルルセフニの召使いに殺されたからである。いったん逃げたスクレーリンギャルを計画的にむかえ討ち、退却はしていない。その後、春に無事帰国する。

（5）フレイディースはノルウェーからきたヘルギとフィンボギ兄弟と語らってヴィーンランドへ向う。ここでフレイディースは鬼女のように兄弟を謀殺、自ら斧を振って女たちを殺し、兄弟の船を奪ってグリーンランドへ帰る。ヴィーンランドについては実質的記述は何一つなく、まるで船を奪うため、わざわざスクレーリンギャルの危険にみちた国へ出かける必要があったのかと考えさせられる。

このサガの方が『赤毛』よりも記載年代が六十五年ほど下り、また、一章に「エイリークのサガに語られている通りに」という箇所もあるので、伝承が時日のたつうちにいかに変るものかを示しているように思う。筆者は『赤毛』の方が資料として信頼できるように思っているが、反対の説をなす学者（アルプマン）もいる。

現在推定されている発見の年代を書き添えてこの項は終えることにしたい。

赤毛のエイリークがグリーンランドを発見したのは九八一年か二年。植民は九八五年か六年。レイヴがグリーンランドにむかったのは一〇〇〇年。ソルステインの不首尾に終った旅は一〇〇一年。カルルセフニの旅は一〇〇四年頃で一〇〇七年まで滞在。この年にグリーンランドに帰る。このあたりが最も妥当な線であろう。

3　アイスランド人のサガ

【西地区】

エギルのサガ

このサガはハラルド美髪王がノルウェーを征服するための地歩を着々と固めていた時代にはじまる。エギルの祖父のクヴェルドウールヴ、父のスカラグリームと叔父のソーロールヴの紹介があり、ハラルドに対抗して兵を集めたアウズビョルン王がクヴェルドウールヴを召集するが、彼は結末を予見して参加せず家を離れない。ハラルドも彼に使者を立てて誘うがクヴェルドウールヴとスカラグリームは断る。王は不機嫌になる。二人の親友であるエルヴィル・フヌーヴァが仲をとりもち、ソーロールヴがヴァイキングから帰ったら父たちの代りに仕えることになる。ソーロールヴは帰ると、父の警告にもかかわらず王に仕え忠勤を励む。王のスカルド詩人バールズやエルヴィル・フヌーヴァとも親交を結ぶ。

ハラルドは前に述べた通りハヴルスフィヨルドの戦で決定的勝利をおさめ、ソーロールヴはますます王の信頼を得た。だが、彼の栄達と幸運をねたんだ者の中傷により王の怒りを買い、自分の所領で王の率いる圧倒的な軍勢の襲撃を受け殺される。このことがハラルド美髪王とクヴェルドウールヴ一門の間の仲違いを決定的なものにする。クヴェルドウールヴとスカラグリームは王の怒りから逃れるためには移住する外はないと悟るが、その前に彼らはソーロールヴの復讐を遂げんとし、王の腹心の者の船を襲ってこれを殺し船を拿捕する。そして小歌を王に届ける。老クヴェルドウールヴは戦の間狂気に駆られたように暴れ廻ったが、戦が終ると急に体が衰弱し、アイスランドへ渡る船上で死ぬ。

スカラグリームはボルグフィヨルドに着き、あたりを踏査し、屋敷を作って住み経営にあたる。一方ノルウェーではハラルド王がクヴェルドウールヴとソーロールヴのもっていたすべての土地と財産を差押えたばかりでなく、その身内や友人らにも敵意を示した。

スカラグリームとベラの間にソーロールヴとエギルという息子ができた。ソーロールヴは身の丈すぐれ容貌が美しく、怪力をもち、多くのことに通暁していて皆から愛された。エギルは醜く、おまけに黒毛で、三歳になると六、七歳の子と同じくらい力が強かった。彼は三歳にしてケニングを使った詩を作って人を驚かせ、七歳になると初めて人を殺す。十二歳になったときは競技で相手になるものはもはやいなかった。

兄のソーロールヴはノルウェーでハラルド王の子〈血斧のエイリーク〉の知遇を得る。一時帰国した兄に無理やりにせがんでエギルは兄とともにノルウェーに渡る。この時からアイスランド切っての英雄とされ、第一の詩人とされるエギルの豪快な海外での生活がはじまる。

エギルは祖父の代からのノルウェー王家と一族の間の不和を改善するどころかますます悪化させる。エイリーク王のお気に入りの監理人のバールズのところに一泊したことがある。その時バールズはエギルとその一行にビールを切らしているからといって、きらしていた筈のビー擬乳《スキュル》（ヨーグルト様の飲物）ばかり出す。ところが同夜たまたま王と王妃がそこを訪れ、宴会が開かれ、きらしていた筈のビールがふんだんに振舞われる。エギルは、際限もなく杯を重ね、バールズをあてこする歌を朗唱する。王妃とバールズは角杯に毒を混ぜてエギルのところに持って行かせる。エギルは角杯にルーン文字を刻み、それに血を塗って歌うとそれは真二つに割れた。エギルはバールズを剣で刺し殺し逃げる。王は追手を差しむける。エギルは島へ逃げ追手から船を奪って逃げ帰る。王の養父ソーリルはエギルが無事に帰ったことを喜び、血は争えぬものだな、という。彼は王に賠償金を支払ってとりなしたが、王はエギルに今後ノルウェーの地を踏むことはならぬという。

エギルは兄ソーロールヴとヴァイキング行に出かけ数々の冒険をする。英国王アザルステインの下で奮戦した折には大功をたてたが、ソーロールヴは壮烈な戦死を遂げる。

エギルは兄嫁アースゲルズと結婚、アイスランドに数年暮したが、妻の遺産をめぐり、王のお気に入りのベルグオヌンドと争う。法廷にもち出した正当な要求が王と王妃のために認められず、かえって王の部下に追われたエギルは王子の一人を槍を投げて殺し、ベルグオヌンドもおびき出して斬り殺し、島の岩礁にエイリーク王とグンヒルド王妃に対する〈侮辱の棒〉を立て、土地神に対して王と王妃を国外に追放せぬうちはさまよって定住するところを見出さぬように、と呪文を唱え、ルーン文字で彫りつける。

この侮辱の棒の呪文がきいたか、王と王妃は英国から戻ったハーコンに追われて、ノルウェーを逃れ、英国のノーサンブリヤに落着く。噂では王妃グンヒルドは魔法をかけてエギルに会えるようになるまで、アイスランドで彼の平静を失わせたという。

エギルはアイスランドに帰ったが、いくらもせぬうちに説明しがたい不安と旅行熱にとりつかれ、英国王アザルステインに会いに行くため出発する。ところが英国沖で船は難破、こともあろうにエイリーク王の支配している土地に着く。逃れるすべはない。そこで決死の覚悟で、親友で今は王の司令官になっているアリンビョルンのところを訪ねる。アリンビョルンの命をかけてのとりなし、怒る王、すぐ殺せと王に迫る王妃。アリンビョルンは、夜殺すのは人殺しだからと処刑を翌日まで延期させ、エギルに、故事にならって王を称える頌歌を一晩で作らせ助命を願おうとする。エギルは彼の要望通り一晩で見事な頌歌を仕上げ、翌日王や家臣の前で堂々と朗唱する。

——西に向い、海を越えて余は来れり

ではじまる長詩がそれであり、これによりからくも生命が助かったため、この詩は〈首の身代金〉と呼ばれている。この詩はエッダの「古譚律」の韻律を基調にし、厳格な頭韻はあくまで力強く、規則正しい響きの中韻の諧調が華やかさを強め、しかも、アイスランド古詩にはじめて導入された脚韻をもち、快い調和へと誘う。神話や伝説、あるいはヴァイキング生活から得られた心像が次から次とたたみ込まれたすこぶる技巧的な詩である。

この手に汗を握る緊迫した場面は四人の個性がくっきり浮き彫りにされて非常に劇的である。

エギルは卑屈な阿りや嘆願は露ほども見せず堂々たる自信をもって王の武勲と栄光を歌う。事がならなければ生死をともにしようと悲壮な覚悟をしたアリンビョルン。エギル斬首の絶好の機会が到来したと気負い立つ王妃。そしてエイリーク王は頌歌の出来栄えをほめ、エギルの首をあずける。

サガの叙述はなおも続く。できるだけ簡単に紹介してみよう。エギルはアザルステイン王と再会したのち、ノルウェーにむかう。妻に残された財産をあらためて要求し今度はいれられる。ベルセルク（狂暴戦士）〈あおびょうたんのリョート〉を殺し、その遺産を手に入れる。ベルセルクのアトリと民会で争って埒があかずエギルは決闘でけりをつけようとするが、いくら切りつけても刃がアトリにはとおらぬ。そこで取組んで投倒した上、咽喉笛を嚙み切って殺す。アリンビョルンとのヴァイキング行。アルンヴィズ侯のもとへの徴税行とエイザの森の戦い。これが彼にとっての最後の戦いとなる。やがてアイスランドに帰ってからのエギルには、もはやかつてのヴァイキングの面影は見られない。娘の結婚、愛児の不慮の水死、息子の死を悼んで作った長篇詩〈ソナトレク（子を失いて）〉は父親の悲哀を吐露した絶唱で、彼の詩の中で質的にも最も高い出来栄えを示しているばかりでなく、全ゲルマン文学の中で個人の心情を歌った最初の傑作にかぞえられている。拙訳によってその内容をかいつまんで紹介してみよう。

歌の秤にかくる息の重さもて
舌を動かさんとするは難《かた》し

深き悲哀がために
身内の亡骸を
家より運び去る者の心は晴れじ
ラーン（海の女神）は余より
手荒くも奪い去れり
海は一族の絆を
強固なる糸を　断ち切れり
事が剣にて決するをえば
麦酒の醸造者（海神エーギル）は
亡きものと知れ
されど吾子を殺《あや》めし者と戦う力
余に具わるとは思えじ
老いの身のよるべなさ
衆人に明らかなれば
余は槍の支配者（オーディン）と
親しき仲なりき
勝利を決める者（オーディン）が
余との友情の糸を断つまでは

されどミーミルの友（オーディン）は
不幸の代償によりよきものを余に与えたり
戦に長じたる狼の敵（オーディン）は
余に詩才と敵の欺瞞をあばく心を与えたり
わが心憂し
されど心静かにヘル（死神→死）を
待たん

民会での若い詩人エイナルとの友情には当時の詩人たちの交遊が偲ばれる。戦死したアリンビョルンを回想して作った長篇詩〈アリンビョルンの歌〉は断片しか残されていないのが惜しまれる。

サガはますます年老いたエギルが不甲斐ない息子に不満をもちつつも、息子が殺人の訴訟に巻きこまれるや、仲裁裁判を買って出て救う最後の活躍を鮮かにえがく。

さて、エギルはすっかり老い込んで盲目になり足腰も弱くなった。炉辺で女中の邪魔者扱いされるようになりながらも、こんな不敵な思いつきを語る――民会に連れて行ってくれ。そこで銀貨をばらまいてやる。どんな騒動がもち上るか、それが楽しみだ――。勿論民会へは連れて行ってはもらえなかった。

エギルが死ぬ前にしたことはアザルステイン王から贈られた宝を夜陰に乗じて隠しに行くこと

だった。連れて行った供の奴隷は殺した。サガは終りに、死んだエギルの頭蓋骨の大きさに言及している。

ここに「アイスランド人のサガ」の筆頭に紹介したこの『エギルのサガ』は、『ニャールのサガ』とならんで数多いサガのうちでも特に最高傑作と呼ばれるのにふさわしい作品である。父スカラグリームに似て巨漢で禿頭の醜男エギルが生れながらのヴァイキング気質と比類ない詩才をもって激動期を生き抜く活気にみちた一生は読者の目をみはらせる。彼のヴァイキング行の足跡は東はロシヤから西は英国にまで及び、真にアイスランド第一の英雄の名に恥じない。宿命ともいえるノルウェー王家との確執に見られる不退転の態度、卑劣な敵に対する徹底した復讐、一族親友のための命を賭しての戦い、また愛児を失った悲しみに食を絶って死を願う激しさ――エギルの個性に読者は恐らく圧倒されることだろう。主人公エギルが折にふれ、ものした詩が大小おびただしくサガ中に珠玉のようにちりばめられているが、それらのすぐれた詩によってエギルは現在までアイスランド第一の詩人と呼ばれているのである。技巧の見事さを誇る〈首の身代金〉、子を失った父の歎きを歌う〈子を失いて〉は少しくふれたが、〈荒海讃歌〉はヴァイキングの海に対する感情が素晴らしく表現され、また断片でしか残されていないが〈アリンビョルンの歌〉は身内であり命の恩人でもある親友の死にたむけたものである。

四代にわたるエギル一門の歴史をあつかい、分量的にも、『ニャールのサガ』に次ぎ、『グレティルのサガ』とともに最も長いサガであるが、その構成の巧みさと重畳する事件、鮮かな人物像の躍動により少しも読者を飽かせない。後代多くのサガの模範にされたというのもけだし当然であろう。

このほか、このサガは歴史に忠実なサガといわれるだけに北欧史や民俗学に多くの貴重な資料を提供してくれる。例えばノルウェーの独裁君主制の成立、アイスランド植民、ノルウェーおよびアイスランドの法律、宗教、農牧、魔術、飲食等にも多く触れており、ヴァイキングの攻撃目標となったバルト海沿岸、フリースラント、デンマーク、英国諸島、英国、そればかりか北方ラップ人の生活にも記述は及んで豊富な資料を提供している。

成立年代はサガの最盛期の一二二〇年から三〇年頃のものとされる。スノッリを著者とする説もあるが、『ヘイムスクリングラ』との比較からする反論もあって何れとも決することはできない。

ヒータル谷の勇士ビョルンのサガ

このサガも『エギルのサガ』と同じボルグフィヨルドのもので、ビョルンはエギルを大伯父にもつ。成立年代も同じ頃とされている。

ヒータル谷にソールルズ・コルベインスソンという男が住んでいた。詩人で国外にも名を知られ、ハーコンの子エイリーク侯に仕え高く買われた。だが嘲笑癖のある男だった。

ビョルンという男がいた。早くから身の丈すぐれ、力は強く、堂々とした男らしい人物だった。ボルグの親戚スクーリのところで幼い時から育てられ、大いに将来を嘱望された。

彼は裕福な百姓の娘でオッドニューという美しいすぐれた娘と婚約するが、外国へ行くことを望んで三年の期限をつけ、もしその期限内に戻れぬ時は百姓は娘を好きなように片付けてよい。自分がその期限内に戻れぬ時は婚約を保留するため人を派遣することを約束する。

ビョルンはノルウェーに渡りエイリーク侯に仕える。同じ侯に仕える詩人のソールズと仲はあまりよくなかったが、ある晩酔った折に、不用意にビョルンはソールズに婚約者のことを語る。ソールズは侯の贈物の腕輪を代りにオッドニューに渡してやろうと預る。酔がさめてビョルンは後悔する。

ソールズはアイスランドへ帰る。その頃ビョルンは商人と東のガルザリーキ（ロシヤ）のワルディマル王のところに行き、皆から敬愛される。ある時王の身内でカルディマルという者が軍勢を率いてやってきて、決闘か軍勢による戦いかによって国の支配権をどちらがとるか賭けようと要求する。王は代理人を探すが見つからず、ついにビョルンが申し出、決闘の末相手を倒すが自らも重傷を負う。

商人からビョルン重傷の報を聞いたアイスランドのソールズは人々を買収してビョルンは死んだといわせ、オッドニューと結婚する。実はビョルンは傷もいえ、王のところで大いに名声を博していた。三年海外にあった後ノルウェーに渡るが、アイスランドへむかう船が出はらってしまった後だったのだ。ビョルンはアイスランドからきた人にソールズの結婚のことを聞く。そして当然のことながら彼に対して激しい憎悪を抱き、アイスランドへ帰ることを取り止める。英国のクヌート王のところで飛竜を退治したりして名声をいよいよ高める。

ソールズはオッドニューとの間に今は八人の子をもうけていた。ビョルンが国外にある間にノ

「アイスランド人のサガ」分布図

---

① エギルのサガ
② めんどりのソーリルのサガ
③ 蛇の舌のグンラウグのサガ
④ ヒータル谷の勇士ビョルンのサガ
⑤ 赤毛のエイリークのサガ
⑥ エイルの人々のサガ
⑦ ラックサー谷の人々のサガ
⑧ ギースリのサガ
⑨ フォーストブレーズラサガ
⑩ グレティルのサガ
⑪ コルマークのサガ
⑫ バンダマンナサガ
⑬ グリーンランド人の話
⑭ 殺しのグルームのサガ
⑮ ヴァプンフィヨルドの人々のサガ
⑯ フラヴンケルのサガ
⑰ ニャールのサガ

ルウェーではエイリーク侯からハーコン侯へ、さらにオーラーヴ聖王へと政権が替っていた。ソールズは母方の伯父の遺産のことでノルウェーに行き、これを手に入れる。ビョルンの動静をきくと遠征に出ているということだった。ところがデンマークからノルウェーにむかう途中ソールズはある島でビョルンと遭遇、ビョルンはソールズの生命は助けたが、財貨と船のすべてを奪う。

王は事情をきき両名の仲裁をする。ビョルンはアイスランドに帰る。オッドニューはこの噂をきき、夫のソールズを嘘つきだととがめる。ビョルンが多大の財産と名誉をもって生きて帰ったことは身内の者たちに大きな喜びを与えた。

さて、王の忠告もあって最初はビョルンを招待するなどしていたソールズも、下女や妻のオッドニューとビョルンが話したりするのをとがめるようになり、互に諷刺詩の応酬をするようになり、両者のいさかいは次第にエスカレートする。

ソールズは何度か手下をやってビョルンを殺させようとするが、逆に手下の者が殺される。こうした緊張状態が何年か続くうち、ビョルンは眼病を患って視力が落ちる。ある日、夢見が悪かったが少年一人だけつれて出かけた折に、機会をうかがっていたソールズに二十四名で攻撃されついに討ちとられる。

ソールズはビョルンの首を切り、首飾りをビョルンの妻に見せる。妻はそれを投げ返し、オッドニューに記念にもって行け、という。ソールズは次にビョルンの首をその親に見せる。それが胴につながっていたときには、さんざんこの首の前で震えていたくせに。首はオッドニューのところへもって行くがいい。お前の冴えない首よりはこの方がオッドニューにはましだと思うだろう、と母親はいう。

ソールズは怒り、帰ると妻のオッドニューにビョルンの首を見せる。オッドニューは失神して倒れる。彼女はすっかりショックを受けて憔悴し、夫には口もきかなくなる。ソールズは悩み、ビョルンを殺したことを後悔する。

民会にこの件はかけられ、ビョルンの殺害に加わったものは追放もしくは罰金刑に決まる。ソールズは多額の罰金を払わされこの判決に不満だった。

このサガは一人の女性をめぐる二人の男の対立、抗争をモチーフとしているサガでは最も古いものといわれる。次の『蛇の舌のグンラウグのサガ』がこれからモチーフを取り、かなり感傷的な色彩を強くしているのに引きかえ、このサガは飽くまで二人の抗争そのものに力点がおかれている。ビョルンとソールズの対照が初めは善悪のはっきりした対極を示していたのが、嘲笑詩の激しいやりとりと、エスカレートする待伏せに対するビョルンの反撃が度を越しはじめるあたりから、ビョルンの性向が敵対者に接近してくる。それはほかのサガと比較してとくに目につく点である。

蛇の舌のグンラウグのサガ

エギル・スカラグリームスソンの子ソルステインはノルウェーの商人ベルグフィンを冬自宅に

泊める。春になってソルステインはヴァルフェルに誘い、そこで壊れた民会小屋を修繕する。仕事が終ったとき、一休みしたソルステインは夢を見る。ボルグの家の棟に輝くばかりに美しい白鳥がとまる。とても気に入る。そこへ山から一羽の鷲がやってきて仲よく話をする。その後もう一羽の鷲がやってきて互に争い両方とも死ぬ。白鳥は大変悲しむ。すると西の方から鷹がやってきて一緒に同じ方角へ飛び去る。……ノルウェー人はこの夢を解釈してこういう。その鳥たちはフュルギャ（守護霊）で、ソルステインの妻は世にも美しい女の子を生むだろう。ソルステインはこの子をとても可愛がる。二人の求婚者があらわれ、互に争って命をおとす。第三の男が、彼女の夫になるだろう、と。ソルステインはこの夢占いが気にいらない。次の夏、民会に出かける時ソルステインは妊娠中の妻にもし女が生れたら棄子にせよ、といいつける。可愛い女の子が生れ、棄子にすることはできず、義姉のところに預けられ、秘かに育てられる。数年後義姉にこのことを明かされたソルステインは美しく成長したヘルガを連れて帰る。

その頃ギルスバッキに〈黒毛のイルギ〉という男がいて、その次男にグンラウグという子がいた。有望な若者で、薄茶の髪に黒目、醜い鼻にもかかわらず魅力的な顔立ちをしていた。性質は高慢で、早くから野心的で、すぐれた詩人となり、嘲笑詩をよく作ったため〈蛇の舌〉と仇名された。グンラウグは十二歳になると父に外国に行かしてくれと頼むが父は許さない。そこでボルグに行く。ソルステインは彼を家に滞在させ、法律などを教える。ヘルガはグンラウグと親しくなりいっしょに将棋などをする。こうしているうちに互に愛し合うようになった。ヘルガはこの頃にはアイスランド中で並ぶ者のない美女といわれるようになっていた。

モスフェルの南にオヌンドという首長がおり、その子にフラヴンという者がいた。すぐれた男で詩人でもあった。外国にも再三出かけ、いたるところで評判を高めた。

六年の歳月が流れてグンラウグは十八歳になり、再び国外に行きたいと父に頼む。ソルステインは馬を贈ろうとするがグンラウグはそれを断り、自分の本当に欲しいものはソルステインの娘ヘルガだという。初め反対したソルステインもスクーリの口添えもあって結局婚約を認め、三年の期限付きで、もしそれ以前に帰れば結婚させるが、帰らなければ解消ということに決まる。

その頃ノルウェーはエイリーク・ハーコナルソン侯が弟のスヴェインとともに支配していた。エイリーク侯の宮廷を訪れたグンラウグは、腫物が足にできているのに足をひきずらんな、という侯の言葉に、両足が同じ長さなのにどうして足をひきずれましょうと答えて家臣を怒らせる。侯が、その方はその年の倍は生きられまい、というとすかさず、侯こそ父上のような死にざま（既述の通り豚小屋で奴隷に殺されたハーコン侯のことをさす）にならぬよう心されたがよい、と答えて侯を激怒させ、ノルウェーから追放される。

次に英国にむかい、アザルラーズ王（在位九七八—一〇一六）に目通りし、王へ頌歌を捧げ、緋のマントを褒美に賜わる。それから王の家臣になる。ある日、ベルセルクのソールオルムという男にグンラウグは金をたかられる。これが悪漢であることがわかり、決闘を申し込んだグンラウグは王から借りた剣でこれを斬り殺し名声をあげる。

英国からさらにダブリン、オークニー島へと旅を続けたグンラウグはその都度頌歌を王侯に捧げ、恩賞を受ける。スウェーデンのガウトランドに来た時、たまたまノルウェーのエイリーク侯の使節が冬至祭《ユル》の祭りに来ていて、宴が酣《たけなわ》になるやスウェーデンのシグルズ侯とノルウェーのシグルズ侯のいずれがすぐれているかで口論がはじまる。その時グンラウグは歌をつくってとりなし、争いをおさめる。この報告を聞いたエイリーク侯はグンラウグの追放を取消す。

この頃スウェーデンを支配していたのはオーラーヴ・セーンスキ王で、グンラウグはこの宮廷で詩人フラヴンに次ぐ席を与えられる。両名とも王に頌歌を捧げる。王は二人に互に批評をさせる。グンラウグはフラヴンの作に、フラヴン自身のように美しい、けれども少々見すぼらしい、どうして、フロック(短い頌歌)一つしか作れなかったのだ、と批評する。フラヴンは、われわれの友情もこれまでだ。よくも皆の前で人を馬鹿にしたな。いつか同じような恥をかかせてやるという。

アイスランドに帰ったフラヴンはヘルガに求婚した。グンラウグは英国とノルウェーを廻った後、アイスランドへ向う。その船中でフラヴンがヘルガに求婚した話をきいた。アイスランドに着いたグンラウグはレスリングをやって足を捻挫し、ボルグで結婚式が進められている頃、故郷に帰る。グンラウグはすぐにでもボルグへ行きたかった。だが皆が反対したので家に留った。

フラヴンとヘルガの結婚式は行われたが、花嫁はひどくしおれていたという。ある朝フラヴンは殺された夢を見る。ヘルガはすぐにグンラウグが帰ってきていると察し、欺されたと言って激しく泣く。二人の仲は冷たくなった。ユルの祭にグンラウグ父子は招かれ、第一の上席につく。フラヴン父子もヘルガとともに来ていた。ここでグンラウグとヘルガの視線は何度も行きかう。宴会から帰る時グンラウグはヘルガと話し込み、恋歌をおくり、英国王から褒美に賜った緋のマントを彼女にプレゼントした。

夏の民会の折にグンラウグは婚約者を横取りした件でフラヴンに決闘を申し込む。決闘でフラヴンの打ちおろした剣が折れ、それがとんでグンラウグの頬を傷つけるが、双方の身内に引き分けられる。翌日民会で決闘が禁止される。フラヴンはノルウェーで身内の邪魔のないところで二人だけで決闘しようと申し込む。フラヴンは先にノルウェーに渡り、グンラウグも遅れて出会う。二人は互に死力を尽して戦ったが、グンラウグがついにフラヴンの足を切り落す。フラヴンは木の切株で身を支える。そして水をくれ、という。「欺すつもりだろう」「いや欺さん」そこでグンラウグは兜に水を汲み、彼に渡す。フラヴンはそれを左手で受け、右手に剣を握ってグンラウグの頭に重傷を負わす。「欺いたな」「そうだ、美しいヘルガをお前に抱かせたくなかったのだ」再び二人は激しく戦い、グンラウグはフラヴンを殺したが、彼自身も三日後に死んだ。

イルギとオヌンドの夢にそれぞれ死んだ息子らが現れる。イルギは三十名の男をつれてオヌンドを襲い、その身内の二人を殺す。グンラウグの兄ヘルムンドはそれでも気持がおさまらず、フラヴンの船の指揮者を襲って殺す。これらの殺害はいずれも賠償はされなかった。こうしてイルギとオヌンドの間の争いは終った。

ソルステインはヘルガをハルケルの子ソルケルに嫁がせた。ヘルガはグンラウグのことが忘れられず、ソルケルにあまり愛情を感じなかった。ヘルガの最大の楽しみはグンラウグから贈られた緋のマントをひろげて長い間見ることだった。

悪疫がはやった。多くの者がかかったが、ヘルガもそれにかかり、例のマントをとりにやらせ、これをひろげてしばらく見てから死ぬ。

このサガは口承伝承に基づいたものというよりも、既に紹介したサガのほか多くのサガを参照して豊かな空想力から生み出されたらしい。最初に夢をもってきて全体の運命を暗示する手法は普通のサガでは見られないもので、ドイツの『ニーベルンゲンの歌』にならっている。多くの点で英雄伝説や古典的サガの影響を見ることができるが、人物描写ではグンラウグが特に鮮かに描き出されている反面ヘルガは大変印象が薄く成功していない。一二八〇年の作とされ、著者はおそらく多くのサガに通じ、それらから芸術的な物語を編もうとした野心家であったろうと想像できる。

めんどりのソーリルのサガ

スヴェラー（横川）の谷の物語。成り上り者の〈めんどりのソーリル〉という者と地区の有力な首長の争いを扱っている。これは既述した『アイスランド人の書』の第五章に、アイスランド全土を四地区にわけたきっかけをなす事件として触れられている。作者はこの簡単な記述を伝承や想像によってふくらませ、また他のサガからモチーフを借りて一つの緊張感あふれる物語をつくり上げたのであろう。ソーリルの成り上り根性、ブルンドケティルの宥和的な人となりは、当時のアイスランド人の二面をわれわれに対照的に示しているように思う。

ソーリルという男がいた。貧乏で、人々にあまり好かれぬ男だった。行商をして財をなし、牝鶏を商ったため〈めんどりのソーリル〉と呼ばれた。

土地を手に入れて経営にあたり数年をへぬうちに裕福な身分にのし上ったが、相変らず人に好かれなかった。ソーリルは首長のアルングリームから息子のヘルギを養子にもらったため、その保護下に入り、益々裕福な身になる。

ある夏、ボルグフィヨルドに一艘の船が入る。船長の名はオルンといった。そこはトゥング・オッドが首長をしている地区であったので、オッドは出かけて行き、いつもの通り商品の値段を自分でつけようとした。ところがオルンが拒否したため大いに怒り、商品の売買を禁じ、船が翌春まで出帆することを禁ずる。オルンはこのことを、ブルンドケティルの子ヘルスティンに話す。ブルンドケティルは高潔な男で、オルンの父へのよしみからオルンに好意を寄せ、家に招く。オッドはこのことを知ったが、知らぬふりをした。

その年は乾草の貯えがよくなくて多くの小作人が困窮した。ブルンドケティルは一肌脱いでこれを救ってやったが、彼自身も家畜を四十頭殺さなければならなかった。その後、小作人たちに重ねて窮状を訴えられる。そこで乾草を売ってもらうために〈めんどりのソーリル〉のところへ彼らを同道する。ところがソーリルは売らない。押し問答の末、ブルンドケティルはソーリルの入用分を残して乾草を運び去る。

オッドはアルングリームのところへ行き、乾草盗みのことを語るが、ソーリルの養子になったヘルギが事実を父に伝えたため動こうとしない。

ソーリルはオッドのところに行き、ブルンドケティルのことをこぼす。しかし養子ヘルギが事実をゆがめずに伝えたので手は出さない。ソーリルは帰ったが、大いに不満を鳴らした。

夏にオッドの子ソルヴァルドがアイスランドに帰ってくる。ソーリルは彼に、ブルンドケティルに対する告訴を引受けて追放にするか自己専決権をとれれば家畜を半分やろう、と提案し承知させる。ソルヴァルドとアルングリームは、ソーリル、ヘルギとともにブルンドケティルのところへ行く。ブルンドケティルは運び去った乾草について、好きなだけの値をつけてくれ、というが、ソーリルは納得せず、飽くまでブルンドケティルを掠奪者として告発したので、ブルンドケティルはショックを受ける。ノルウェーの船長オルンは恩義のあるブルンドケティルが侮辱されたと知ると弓でヘルギを殺す。ソーリルはブルンドケティルを焼討にする。

ちょうどその頃、ブルンドケティルの子ヘルスティンは養父ソルビョルンのところにいたが、夢で父が火だるまになって現われたため、急遽駈けつけるが後の祭だった。ソルビョルンとヘルスティンはオッドに援助を要請するが、オッドはその土地の所有を宣言する。

ソルケルとヘルスティンはグンナルのところへ行く。そして焼討の話をする。ソルヴァルドが主謀者で首長のアルングリームも一味だと話す。グンナルはそれについては何もいわない。

ヘルスティンはソルケルとともに出かけ、グンナルの娘スリーズに求婚して同意を得る。その後でニュースとしてブルンドケティルの焼討のことを語る。

翌朝彼らは〈怒号のソールズ〉のところに行く。ソールズはスリーズの養父であったので彼女の結婚の誓約をさせ、それからニュースとしてブルンドケティルの焼討のことを語る。ソールズは婿の後楯に引き込まれたことに腹を立てたが、グンナルたちは上機嫌だった。

結婚式でヘルステインは石に片足をのせて首長アルングリームを完全追放するか自己専決権をうる事を誓う。グンナルはソルヴァルド・オッズソンを追放するか自己専決権をうることを誓う。ソールズは何もいわない。

春になると彼らは人を集め、民会にアルングリームを召喚し、その一方でヘルステインは一隊の者を率いてソルヴァルドの泊っていたところを襲う。

その地方一帯は物情騒然たる状況になる。ソーリルは介入してきた人物のことを知るとひそかに姿を隠し消息を絶つ。

オッドも首長アルングリームも人を集める。ソルケル、ソールズらも人を集め総勢二百四十名で民会に行こうとする。一方オッドは四百名近くを擁し、川で互に戦い負傷者を出す。ソールズは西に帰る。

グンナルはヘルステインと家屋敷をかえ、オルンの材木で家を建てる。彼はあらゆることに熟練したすばらしい人物だった。

民会へソールズとグンナルは大勢の者を率いて行く。ヘルステインは病気のため家に留る。ソールズはオッドと民会への途中でぶつかって戦うが両派は引き分けられる。

一方ヘルステインは病気が治ったが、オルノールヴという百姓に森の中におびき出される。これは消息を絶っていたソーリルのしかけた罠だった。森の中に楯が光っているのを認めたヘルステインは家にとって返し、武装したうえ部下を集めて森へ。そしてソーリルら十二名の者を残らず斬り殺す。ソーリルの首をもって民会へ行き、名声を博す。民会でアルングリームは完全追放、焼討に加わった者も同罪、ソルヴァルドは三年間の外国追放に決る。

オッドの子ソーロッドはグンナルの娘ヨーフリーズに求婚するが、両家の敵意のために拒絶される。オッドはグンナルの屋敷に火をかけようとする。しかし子のソーロッドが仲裁し、両者を和解させ、ヨーフリーズと結婚する。彼は兄弟のソルヴァルドが外国で捕虜になったと聞き、ノルウェーに行くが、二人とも戻っては来なかった。オッドは老齢になり、死ぬ前に丘へ運んでくれ、全トゥングを見晴らしたいからといい残し、その通りになる。

ヨーフリーズはエギル・スカラグリームスソンの息子ソルステインと再婚した。

ラックサー谷の人々のサガ

このサガからブレイザフィヨルドに舞台は移る。『ラックサー谷の人々のサガ』は五大サガのうちでも、いくつかの際立った特色を備えているサガである。第一に、女性が中心人物をなし、しかもその女性像が深い共感をもって描き出されている点である。冒頭の部分を除くとグズルーンという女性が物語の中心人物になっている。四度も結婚した彼女がどうして最愛のキャルタンを自ら死へおいやることになるのか。情熱を秘めた女性が、その誇りを傷つけられた時に取る行動の凄まじさは、ニーベルンゲン伝説のブリュンヒルドを思わせる。その二は、他のアイスランド人のサガに例を見ないほど、大陸ヨーロッパの騎士小説の影響が濃い点である。フランス語の借用 kurteiss（礼儀正しい courtois）、kurteis（礼儀 courtoisie）が見られることも如実にそれを語っているが、そのことは特に作者が豪華な衣装や盛大な祝宴についてことさら細かく描写していることからもわかる。その点では『エギルのサガ』や『ニャールのサガ』と全く雰囲気を異にしている。作者の外国の宮廷の華やかな生活に対する憧れがそこには感じられる。キャルタンやボリはほとんど宮廷騎士として中世ドイツの叙事詩に登場させても不自然でないほどである。第三に、夢がよく出てくる点で、これまでのサガにも夢は重要な役割を果していることは、各所で気付かれていると思うが、このサガほどよく現われる例は珍らしい。文学的手法として意識的に夢を使用したとさえいえそうである。

歴史的には、かなりフィクションの部分が多いため信用できないといわれるが芸術的にはサガの中で一級に位する作品である。

ノルウェーの郷士〈鼻ぺちゃのケティル〉とその子供たちは、ハラルド美髪王の圧政を逃れて国を離れる。息子たちはアイスランドへ植民。ケティルはその娘〈深慮のウン〉や親戚の者と英国諸島へ行くが、スコットランドで死ぬ。〈深慮のウン〉はスコットランドを追われて、西の海を、各地で娘を縁づけながらアイスランドへむかう。そしてフヴァムに定住する。孫娘のソルゲルズをコルという男に嫁がせ、彼らにラックサー谷の土地を与える。二人の間にできたのがホスクルドである。コルが死んでからホスクルドが土地を所有し、それはホスクルズスタジルと呼ばれた。母のソルゲルズは夫の死後ノルウェーに行き結婚してフルートという子を得たが、夫が早く死んだので再びアイスランドに戻り、ホスクルドのところに死ぬまで過した。ホスクルドは非常にすぐれた人物になった。彼はノルウェーのハーコン・アザルステインフォーストリ侯の近侍となりノルウェーでもアイスランドでも名を高める。彼は結婚して四人の子をもうける。木材を買いつけにノルウェーに行ったホスクルドはロシヤの商人から美しい、だが口のきけない女奴隷を買い、その女との間にオーラーヴが生れる。気品のある女奴隷は、メルコルカといい、実は口のきけないふりをしていただけで、アイルランドの王女であることを後に明かす。

さて、ソーロールヴとハルという二人の百姓が魚取りに行き、争いとなり、ついにソーロールヴがハルを殺す。追われる身となったソーロールヴは遠縁の女性ヴィーグディースのところに行ってかくまわれる。ところがハルの兄が、ヴィーグディースの気の弱い夫ソールズを買収して逃亡者を売らせる。ヴィーグディースは無事にソーロールヴに下男をつけて逃がし、この不甲斐ない夫に愛想をつかして離婚を宣言する。親戚のところに移った彼女には、財産の半分の請求権があるという話を聞いてソールズは心配になり、ホスクルドに調停を頼む。そしてホスクルドの子オーラーヴを養子にし、死後は全財産を彼に譲ることを約束する。

オーラーヴはソールズのもとですくすくと成長し、くらべられる者もないほどの美男子になり、養父の株も大いに上る。ホスクルドは、〈孔雀のオーラーヴ〉という名をつけた。

さて隣りの厄介者フラップが死んで、台所の扉の下に立ったまま葬られる。ところが死後彼の幽霊が出没して隣近所に迷惑をかける。ホスクルドが頼まれてそれを掘り出し、人里離れたところに葬ってから出ることは少なくなる。

ホスクルドは偉大な首長になり人々の尊敬を集めていた。ところでノルウェーにいた兄弟のフルートがノルウェーから帰り、遺産の分け前を要求する。ところが拒絶されて、怒った彼はホスクルドの留守に二十頭の牛を放ち、追跡に差向けられた下僕四人を殺す。ホスクルドは帰って事を知ると激怒するが妻に説得され、結局和解が成り立ち、仲のよい兄弟関係をもつようになる。

オーラーヴの母メルコルカは息子に記念の品をもたせアイルランドのミュールキャルタン王のところへ送る。ミュールキャルタン王は記念の指輪を見ると民会で王位を譲ろうとするが、オーラーヴは辞退してアイスランドへ帰る。ホスクルドはエギル・スカラグリームスソンの娘ソルゲルズをオーラーヴの嫁にもらおうとする。初め彼女は女奴隷の子などと、軽蔑していたが、オーラーヴが父とエギルのもとを訪れ、じかに話をすることで結婚はまとまる。盛大な結婚式が行われ、二人は深く愛し合った。首長のソールズが死ぬと、オーラーヴが後を継いで首長になる。そしてますます隆盛を極める。この頃、またもやフラップの幽霊が出ては害をなすので、その死体を掘り出して火葬にし、その灰を海に捨ててから幽霊は出なくなった。

ホスクルドの息子ソルレイクとバールズもすぐれた航海者だった。オーラーヴはソルレイクと仲がよくなかったが、ホスクルドが死んでその葬儀の折に、オーラーヴはソルレイクの子ボリを養子に迎えることで仲直りする。ちょうどその頃オーラーヴとソルゲルズの間にキャルタンが生れ、ボリといっしょに育つ。キャルタンはアイスランドきっての美貌の持主になる。力も強く母方の祖父エギルやその兄ソーロールヴに似ていた。また泳ぎがずば抜けて上手だった。つつましい性格で誰からも愛され、明朗で金ばなれがよかった。オーラーヴは幾人かいる子たちのうちでキャルタンを最も愛していた。養子のボリもすぐれた男になり、あらゆる点でキャルタンに次いですぐれ、二人は互に深く愛し合っていた。

オーラーヴはある夏ノルウェーに材木を集めに行き、ゲイルムンドという男を伴って帰る。この男は不愛想な人物でオーラーヴのところに滞在しているうちに娘のスリーズに思いをよせ結婚の申し込みをするが、オーラーヴの反対にあう。そこで母のソルゲルズに贈物をし、その力添えでやっと結婚する。三年たってゲイルムンドは妻と一歳になる娘をおいてノルウェーに去ろうとする。彼が河口からいくらも出ない島のところで風を待つうち、妻のスリーズは、ひそかに娘を船に運び、ゲイルムンドが何ものにもかえがたく大事にしていた名剣〈足咬み〉を奪い、船に積んであったボートに穴をあけて逃れる。ゲイルムンドは「剣を返せ」という。スリーズは「返さぬ」という。ゲイルムンドは、剣に呪いをかけ、その剣は家族の中で一番掛けがえのない者の生命を奪うことになるぞ、という。スリーズは帰宅して従兄弟のボリに剣を贈る。ゲイルムンドらはその後ノルウェーの暗礁に乗り上げ全員溺死した。

オーラーヴのところに四本の角をもつ見事な牡牛がいた。十八歳になったとき殺したが、夢にその母牛が現われ「お前の息子を血塗れにしてやるぞ」という。

さて、オースヴィーヴとソールディースの間にグズルーンという娘がいた。グズルーンは美貌と智力にかけてアイスランドでならびない女性だった。オッドレイヴの子ゲストは予見の才のあるすぐれた首長だったが、ある時民会に行く途中セーリング谷の温泉で休息した折に、グズルーンの見た四つの夢の解釈をする。ゲストは彼女の四つの将来の結婚をあらわしているという。

ゲストはオーラーヴのところに立寄ったが初対面なのにその子らを皆当てて、またキャルタンが一番すぐれた者になるだろう、という。ゲストは去ったが、馬を用意している息子が「どうして涙なんか流しているの」と聞くと、「ボリがキャルタンを殺すことになるだろう」という。

グズルーンの最初の結婚は離婚に終る。ソールズという男がいた。妻のアウズがズボンをはくという理由で離婚しグズルーンと結婚する。アウズは寝ているソールズを襲って傷を負わす。彼はこれから逃げられたが、魔法使いによってひき起こされた嵐にあって溺死する。

キャルタンはグズルーンと交際をはじめる。キャルタンの父は不吉な予感に襲われた。キャルタンはボリとノルウェーに行くことにする。グズルーンはいっしょに行きたいと強く望んだが、彼は三年待ってくれといって引きとめる。ノルウェーに行ったキャルタンは当時政権を握っていたオーラーヴ・トリュグヴァソン王に次第に感化され、キリスト教を受け入れる。王はアイスランドに布教のためサングブランドを派遣する。（『キリスト教のサガ』参照）

王はギツルとヒャルティを布教のため再び送った時、ノルウェーにいたキャルタンら四人を人質としておさえる。ボリは、出航が来年楽になったらこい、だが王はなかなか手放さぬだろうし、王の妹インギビョルグのご執心ぶりからするとアイスランド行きは問題になりそうにないな、と言ってキャルタンと別れ、アイスランドに先に帰る。王の妹インギビョルグはその頃ノルウェー第一の美人と謳われキャルタンと親しい間柄であった。

アイスランドに帰ったボリは民会で人々に信仰のことを話す。グズルーンは旅のことやキャルタンのことを色々とたずねた。ボリは、王の信任が厚いこと、また王はキャルタンを手放すよりは妹のインギビョルグを与えようと思っているらしい、という。グズルーンは、キャルタンにふさわしい方のようね、と言って話を打ち切ったが、その顔は紅潮していた。

それからボリはグズルーンを足しげく訪ねては求婚のことにふれるが、グズルーンは、キャルタンの生きている限りは誰とも結婚しないという。ボリは、キャルタンを待つなら、この先何年も一人でいなくちゃならない。それにもしこのことが彼の心にかかっているなら、何か自分に委託したはずだ、という。ボリはグズルーンの父に働きかけ、父も兄弟もそれをすすめた結果、ついにグズルーンは承諾する。ボリは帰ってオーラーヴにそのことを報告したが、オーラーヴはあまり嬉しそうな顔はしなかった。結婚式は盛大に行われた。だが二人の結婚生活がとくに幸福であったとはいえない。

さて、夏になってアイスランド改宗のニュースが、ノルウェーに伝わり、足止めをくっていたアイスランド人に出航の許可が下りる。キャルタンは渡航の許可を求める。王妹インギビョルグを訪れると、彼女は金糸で刺繍した頭飾りを贈り、グズルーンに似合うだろうという。二人の別れは辛かった。王は出航のとき送りに来て、剣をキャルタンに贈る。

アイスランドに帰ったキャルタンはグズルーンの結婚のことを知る。ところでキャルタンの父オーラーヴと、グズルーンの父オースヴィーヴとは仲が良く、互に訪問し合う習慣があった。その秋はオーラーヴがオースヴィーヴのところを訪ねる番だった。グズルーンは夫のボリにキャルタンのことで真実を全部伝えなかったといって、不満を抱く。招待にキャルタンは行くことを拒んだが、オーラーヴが親戚の者の気を悪くさせないようにと説得したので結局は折れて、行くことなる。キャルタンはノルウェー王に貰った緋の服をつけ、剣、黄金の兜、十字架のついた赤い楯、槍をもって颯爽としたいでたちで出かける。

ボリは一同を迎え、キャルタンにキスする。彼は陽気に振舞ったが、キャルタンは万事控え目にした。ボリは馬を贈ろうという。馬道楽などせん、とキャルタンは断る。冷たい別れだった。

秋にキャルタンは姉のすすめもあって、アースゲイルの娘フレヴナと結婚する。オーラーヴとオースヴィーヴは相変らず親しく交わったが、息子たちの仲はかなり冷たくなっていた。

オーラーヴがオースヴィーヴを招く番になった。ボリとグズルーンもいっしょにきた。グズルーンはフレヴナに例の頭飾りを着て見せて欲しい、という。キャルタンは断る。だが翌日グズルーンは頼んで見せてもらう。この招待の折にキャルタンの剣が紛失する。グズルーンの兄が隠したのだが、キャルタンはこのことで気を悪くする。

次にオースヴィーヴが招く番になった。キャルタンは気が進まなかったが、父のすすめでしぶしぶ承知する。フレヴナも母にすすめられて例の頭飾りをもって行く。ところが預けた頭飾りがどこかへ消える。キャルタンは妻にそのことを聞き、黙っておけ、と言った。オーラーヴもボリとキャルタンの間にひびが入らぬように望み、こっそり探そうという。別れしなにキャルタンがボリに剣や頭飾りの紛失のことを伝えると、ボリは泥棒呼ばわりされるいわれはない、という。別れは冷たく、相互の招待はそれ切りになった。多くの者は頭飾りはグズルーンの入れ知恵で兄のソーロールヴが火で焼いたのだといっている。

冬になりユルの祭りの後、キャルタンは総数六十名でボリのところに行き、封鎖して三日間戸外のトイレが使えないようにする。一同は恥辱を感じたがボリは鎮めようとする。グズルーンは何もいわなかった。こうして双方の間に公然たる敵意が生れる。

冬の終りにボリが買おうとした土地を横合いからキャルタンが買ったことで相手方をますます激怒させる。

グズルーンは兄弟たちや夫のボリをけしかけ、キャルタンを待伏せさせる。一方キャルタンはもっと供をつれて行くようにという忠告に耳をかさず、ボリは自分の生命を狙うことはないだろうし、他の連中にそうやすやすと討たれることはあるまい、といって少数の者をつれて出かける。戦いがはじまったが、ボリは手を出さない。キャルタンはよく戦った。ボリは仲間たちに促されて仕方なく剣〈足咬み〉をとる。キャルタンはボリに、お前の生命を奪うよりは、お前に殺された方がましだ、といって武器を投げすてる。ボリは彼に死傷を与える。ボリは後悔したが、その膝に抱かれてキャルタンは死ぬ。

オーラーヴは子たちが復讐にはやるのを抑え、告訴してオースヴィーヴの子たちは追放にし、ボリは金による賠償にとどめる。キャルタンの妻フレヴナは北地区に移って間もなく死んだ。悲しみのあまり心臓がはり裂けたという。オーラーヴは息子の死後三年して死んだ。妻のソルゲルズは夫の生ぬるい態度にあきたらず、ボリに対する復讐をあおり、行動力のない息子をもつ者は不幸だという。息子ハルドールはボリに対して兄の恨みを晴らそうとして従兄弟らと十名でボリの家を襲う。ボリはグズルーンを家から去らせる。ボリが剛の者であることを知っているので、誰も真先に踏み込もうとしない。ようやく、アンがさきがけて中にとび込んだが、真向から唐竹割りにされて死ぬ。ラムビが次に入り、ボリのすねを切る。だが肩先を切られる。ヘルギは槍を投げる。それは楯を貫いてボリに当たる。皆は中に躍り込む。ボリは壁によりかかり、腸が出ないように腹を上着でおさえる。スティントールが斧をふるって首を斬り落した。グズルーンは小川から上って来て、なりゆきをきく。ヘルギは血槍をグズルーンの服の端で拭う。グズルーンはその顔を見てニヤリと笑った。

ボリの死後グズルーンに男子が生れてボリと名をつけられた。グズルーンは有力な首長スノッリ(『エイルの人々のサガ』の主人公)に復讐の意志を告げる。スノッリはこの地区の一族を根絶やしにすることは好まないという。だがグズルーンはラムビだけはどうしても復讐したい、という。グズルーンは曖昧な結婚の約束でソルギルスという男を釣ってヘルギらに復讐を果した後、首長スノッリの友人ソルケルと結婚する。

スノッリはオーラーヴの子らとボリの子らの調停をはかり賠償金が支払われて一件は最終的にけりがつく。

ボリ・ボラソンはスノッリの娘ソールディースと結婚する。その後ノルウェー、デンマークと次々に国々をまわり、ついにはミクラガルズ(コンスタンチノープル)で皇帝の近衛兵になり、令名をうたわれる。

グズルーンの夫ソルケルは海で溺死する。それから四年してボリはすばらしい品々をもって帰国する。その美々しいいでたちに女たちは、姿を見ることに夢中で、仕事が手につかなかった。グズルーンの喜びは大きかった。

グズルーンは年をとって死んだ。死ぬ前にボリが、一番愛していたのは誰ですかと尋ねる。ソルケルは一番有力で偉大な首長でした。ボリより男らしい者はいなかった。ソールズは一番賢かった。ソルヴァルドについてはいうことはない、とグズルーンは答えた。なおもボリに重ねて尋ねられ、わたしは一番愛した人に一番悪いことをしました、と言った。

エイルの人々のサガ

このサガはスネーフェルスネス半島の北岸ソール岬とエイルとアールプタフィヨルドの人々の、植民からその後の争いを扱ったもの。『エギルのサガ』や『ラックサー谷の人々のサガ』を読んできた者には、バラバラな挿話がただ並べられるだけで、中心となる人物やクライマックスとなる事件がないため、印象が薄いのは否めない。この構成の弱いサガは、おそらく地方史を書こうとした作者が、アリの史書をはじめとする多くのサガから関係のありそうな箇所をピックアップし、できるだけ客観的に描こうとしたように見える。年代や地理上の記述は驚くほど慎重で正確であり、また作者の歴史的興味は、とり上げられた十ばかりの確執に見られるばかりでなく、とくに異教時代の習俗、神殿の様子、供犠や魔法、さらには法律、お化け、幽霊などにまで及び、それらを生き生きと描写している点では民俗学の好資料たるを失わない。

首長のスノッリが、最も多く登場する人物で、しいていえばこのサガの中心人物といえる。スノッリの人物像は実によく描かれている。彼は政治上のかけひきに長じた賢明で抜目のない男で、目先がよくきき、決して万事に無理をしない。いつも陰から糸を操り、それでいて好機到来と見るや容赦ない行動に出る。徒らに力による解決をあせらず、調停や和解によりできるだけ勢力をひろげることに余念ない。子女の縁組も相手に有力者を選び、政治的配慮から決めるという態度であった。

作者はおそらくこの地方の住人で地理や伝承に詳しい人物であったろうとされる。年代は『ラックサー谷の人々のサガ』を作者が知っているため、これよりやや下ると推定できる。

エピソードのくり返しであるこのサガの梗概をこれまでのように紹介してみても退屈であるので、ここでは、特にこのサガの特色をなす超自然的な出来事を一つ選んでみよう。

〈びっこのソーロールヴ〉はアールプタフィヨルドの住民だった。年をとりだすと、意地悪くなり争いを好むようになる。乾草を盗む。召使いを使って人を焼討にしようとする。人を待伏せて殺させる。このような無法のため息子のアルンケルとの仲もしっくりとはいかなかった。スノッリが木を伐採させたことが気に喰わず、息子に苦情をいうが、スノッリと事を構えたくないアルンケルはとり合わない。ソーロールヴは不機嫌になり、家に帰ると高席についたなり食事もとらず、翌朝になると席についたまま死んでいた。

アルンケルは知らせを受け、ソーロールヴの家にやってくると、死体を高席からおろし、背後から近づいて頭から布をかぶせ、壁をぶち抜いて、そこから外に出し、橇にのせて、谷に運び、穴を掘って埋葬する。

ところが、ソーロールヴの死後、日が暮れると、物騒なことが起るようになった。牡牛は呪われ、ソーロールヴの墓場に行った家畜は狂死した。家畜と羊飼が帰って来ず、その死体が後で発見される。鳥も墓の上で落ちて死ぬ。幽霊が屋根の上にのぼって壊す。冬になるとソーロールヴが現われ、主婦にいどみかかったため、その主婦は気も変にならんばかりになりついに死ぬ。何とかしてくれ、と人々はアルンケルに頼む。生前一目おいていた息子アルンケルの行くところには現われない。アルンケルは十二名で出かけ、墓を掘り起してみると、ソーロールヴは腐っていない。橇にのせ、牡牛にひかせ運ぶ途中で、その牡牛も狂う。仕方なく近くの丘に埋葬し、周囲に高い塀をつくる。その後アルンケルの生きている間は出てこなかった。

彼の死後、ソーロールヴは再び幽霊となって出没するようになる。ソーロッドは人々の訴えを聞き、何人かで行って墓をあばいてみると、ソーロールヴの死体は腐っておらず、ヘル（死の女神）のように青黒く、牡牛のように太っていて、棒を使ってやっと持ち上げられた。それから薪の上で焼き、灰を海にまいた。風が吹いて灰が散り、その灰のついた石をなめた牝牛は奇型の仔牛を二頭生む。ソーロッドの乳母は盲目になっていたが、若い頃未来が読めるといわれていた。彼女は言った。怪物みたいなその牛を殺せ、これを育てたら災いが起ると。ソーロッドは牝牛は殺させたが、牡牛の方は殺さずにおいて乳母には黙っていた。この牛は大きくなり、牧場で吼え、老女は声を聞いて災いになるだろうよ、と言う。牛は大きくなり、気がおかしくなったように暴れまわり、乾草をあらす。ソーロッドは牛を御そうとしてその角で突かれて死ぬ。牛はみなに追われ、沼に沈んで死んだ。

幽霊の話はよくサガに出てくる。それは別に荒唐無稽の話というわけではなく、現実に起ったこととして語られている。現代でもアイスランドの人々が幽霊を恐れること一通りでない、とクーン教授から聞いている。それにしても気候風土の違いは幽霊の性格の相違にも反映するらしく、日本の幽霊と上のような話を比べてみて興味をそそられるのは私だけではあるまい。

フォーストブレーズラサガ

このサガはアイスランドの西北端のイーサフィヨルドのサガのうち最も古いものといわれる。ソルゲイルとソルモーズ二人の義兄弟の物語。中心となるのはソルモーズのソルゲイルに対する仇討の話であって、そこのところはよく描かれている。しかしその他の点では物語の構成にしまりがなく、個人あるいはグループとしての登場人物の対比がはっきりしていないために事件の連続はいささか平板で、人物像が鮮かに浮き上ってこないうらみがある。

イーサフィヨルドにハーヴァルの子でソルゲイルという男がいて、早くから大人びており、武事に長じていた。またベルシの子でソルモーズという者がいた。若くして勇気があり、誇り高い男だった。この二人は早くから仲がよく、二人とも武器で倒れるだろうということを予感し、あの世での名誉や喜びよりも、この世での栄誉の方を求めた。二人は義兄弟の誓いをしたが、二人ともつき合いにくい人間だったので、人々の苦情がたえず、地区の首長ヴェルムンドは二人を引離すためにハーヴァルを引越させる。ハーヴァルは無法者に殺され、子のソルゲイルは槍で相手を刺し殺して復讐をとげる。その時彼は十五歳に過ぎなかった。ソルゲイルとソルモーズは再びいっしょになる。その後ソルゲイルはいく人かと戦って名をあげ、その高慢の絶頂の時に、二人が戦ったらどちらが強いだろうか、と義兄弟のソルモーズに尋ねたため、ソルモーズは気を悪くして彼と袂を分かつ。

ソルゲイルは船をとりソルモーズは不動産をとる。ソルゲイルはその後も人を殺し、英国やデンマークをへて、ノルウェーのオーラーヴ聖王のところに伺候する。王は、彼が運に恵まれた男ではないと感じたが、すぐれた力量を認めて手元におく。

一方、ソルモーズは父のところに数年留ったが退屈しはじめる。そして、魔法使いの娘ソルディースとつき合うが、なかなか結婚にふみきらない。噂の種になったため、魔法使いである母は刺客をさしむける。刺客は刃がとおらぬよう魔法で守られていたため、ソルモーズが切りつけても不死身。かえってソルモーズは右手に深手を負い、これが悪化して生涯左腕だけになる。父のベルシは怒り、魔法使いの家に行き家探ししたが、魔法使いに〈隠れ兜〉を被せられた刺客は部屋の真中にいながらベルシの目には見えない。

ソルモーズはしばらく家にいたが退屈し出す。未亡人の娘ソルビョルクと仲よくなり、褒歌を作って贈る。その後ソルディースとよりを戻した彼は、褒歌のことを女に咎められ、もともとはあなたのための褒歌だったのだと弁解して改作したものを捧げる。すると、夢にソルビョルクが現われ、このことを怒り、元通りにして、世間にこの件を公表せぬと重い眼病にかけてやると脅す。目が覚めてみると実際目が痛む。父に言われた通りにせよ、といわれ、その通りにすると眼の病は治る。

さて、話はソルゲイルのことになる。彼はアイスランドで人と争ってこれを殺し、ノルウェーに戻った。聖オーラーヴ王の家臣の仇を討つためまたアイスランドに派遣され、これを討ったが、その後も争っては人を殺しているうちに、最後に、殺された身内の者に襲われ、奮戦して十三名の者を倒したが、槍で刺し貫かれて死ぬ。人々の話では彼の心臓を見るため胸が割かれたが、その心臓は非常に小さかった。彼の首は土の上に置かれ、さんざん嘲笑されたが、そのうちに凄い形相をしたので、あわてて穴に埋められた、という。

ソルモーズはソルゲイルの死を深く悲しんだ。オーラーヴ聖王はソルゲイルの義兄弟で詩人でもある彼を喜んで家臣にする。

ソルモーズは敵を求めてグリーンランドに渡る。たまたま民会で戦士ソルゲイルの物語を面白く語っている敵に会い、偽名をつかってこの者に接近し、やにわに斧で脳天を唐竹割りにする。そして逃れ、しばらく洞穴にひそむ。そのうち退屈してそこから変装して出かけ、敵の息子三人を殺す。三人目を相手にした時は、肩先を切られ、そのうえ武器までも失う。そこで組み合う。重傷のうえに、無防備という悪い状態であった。そこで必死にオーラーヴ聖王を祈願し援助を祈る。すると相手の手から斧が落ちる。二人は組み合ったまま海中に落ちた。ソルモーズは敵のズボンを引き下げて泳ぎにくくし溺死させる。

重傷を負ったソルモーズは暗礁に横たわっているところを仲間の二人に発見され、医者で魔法の心得のある女のところにかくまわれる。

いっしょに溺死したものとばかり思っていたソルモーズが女のところに生きていると夢で知った敵はそこに踏み込むが、椅子に坐っている彼の姿は魔法のおかげで皆に見えない。彼は危機を脱する。

傷が治ったソルモーズは敵の一人を討つが自らも負傷する。敵の手をやっとのことで逃れ疲労困憊して暗礁に残された彼。近くの百姓の夢にオーラーヴ聖王が現われ、彼を救うようにと言う。百姓は彼を仲間のところにつれ帰る。

傷もいえ、ノルウェーの王のところに戻った彼は事の真相を王に報告し名声をうる。

スティクレスタズの戦で、オーラーヴ王は農民軍と戦って戦死した。ソルモーズも奮戦したが、一本の矢に胸を貫かれる。治療もさせず倉庫の負傷者らのところに行く。農民軍の一人が来て、オーラーヴ王の兵は弱虫だ、傷の痛みを堪えることもできない、負けたのも不思議じゃない、という。ソルモーズは、その男に自分の傷を見てくれ、といい、そうしようとした男に、さっと斧を振って重傷を負わせる。男は呻き、唸る。ソルモーズは、ここには重傷者は多いが、軽傷のくせに泣きわめいたり、呻いたりする奴はおらぬ、と言う。それから手当をさせずに壁によりかかっていたソルモーズはばったり倒れて死ぬ。

ギースリのサガ

このサガは構成の確かさ、人物や事件の自然な飾らない描写から多くのサガの中でも特に傑作とされる。こみ入った事情から義兄を殺して、追放になったギースリがつきまとう敵の攻撃をかわしながらついに殺される物語である。危険と苦労を共にする献身的な妻のアウズの姿は、ニャールの妻ベルグソーラとならび、サガ文学中最も美しい光を放っている。弟ギースリに助力を要請されながら、直接手をくだせない気の弱い兄のソルケル、英雄歌のグズルーンを思わせる復讐に燃える姉ソールディース、そして何より氏族に対する忠誠から心ならずも復讐のため人を殺し、不運にさいなまれながらも、雄々しくこれと立向うギースリなど、登場人物の確かな描写は実に精彩を放っている。

性格描写がとくに心理的な面にまで及ぶこと、迫りくる運命を暗示する夢の手法、会話の巧みさなど、一級の芸術的作品といえる。

アザルステインの養子ハーコン王がノルウェーを支配していた頃、ソルケルという男がいた。妻との間にアリ、ギースリ、ソルビョルンという三人の息子がいた。アリにはインギビョルグという妻があったが、ベルセルクに決闘を迫られ殺される。弟のギースリは兄嫁の奴隷から〈灰色の鋼《グラーシーザ》〉という名剣を借りてその無法者を殺し、兄の仇を討つ。そして兄嫁と結婚し、父の全財産をつぐ。しかし剣を返さなかったため争いになり二人とも死ぬ。

ソルビョルンは父の遺産をつぐ。彼と妻の間に四人の子があった。長女がソールディースで、あとはソルケル、ギースリ、アリの三兄弟。このギースリが本篇の主人公である。バールズという男がソールディースに懸想する。彼はソルケルとは仲がよかったが、ギースリや父とは仲が悪かった。ギースリはバールズを殺す。ソルケルは家を出て、バールズの親戚のスケギという男のところに行く。スケギはソルケルに姉と結婚するようにけしかけられ、ソルビョルンのところへ二十名で出かけるが、ソールディースには恋仲を噂されるコルビョルンがいるため断られる。スケギはコルビョルンに決闘を申し込むが、コルビョルンはひかえる。ギースリは怒って十二名の者とその場へ行く。スケギはコルビョルンとギースリの破廉恥な像をつくる。ギースリはスケギと戦い、その片足を切りとったので彼は生涯義足をつけるようになった。ソルケルはギースリといっしょに帰り、兄弟の仲はまたよくなる。

スケギらは人を集め、コルビョルンも強制して仲間に引き入れ、ソルビョルンの家を焼打する。十名が壁を壊して逃れ、後でコルビョルンを襲って焼殺し、またスケギら全員を殺す。

こうしてギースリらはアイスランドへ移住、ハウカダルのセーボールで土地を買って住んだ。両親が死ぬとソルケルとギースリが所有地を受け継いだ。ソルケルはアースゲルズと結婚し、ギースリはヴェーステインの妹アウズを妻にし、姉のソールディースはソルグリーム・ソルステインスソンと結婚した。

さて民会の折に、ギースリ、ソルケル、ソルグリーム、ヴェーステインの四人は義兄弟の誓いをするが、ソルグリームがヴェーステインと握手をしない、といい出して無駄になる。

ソルグリームはノルウェーの商人に息子が殺され、その復讐をする。ソルグリームとソルケルはノルウェーに向う。ギースリはヴェーステインと出発したが難破、デンマークに行く。そこから英国へ渡ろうとしたヴェーステインにギースリは自分で作った貨幣の一つを与え、自分も一つもって、互に生死にかかわるようなことが起ったら、これを送り合うことにしよう、と言って別れる。

ソルケル、ソルグリーム、ギースリはアイスランドに戻る。

ある日、ソルケルが家にいると、アウズとアースゲルズは縫物をしながら、アウズがソルグリームに、アースゲルズがヴェースティンに愛情をよせていたことを話しているのを聞く。そして不機嫌になり、一年後、ギースリに財産分割を要求し、動産をとり、義兄のソルグリームのところへ移る。

ヴェースティンがアイスランドに帰り、ギースリのところに立寄り、お土産をギースリとソルケルに持参する。ギースリはソルケルに届けるが受け取ろうとしない。

豪雨の夜、みなが乾草を救うために出はらった後で、ヴェースティンが何者かのために槍で刺されて死ぬ。ギースリは養女のグズリーズをセーボールにやって様子を探らせる。と、人々は武装している。「予想した通りだ」とギースリはいう。

葬式にはソルグリームやソルケルもやってきた。

ボール競技が行われ、ギースリは出場して、ソルグリームを痛めつける。このため二人の仲は大変冷たくなる。

冬の初めにギースリのところと、ソルグリームのところで同時に宴会が開かれる。死んだヴェースティンからソルケルに贈られる筈であった絨毯をソルグリームが欲しがる。ソルケルは望まない。いやがる召使いの横面を張りとばしてソルグリームはギースリのところにとりにやらす。アウズは貸さぬという。しかしギースリは、ソルケルもとりに行くことに同意したことを確かめると、それを貸す。そして下男に夜三つのドアの鍵をしないでおくようにと頼む。夜になると彼は剣〈灰色の鋼《グラーシーザ》〉をもってセーボールに行き、寝ているソルグリームを刺し殺す。セーボールでの葬式にはギースリも出席した。また競技がはじまる。この時、ギースリは次の歌を歌う。カッコ内はケニングの意味である。

巨人殺し（ソル）グリーム（ソルグリーム）の塚に雪が融くるを見たり
余が傷つけし戦の光（剣）のオーディン（ソルグリーム）が墓に
今、槍の響きませる者（ソルグリーム）　土地をえたり
河の焔（黄金）の樹（ギースリ）
かの冑のオーディン（ソルグリーム）に土地を与えしなり

この歌をちょうど居合わせた姉のソールディースが覚えて帰り、その意味を解く。そしてソルグリームの弟ボルクに語る。彼は激昂してすぐに殺しに行く、と言う。ソルケルは、犯人が誰か割れたことを弟のギースリに伝える。ギースリに援助を乞われ、注意だけはする、援助はできない、と言う。
ボルクがソールスネスの民会にギースリを召喚しようとする。ソルケルはまた事態を弟に教えて注意する。ボルクらの攻撃。ギースリは下男のソールズにマントを与え、下男が代りに討たれる。ギースリは森で足に負傷するが二人を殺す。

家に帰ると土地を売り、妻のアウズと養女のグズリーズといっしょに船に財産を積み、ゲイルショーヴスフィヨルドに入り、そこに屋敷をつくり滞在する。

ギースリは義兄弟のヘルギ、シグルス、ヴェストゲイルに民会での調停を頼む。しかし、これは実らずギースリは追放になる。〈金持ソルケル〉は追放に決ったことを彼に告げる。全島をめぐって首長らに援助を求めたが、〈鼻のソルグリーム〉によってかけられた魔法のため思うにまかせない。ギースリはゲイルショーヴスフィヨルドのアウズの屋敷や、北と南の隠れ家を代るがわる使った。

ボルクは〈灰色のエイヨールヴ〉に金をやって、ギースリを探して殺してくれと頼む。

ギースリは、寿命を象徴する七つの火を夢で見る。エイヨールヴは〈スパイのヘルギ〉をやって探らせ、ギースリが隠れ家から出るところをつかみ、アウズの屋敷に行ってみるが、探してもギースリは見つからない。

ギースリはソルケルのところに行き援助を求めるが、責任をかぶるような援助はしてやれない、といわれ、三百エレの布地をもらう。

ギースリはソルゲルズのところにかくまってもらうが、また愛する妻のところに戻る。また夢を見る。悪い女が血や赤いものを彼にこすりつける。

ソルケルのところに行き、最後の援助を乞う。しかし舟と食糧と布地をくれただけだった。ギースリは兄の方が先に殺されるだろうと予言する。

インギャルドのところにこっそり滞在したギースリは、工作に巧みで、船の作り方が上手であったため、エイヨールヴらの疑惑を招く。そして〈スパイのヘルギ〉がきて、ギースリがいることを確かめると一味の手引をする。ボルクらは船でやってくる。ギースリはちょうど舟で海に出ていたが、馬鹿のまねをしていったんは難を免れる。しかし後を追われ、ボルクの槍で太腿に重傷を負う。レヴの家では、その気転によってベッドの下に隠れて助かる。そこに半月いたが、小刀と帯を贈って去る。

民会の折にソルケルは少年に斬り殺される。アウズのところに立寄った少年らに彼女は食物と、かばってもらえる印しを与えて去らせる。ギースリはまたよくない夢を見る。

エイヨールヴはアウズのところに行き、夫の居場所を教えたら銀三百をやろう、という。それを見せてください、とアウズはいい、膝に金があけられる。養女グズルーンは泣き出して、隠れているギースリのところに行き、お母さんは気がおかしくなったの、という。ギースリは、大丈夫だよ、と言う。

アウズは金を数え終ったが、だしぬけにエイヨールヴの鼻面にその財布をいやというほどぶつける。血がほとばしる。

さて、こうしているうちに、夢で以前決められた寿命の年数もたってしまった。ギースリの夢はますます悪くなり、頻繁になる。エイヨールヴ一味がだしぬけに襲ってくる。三人は棍棒をもって崖に上る。死闘の末ギースリは数人の者を倒したが、自らも槍で突かれて内臓が外にはみ出す。綱でそれを縛りつける。詩を口ずさむと崖から剣をもったままとび下り、下にいた一人を即死させ、折り重なって絶命する。八番目の男も後で死に、一人でこれ以上見事に防いだためしはない、といわれた。

エイヨールヴはボルクに会いに行く。ソールディースは坐っているエイヨールヴが弟ギースリの剣をもっているのを認めると、それをやおら引き抜いて腿に大怪我をさせる。エイヨールヴは賠償金を要求する。

ソールディースはボルクとの離婚を宣言する。


【北地区】

次のサガから北地区に移る。フーナフローイにのぞむ西よりの地区と東よりのエイヤフィヨルドとスキャーラファンディの地区が問題になる。

コルマークのサガ

このサガはグンラウグやハルフレーズのように詩人の伝記を扱ったものである。コルマークという詩人が実在していたことは『スノッリのエッダ』や『ヘイムスクリングラ』中の断片的な詩作品で知られる。しかし、このサガの登場人物と、中心的な主題である恋愛は自由な創作と見られている。性格描写などは最上のサガのものより劣り、統一的な物語としては成功していないが、それにもかかわらず、中世ヨーロッパのトロバドールやミンネジンガーなどの作品の恋愛感情がこの作には満ちており、それが一本気の英雄気質と結びついている点が魅力をなしている。満たされぬコルマークとステインゲルズの愛にはトリスタンとイソルデのテーマが明らかに影響しているように思われる。そしてその原因はソールヴェイグの魔法であるとされている。

ハラルド美髪王の時代に南ノルウェーのヴィークの首長の子でオグムンドという者がいた。ヴァイキングとして名声を博し、侯の娘と結婚する。しかし、ハラルド王の後継者〈血斧のエイリーク〉と親しめず、アイスランドに移住する。彼の最初の妻は死んでいたので、ダラと結婚し、ソルギルスとコルマークが生れる。コルマークは黒髪で身の丈高く、力が強く、せっかちな性分で、ソルギルスは、穏やかな性質だった。二人は父の死後遺産をつぐ。

コルマークはソルケルの娘ステインゲルズに一目惚れし、母の警告にもかかわらず足しげく通う。ソルケルのところにナルヴィという法螺《ほら》吹きの男がいて、コルマークをこのことでからかうが、斧の背でいやというほどどやされる。

ソルケルは魔法の心得のあるソールヴェイグの二人の息子をそそのかしてコルマークを待ち伏せさせる。しかし戦いがあって二人とも彼に殺される。コルマークはソールヴェイグのところを訪れ、立退きを迫り、息子たちの賠償をしないことを宣告する。ソールヴェイグはコルマークがステインゲルズといっしょになれぬように呪いをかける。

コルマークは求婚して結婚式の日取りも決まる。ところが持参金のことで争いがもち上り、そのことが片付いた時、コルマークは結婚式のことを意に介しなくなり、欠席する。ステインゲルズの親戚は取り決めを破ったコルマークに対して腹を立て、決闘屋ベルシにステインゲルズを嫁がせ、加勢してもらおうと考える。このことをあらかじめ知らせてもらえなかった娘のステインゲルズは、急いでコルマークに知らせを走らせるが魔法使いに追い返される。

やっと式が終った後でこのことを知ったコルマークはすぐに武器をとって出かける。しかし、これを予想したソールヴェイグが船に穴をあけておいたためベルシを追えない。そこでコルマークはベルシに決闘を要求する。〈中フィヨルドのスケッギ〉から名剣を借りるが、いいつけ通りに使わないので効果がない。一方ベルシは〈生命の石〉の入っている剣をもつ。決闘でコルマークは親指を負傷し、身の代金を払う約束で二人は別れる。コルマークは叔父のステイナルにその金の支払いを頼む。

ベルシと隣人のソールズは息子たちのボール競技がもとで不和になり、ソールズはステイナルにベルシと決闘さす。ステイナルはベルシを競泳に誘い、肌身につけていた〈生命の石〉を袋ごと奪って水中に投げ、その後決闘して重傷を負わす。

ベルシとソールズは昔の仲に戻り、ソールズは干潮の折に水中から拾った〈生命の石〉を返し、それによって傷は治る。だが、ステインゲルズは夫ベルシの足が不自由になったことを理由に離婚し兄ソルケルのところに身を寄せる。そして兄に持参金のとり戻しを頼む。ベルシがこれを拒否したので決闘になるが、ベルシはソルケルを殺す。介添のヴァーリがさらにベルシに決闘を要求したが、ソールズが仲裁し、結局ヴァーリの妹ソールディースをベルシが嫁にもらうことで和解する。

さてソルヴァルドという男がいた。金持で詩人でもあった。彼はステインゲルズに求婚し結婚する。コルマークは財産を船に乗せ、兄と外国に行く支度をしていた。ある朝ステインゲルズを訪れ、シャツを作ってくれるように頼む。ソルヴァルドと身内の者はそれに辛抱できず復讐しようとする。

コルマークは兄とノルウェーに行き、アザルステインの養子ハーコン王の宮廷に入り、ヴァイキング活動で名をあげる。しかしその間もステインゲルズへの思いが断ち切れない。ついに兄や王の忠告にもかかわらずアイスランドに帰ったコルマークは、ステインゲルズに会ってつれ出し、道に迷ってある屋敷に泊り、そして思いのたけを歌に託すが、彼女はついになびかない。次の冬にもコルマークは再々彼女を訪れたが、快く思わない主人の弟とその友はわざとステインゲルズを中傷する猥歌をつくってコルマークのものとしてひろめる。会いにきたコルマークをなじるステインゲルズ。コルマークは真相を話し、作者の一人を斬り殺す。主人の弟はコルマークに決闘を申込み、魔法使いに金を積んで刃の通らぬ身体にしてもらう。コルマークも魔法使いに頼むが、文句が多いために魔法がうまくかからない。決闘になり、コルマークの刃は役に立たない。しかしそれで相手の肋骨を折る。

コルマークは兄とノルウェー行きの支度をし、支度が出来上るとステインゲルズを訪れ、二度キスをする。このため賠償を払うことを約束させられる。彼のすぐ後から、ステインゲルズと夫ソルヴァルドもノルウェーに向ったが、ヴァイキングに攻撃され、コルマークに助けられる。

ノルウェーである日ステインゲルズに会ったコルマークは四度キスする。王は一回は救助の礼、二回目は挨拶に数え、残り二回分に罰金を科す。コルマークとソルヴァルドの争いがなおも続くが、ステインゲルズがヴァイキングに捕われ、これをコルマークが救った時、ソルヴァルドは、妻にコルマークといっしょに行けと命ずる。だが、ステインゲルズは夫をかえることを承知しない。

その後コルマークは兄と英国諸島をヴァイキングとして活躍してまわり、並びない力と勇気を示したが、スコットランドで巨人と戦った時、両肋骨を折り、最後の歌を残し、兄のソルギルスに財産を託して死ぬ。

バンダマンナサガ

このサガは、これまで紹介してきたどのサガとも違う特色を備えた傑作である。物語の中心をなすのは一つの訴訟事件であるが、そこで結束を固めたはずの首長たち（バンダマン、一味同心）が、一見冴えない老人によって、買収され、威嚇されて、仲間割れし、法廷の場ではさんざんにこきおろされたすえ、面目を失墜し、訴訟に敗れて憤懣やる方なく去る。

多くのサガの中で、ほかに例を見ないコメディタッチで、反貴族主義的な嘲笑のうちに、ストゥルルンガ時代の世相の一断面を鋭く批判、照射した手腕は並大抵のものではない。法廷で首長を次々にこきおろしていくくだりは『エッダ』の「ロキの口論」を思わせる。

オーフェイグという男が〈中フィヨルド〉に住んでいた。賢い男だったが、財政状態は窮迫していた。

オーフェイグにオッドという息子がいた。父との仲は冷たく、あまり目をかけて貰えなかったので、家を出て通商に従事したが、幸運に恵まれ、あっという間にアイスランドで一番の裕福な男にのし上る。家屋敷を買って経営に当り、北地区でオッドほど評判の者はいなかった。誰よりも気前がよかったが、父にだけは冷たかった。父の家にいたヴァーリとともに住む。

さて、オースパクという男をやとって経営を任せる。彼は才腕を発揮してますますオッドは富裕になる。そして、首長の位も金で手に入れる。

さて、オッドは友のヴァーリとノルウェーに行こうと思い、留守中の財産の管理と首長の位をオースパクに任せる。

オースパクは留守中、経営にあたり、すべてにわたって非常な有能さを発揮する。オッドが帰って、家の状態に満足したが、首長の位を返してもらうことから二人の仲は冷たくなる。短気なオッドはオースパクを仕事に使わなくなる。彼はよそへ移る。

秋になると四十頭の見事な羊が山からいなくなる。ヴァーリはオースパクの仕業と睨み、事を穏便にすまそうと調停を試みるが、オースパクは拒否。オッドは二十名の者と召喚のためにその屋敷に乗込む。ところが、もう一度調停をしようと試みたヴァーリは暗闇でオッドと間違えられオースパクに攻撃されて死ぬ。ヴァーリは死ぬ間際にオースパクに逃げろ、といい、二人の間は和解した、といわせる。オースパクは姿を消した。

オッドはヴァーリ殺害の件を起訴しようとする。しかしオッドの成功と力を嫉んだ首長たちが訴訟手続の不備を理由に異議を唱え、オッドは止むなく法廷を去る。

この決定的な瞬間にオッドの父のオーフェイグが現われ、オッドの件を引受け、そして大きな財布を受取る。オーフェイグは精力的に説いて廻り、金をばらまき、裁判を再開させ、オースパクを追放にする。

首長たちはこれに屈辱を感ずる。そして法廷を買収した件で彼を起訴し、追放宣言か、判決専決権を得ようと八名の者が結束する。オーフェイグはオッドと会って相談し、息子にすべての動産を船に乗せ、民会の間中海上に待機させる。そして、先ず最も陥落させ易い首長エギル・スクーラソンのところへ行き、オッドの財産を没収しても、土地が残っているだけだから、分け前は少い、と説き、一味同心から手を引かせるために買収する。次にゲリルのところに行き、彼の娘の一人にオッドとの縁組みを申し込み、買収して判決人になって貰い、謀議から離脱させる。

こうして民会になり、判決人を相手方から選ぶことを任されたオーフェイグは、次々に相手を巧みに、しかも辛辣な言葉でこきおろしては排除していき、最後にエギルとゲリルを選ぶ。

こうして、僅か十二オンスの腐れ金の賠償金を決めたため、皆は呆れて受取りもせずに法廷を去る。

オッドはゲリルの娘と盛大な結婚式を挙げる。そして父とエギルに莫大な報酬を与える。

追放になったオースパクは出没してオッドのところの人や家畜を殺したりする。が、しばらく消息を聞かないでいるうちに、山の洞穴で死んでいるのが発見される。

オッドは老齢になるまで経営にあたり、高い名声を得た。彼からは多くの名士が発している。父子はあの時以来親しくなった。

グレティルのサガ

このサガは『ニャールのサガ』と並んで最も長いサガに属する。そしていわゆる五大サガの一つにかぞえられている。

グレティルは九九六年に北地区のビョルグで生れた実在の人物。ソーリルの子らを焼討にした件で追放となり、悲劇的な追放者の生活を送り、一〇三一年にドラング島で殺された。前に紹介したギースリのサガを含めて、追放者を扱ったサガは幾篇かあるが、このサガが最も規模が大きく、悲劇的で、数々の冒険的モチーフに富んでいる。作者は多くのサガや地方伝説などから驚くほど沢山のモチーフをとり込んで、追放者の生活をロマンチックに、そして時にメルヒェン的に飾っている。

しかし、このサガの興味の中心は、化物との戦いや墓あばきといったそれらのモチーフではなくて、グレティルの生涯である。無口で荒っぽく、喧嘩早い性格のグレティルは、良い動機も悪い結果しか呼ばないという不運にとりつかれた人間で、力と勇気をそなえながら、運命には逆らえず、次から次と破局へ駆り立てられ、ついには悽惨な死を遂げる。一二八〇年頃書かれたといわれているが、デモーニッシュなこの剛勇詩人の死への同情から後の校訂者が多くの空想的モチーフでこのサガをふくらますことになったらしく、現存のサガはかなり時代が下るといわれている。

オーフェイグの子でオヌンドという男がいた。勢力のあるヴァイキングで英国諸島を荒し廻っていた。当時ノルウェーは、ハラルド美髪王が統一王権への道を歩んでいた頃であった。オヌンドは、ハヴルスフィヨルドの戦いでハラルド王の敵側で戦い、足を切られ退却、そのため後に〈義足のオヌンド〉と呼ばれるようになる。

オヌンドはアイスランドに移住する。オヌンドの子がソルグリームで、ソルグリームの子がアースムンドである。

アースムンドは二度目の結婚をしてアトリとグレティルという息子が生れる。次男のグレティルは無口な不愛想な子で、父からはあまり可愛がられない。しかし母からは可愛がられた。父からいいつけられた鵞鳥番の仕事をいやがり、鵞鳥を全部殺す。背中をこすれといわれ、羊毛用の櫛で父の背中をこすったため大目玉を喰う。馬番をさせると、天候を当てる牝馬の背の皮をむく。その他いろいろのいたずらをやる。また人を嘲笑する詩をつくる。

中フィヨルドの球技では喧嘩をしてなぐり合いになる。

父アースムンドの養父ソルケルら一行とグレティルは民会に行ったが、その途中で食料袋のことでスケッギと争い、彼を殺し、三年間の追放になる。

貿易商のハヴリジに頼んでノルウェー行きの船に乗せてもらう。父は僅かのものしかくれなかったが、母は名剣を贈る。船は水洩りや嵐に悩むが、グレティルは何一つ手伝わず、人を嘲る詩ばかり作って船員らを激怒さす。ハヴリジのはからいで、グレティルも水汲みを手伝うようになり、その仕事振りで皆の怒りもおさまる。船は難破。ソルフィンに船荷と乗組員一同は救われる。

グレティルはソルフィンの家に滞在し、他の者は南へ去った。ソルフィンの父、老カールの墓塚あばきをやる。首尾よく金銀を下ろした綱のところまで運んだ時、後から何者かに摑まれる。格闘の末化物の首を刎ね、宝をソルフィンのところにもたらす。

ソルフィンが冬至祭《ユル》に出かけた留守に、二人のベルセルクがやってくる。グレティルは彼らに愛想よく振舞うので、ソルフィンの妻と娘はグレティルを罵る。勿論グレティルは相手を油断させるためにそうしただけで、酔わせて別棟に案内し閂をかけると、武器を手にして攻撃をかけ、倒す。このためグレティルの名声はあがる。ソルフィンは深く感謝して彼に名剣を贈る。

グレティルは北へ行く。熊があたりを襲う。ビョルンという男が熊を狩ろうとするが失敗。グレティルを嘲る。そこでグレティルは熊を退治し、自分に加えられた侮辱を忘れずにビョルンも殺す。ビョルンの兄弟らはグレティルに復讐しようとするが、却ってその仲間ともども殺される。このため侯の怒りを買い、ノルウェーを追放になる。グレティルはアイスランドに帰る。父は中フィヨルドの大地主になっていた。

なおもいくつかの争いにグレティルは首を突込む。

その頃、フォルセーラ谷にソールハルという豪農がいた。化物がでるので羊飼のなり手がなく困っていたが、スカプティの紹介でグラームという男を傭う。ところがグラームが化物に殺され、今度はグラームが化物になって出るようになる。その姿を見る者は気絶するか正気を失った。グラームは夜になると家の屋根にのぼって壊したり、夜も昼もあたりをうろつくようになった。

グラームのひき起す禍はつのり、傭われたソールガウトは頸を折られ、体の骨をぐじゃぐじゃにされて殺される。ただ一人残った使用人の老人も殺される。ソールハルは一時屋敷を引払うほどグラームの害は大きかった。

このことを聞いたグレティルは叔父の止めるのも聞かずソールハルのところに行って泊まるが、馬が殺される。夜、グラームが出てくる。二人は格闘するが、彼の恐ろしい目で睨まれてさすがのグレティルも勇気がくじけるほどだった。グラームは「お前の力がこれからは半分しか出ないようにしてやる。これからは殺人と追放がお前の業《ごう》になろう」という。グレティルは剣を抜いてグラームの首を刎ね、腰の上におく。ソールハルはグレティルとともに、グラームの死体を焼いて灰にし、それを革袋につめ人里離れたところに埋める。グレティルの名声は全土にひろまった。

ノルウェーではその頃スヴェイン侯を破ったオーラーヴ王が、一芸に秀でた者を側近に採用していると聞き、グレティルも行こうとする。たまたま船乗りソルビョルンと乗り合わせ、老衰の父のことを悪くいわれ、怒ったグレティルは彼を殺す。

ソーリルの子らもノルウェーにむかった。グレティルは一行から火をとってくることを頼まれ、吹雪の入江を泳いで渡る。小屋についた時マントもなにも凍りつき、化物のように見えたグレティルに小屋の人は仰天し、それがもとで失火して小屋が焼け、中にいた人々も焼け死ぬ。このことが悪評をうむ。

王にやっと会えたが、火事の件の無実の証しが立たない。グレティルは王に何も頼まず南へ去り、兄のソルステイン・ドロームンドを訪ねようとする。

冬至の頃、彼はエイナルという豪農のところにいた。狂暴な野盗のスネーコルが、娘を渡すか戦うか、二つに一つと、選択を迫る。楯の縁を噛んで物凄い形相をしたスネーコルの油断を見すまして手元に躍り込んだグレティルは楯を下から蹴り上げ、彼の顎を裂き、首を刎ねる。それから兄のソルステインに会ったのち、アイスランドへ帰る。

その頃、アイスランドでは〈牡牛力のソルビョルン〉が、〈船乗りソルビョルン〉の死のことを知り、グレティル一族の誰かに復讐をしてやろうと機会をうかがっていた。グレティルの父アースムンドは後をアトリにまかせて死ぬ。アトリは立派な地主になる。

干魚買いの帰途、ソーリルの子グンナルとソルゲイルはアトリ一行を襲うが逆に殺される。グンナル兄弟をけしかけた〈牡牛力のソルビョルン〉は訴訟を起したが、先に剣を抜いたのは兄弟の方だったので賠償は半分になった。だがソルビョルンはこのことを根にもって、下男のことにことよせ、アトリを襲って殺す。彼の死は皆に惜しまれた。遺族から賠償の請求はなかった。グレティルが帰ってからそれをやることになっていたのだ。

夏、全島民会がはじまる前に一艘の船が入り、例の火事の件が伝わる。火事で息子たちを失ったソーリルは大いに怒り、その全精力を傾けて強引にことをすすめ、全島民会でグレティルを追放にする。

グレティルは夏の終りにアイスランドに戻り、父と兄の死、自分の追放刑のことを知る。ソールハルの子グリームを訪ね、母のところに戻って身をひそめる。

グレティルは〈牡牛力のソルビョルン〉のところに行き、兄の仇討をする。帰って母にこのことを話すと、母は喜んだが、追放の生活は今からはじまるよ、という。義兄弟ガムリは、ソルビヨルン一族が集っているうちは身を隠した方がいい、と忠告する。

母が言った通り、グレティルの長い追放生活がはじまる。リヤースコーガルのソルステイン・クガソンのところへ行く。ここも狙われたので、首長のスノッリのところへ行くが、かくまってもらえず、レイキャホーラルのソルギルスのところへ行く。

民会で首長のスノッリはグレティルの追放を解除しようとしたが、ソーリルの反対で失敗。ソーリルと、ソルビョルンの弟ソーロッドはグレティルの首に賞金銀三マルクをかける。

グレティルは背に腹はかえられず小百姓から徴発をするので嫌われる。一度下男たちにつかまり危く絞首刑にされかかったが、ヴァトンフィヨルドの女主人ソルビョルグに助けられる。グレティルはさすらう。いつも事件が彼をめぐって起るために進んで彼をかくまう者はいなかった。暗闇が怖くなり、一人でいるのが耐えられなかった。

買収されたグリームはグレティルと同じ小屋に住み、彼の生命を狙う。しかしグレティルは油断せずグリームを殺す。

ソーリルは追放者の〈赤髭のソーリル〉を買収し、グレティルを殺せば追放を解き金もやろう、という。〈赤髭のソーリル〉は一年間いっしょに暮す。グレティルはだが隙を見せなかった。赤髭はある時、舟をこわしておき、グレティルを呼び、泳いで網をとってきたグレティルに切りかかる。水中にもぐったグレティルは反対側から上陸、赤髭を投げ倒し、首を刎ねて殺す。

ガルズのソーリルはこのことを知り、八十名の手勢を率いてグレティルのところに行く。彼は岩の裂目に陣取り、次々に敵を討ってとる。

ヒータル谷のビョルンを訪れたグレティルは隠れ家によい洞穴を教えてもらう。

大口を叩いたギースリは三人の部下とグレティルのところへ行くがさんざんな目に遭う。

グレティルは二冬をその洞穴で過し、三年目にミューラル地区の屋敷から羊や牛を強奪、ミューラルの人々との戦になる。

グレティルは再びさすらい、グズムンドの忠告で、ドラング島という要害の地を知る。母のところに立ち寄り、十五歳になる弟のイルギを連れドラング島に行く。途中で下男のグラウムも連れて行く。

ドラング島の権利をもつスカガフィヨルドの者は、厄介なことになったと思い、〈釣針のソルビョルン〉に権利を譲る。

ヘーリングという岩登りの上手な男が、ソルビョルンにそそのかされ、ドラング島に行くが、イルギに追われ、身を投げて死ぬ。

ソルビョルンの養母にスリーズという魔法使いがいた。ソルビョルンとドラング島に行き、グレティルに、運に見はなされている、と言う。グレティルは女に石を投げて負傷さす。

魔法使いスリーズは木の根にルーン文字を彫り、呪文を唱える。そして、ドラング島に流れついてグレティルの災難になれ、という。グラウムが風雨の夜、薪にその木の根を拾ってくる。グレティルはそれをよく確かめもせずに斧を振い、膝の上を傷つける。傷が悪化して、衰弱が甚だしく、起き上ることができなくなった。弟のイルギは看病にあたる。グラウムは見張りをしたところが居眠りをして、岩場の梯子を上げ忘れているところを十八名の者がやって来て島に上る。

イルギはよく防ぐ。グレティルは一人を斬り倒したが、傷のため防げない。イルギは取り押えられた。グレティルはすでに死んでいた。ソルビョルンは、剣を握っていたグレティルの手を関節から切りとり、その剣で頸を何度も切って、首を斬り落す。弟のイルギは、死ぬのは本望だ。おれを生かしておいたら、おれの首より確かでないぞ、といい、首を刎ねられる。下男は泣きわめいたが、途中で殺された。

〈釣針のソルビョルン〉は魔法を使ったことと、瀕死の男を殺したことで、卑劣な行為だと悪評を受けた。そして賞金は貰えず、結局は追放刑になる。そして、同じ民会で、魔法を使う者は追放ということが決まった。

ソルビョルンはノルウェーに渡り、グレティル殺しのことを自慢する。グレティルの兄ソルステインはミクラガルズ（コンスタンチノープル）にむかうソルビョルンを追って、自分もそこへ行き、近衛兵に入隊する。互に顔は知らなかったが、武器の点検の時ソルビョルンは、グレティルのもっていた名剣を自慢し、その剣の刃のこぼれているのは、グレティルの首を刎ねたからだ、という。ソルステインはやっと弟の敵を知り、剣を見せてもらいながら、さっと斬りかかり、頭を割って殺す。

殺しのグルームのサガ

このサガはエギルのような偉大な人物を扱ったり、グレティルのような不運につきまとわれた人物を主人公にはしていない。グルームという幼い頃はどちらかというと、うすのろに近い男が次第に頭角を現わし、争いにまき込まれ没落するまでを、無駄のない筋の展開、古典的な文体でまとめた物語である。このサガでも夢、予言、予感といったものが大きな役割を演じている。祖父から贈られた三つの宝、毛皮のマント、槍、剣を所有している間は名声を失うことはない、といわれていたのに、偽りの誓いを隠蔽するためそれを他人に与え、これが没落のきっかけをなす、というくだりは、古代人のHeil（福、幸福）の考えの名残りを知るよい材料であって、これを単に運命のシンボルとのみ見る見方は浅いといえるであろう。

有力な首長でインギャルドという男がいた。彼にはエイヨールヴという息子がいた。ある夏エイヤフィヨルドにノルウェーから船が入る。船長のフレイザルとエイヨールヴは仲がよくなる。父のインギャルドは商人嫌いであったが、息子がすでに招待したというので、しぶしぶフレイザルの滞在を認める。しかしフレイザルがすばらしい壁掛絨毯をインギャルドに贈ったため仲がよくなる。

さて、エイヨールヴはフレイザルとノルウェーに行った。フレイザルの兄イーヴァルはアイスランド人嫌いだったが、エイヨールヴが熊を退治したことから、彼を見なおすようになる。エイヨールヴはベルセルクを討ってなお評判を高める。

その後ヴィグフースの娘アーストリーズを妻に迎えアイスランドに戻る。二人の間に生れたのがグルームである。

エイヨールヴの死後、財産はアーストリーズ、グルームと、その兄嫁の間で分けられる。母と二人で暮したグルームは幼い頃は発育遅れで、のろまで無口で大人しかった。姻戚のソルケルとその子シグムンドの圧力を嫌って外国に行くことにする。このとき十五歳だった。

グルームはノルウェーの祖父ヴィグフースのところに行く。父や母のことを祖父は尋ねたが、本当に孫かどうかわからぬ、といって彼に対して冷たい。グルームも隅に横になり、外套を着て寝てばかりいて、皆から阿呆呼ばわりされる。

ある時、ユルの祝宴にビョルンという無法者がやって来て、一同の者に一人一人おれと肩を並べられる者はいないか、といって凄む。最後にグルームがとびかかり、炉のたきぎをとって打ちすえ、追い出し、ヴィグフースからはじめて孫としての名誉を与えられる。

ヴィグフースは自分の後を継いでくれ、というが、グルームは、それより前にアイスランドに帰って、父の財産を厭な奴から守らなくては、という。そして祖父から船と前記の三つの宝をもらってアイスランドへむかう。

その頃アイスランドでは、留守居のアーストリーズが、シグムンド父子に共同利用の畑を奪われたり、その他不法な圧迫を受けていた。

おびただしい財産をもってアイスランドに帰ってきたグルームは、しばらくは元のようにじっとしていたが、ある時、シグムンドの家畜が、こちらの牧草地に入って乾草を散らかしているという母のことばに、出ていって棍棒でさんざんに叩き返す。ソルケルとグルームは激しくいい合う。興奮して家に帰ったグルームを爆笑が襲う。顔面は蒼白となり、大きな雹ほどもある涙が彼の目からこぼれ落ちた。それ以後、殺意を感ずるとき彼は同じように興奮した。

秋のある日、共同の畑に出ているシグムンドをグルームは槍で殺す。そしてその足で兄のソルステインのところに三晩泊る。ソルケルは姻戚のソーラリンのところに行き忠告を求める。「あなた方は長らく不正を働き、エイヨールヴのような勇士の子がどんなに恐るべきものか、知らなかったのだ」と彼はいう。この件については、しばらく何事もなかった。

グルームはある夜、夢を見た。屋敷の外に立ってフィヨルドの方を眺めていると、巨大な女が海の方からやってくる。肩の両側が二つの山につくほど大きかった。彼女を自宅に招待する。グルームは死んだ祖父の守護霊だと解釈する。

春になり、ソルケルはソーラリンらエスピホールの人々の援助を得て、シグムンド殺害の件を民会へ提訴する。グルームの方はソルケルを下男に対する中傷の件で、シグムンドを窃盗の件で提訴。こちらの方が有利になり、ソルケルは友人らに和解をすすめられ、土地を半値で売って和解する。この件以後グルーム家の者とエスピホールの人々の仲は二度と良くはならなかった。ソルケルは土地を去る前にフレイ神に牡牛を生贄に捧げ、グルームが自分と同じように不本意ながらここを去るようになれ、と祈る。

グルームはその地区で高い名声を得、グンステインの娘ハルドーラと結婚する。

さて、グルームの父方の従兄弟でアルノールという者がいた。グルームの仲介でギツルの娘ソールディースに求婚し、妻にする。ソールディースに先に求婚して、ふられたソルグリームは面白くない。ある日、アルノールを襲って麦芽を奪う。双方大勢で川をはさんで争いになるが、グルームはソルグリームにソールディースの妹を世話することで調停する。

アルノールの子ステイノールヴとソルグリームの子アルングリームとは大の仲よしになったが、ある巫女が、二人は不倶戴天の敵同士になるだろうと予言する。

全島民会の折に、北と西の人々の角力があり、インゴールヴという若者がグルームの子マールに頼まれ、角力をとって大いに相手側を負かす。マールとともに北に帰ったインゴールヴはグルームの家の監督になる。

インゴールヴは闘馬でカールヴに勝つが、棒でなぐられる。グルームはカールヴを殺し、その嫌疑をうけたインゴールヴを国外に逃がす。民会でグルームは自分が真の殺し手だといい示談にする。外国から帰ったインゴールヴに、グルームはソルケルの娘をもらってやる。

グルームは娘のソルラウグを北の〈殺しのスクータ〉に嫁がせたが、夫婦仲が悪く離婚。ソルラウグは〈婆ァ鼻のアルノール〉と再婚し、グルームとスクータの仲が悪くなる。スクータは宿無しをつかいグルームをおびき出すが、襲撃に成功しない。グルームは帰って人を集め、彼らの後を追うが、スクータはうまくごまかして逃げる。

グルームのところにハルグヴァルズという男がいた。息子ヴィグフースの育ての親だったが、あまりたちのよくない男だった。ハリの息子でバールズという男がいたが、傲慢ですこぶる無鉄砲な男で誰よりも喧嘩早かった。さて、ハルヴァルズが羊を盗んだことでハールズは告発する。ヴィグフースは自分の育ての親が窃盗のかどで告発されるのは面白くないと父に相談する。グルームは罰金を払う方がいいだろう、と言ったが、結局無罪を宣告して恥をかいた。

それから一冬か二冬して、猪がハリのところからいなくなる。ハールズはハルヴァルズに出会い首を刎ねる。ヴィグフースはちょうどアイスランドにいなかった。グルームは少額の賠償金でけりをつける。

その後ハールズはヴィグフースら三人に出会い殺される。ハリはエイナルとソーラリンに頼んで訴訟してもらう。ノルウェー人二人は追放。ヴィグフースは三年間の国外退去になる。

さて、話かわって、アルングリームとステイノールヴは成人したが、アルングリームはソールディースと結婚。ステイノールヴが度外れにソールディースと仲良くしたので、互に話もしなくなる。そこでグルームはステイノールヴを招待し、二人の間の友情は厚くなる。

さて、ある宴会にステイノールヴは招待され、グルームは行かなかったが、アルングリームは行っていて、昔の仲を戻そう、と言われ、アルングリームのところへ行く。そこに一足先きに行ったステイノールヴが主婦ソールディースの持物である小箱を細工していると、後からきたアルングリームが一刀を浴びせかけて殺す。怒ったソールディースは離婚を宣言する。

グルームはアルングリームをかくまったソーラリンとぶつかり戦になる。助太刀にヴィグフースがかけつけた。双方とも五人の者が死んだが、アルングリームもその中にいた。

さて、エイナルはソーラリンの弟〈あごのソルヴァルド〉の殺害を賠償の訴訟にもち出した。そしてソルヴァルズの息子グズブランドが下手人として追放になる。

ソーラリンは地区の民会にグルームを召喚する。ソルヴァルズがグルームの作った詩の中にソルヴァルド殺害を暗示しているというので。ところが、この民会はグルームの機転でなすところなく終る。

結局グルームがソルヴァルドを殺していないという誓いをすることになる。彼は巧みに誓いをぼかす。

しかしエイナルが再びこの件を民会にもち出し、グルームは殺害を認めて地区追放になる。それから彼はスヴェルブレッカに土地を買って死ぬまでそこに住む。年をとり盲目になった。

グルームの従兄弟のクレーングはハギのソルヴァルドと岸に流れついた鯨を争い、結局無理やりとられて嘲笑を受ける。そこである朝クレーングはソルヴァルドを殺す。民会にこの件がかけられ、強制執行されることになったが、グルームは二百名の者を追い散らして強制執行を行わせなかった。

秋の民会の折に三十名で出かけたグルームは、エイナルらと戦いになり、勇敢に防ぐ。しかしついに引き分けられる。結局殺害は相殺されることでけりがついた。

ある夏、民会の帰途グルームはグーズムンドとエイナルの兄弟を家に招いて復讐しようとするが、二人が応じないため不首尾に終る。

キリスト教がアイスランドに入った時、グルームは洗礼を受け、三年後に死んだ。マールは教会を建て、そこに父を埋葬する。グルームは二十年の間エイヤフィヨルドで最も偉大な首長だった。その死後も二十年間彼に並ぶ者はいなかった。またグルームはこのアイスランドで戦える男のうち最も勇敢であったといわれる。

【東地区】

東地区にもいくつかのサガとサットルが残っているが、数も質も西地区には到底及ばない。二つのサガをここでは紹介することにしよう。

ヴァプンフィヨルドの人々のサガ

親子二代にわたる確執と和解を扱ったサガである。親のブロッド・ヘルギが傲慢で向う見ずであるのに反して、子のビャルニは、平和的で和解を好み対照的に描かれているのは、ヤン・デ・フリースのいうように、筆者のキリスト教の信仰に根ざした意図を十分感じとることが出来る。

ソルギルスの息子ヘルギは槍の穂先を牡牛の角につけて戦わせたことからブロッド・ヘルギと仇名されたが、ヴァプンフィヨルドの地方の前途有為の若者だった。

ヘルギの隣人のスヴァルトとスキージが互に争いを起し、スヴァルトはスキージを殺して追放になる。そして附近の人々の家畜に被害を与える。これを聞いたヘルギは、出かけて行って斧で斬り殺す。スヴァルトは死ぬ前に呪いをかける。

ブロッド・ヘルギはリューティングの子ら、特にゲイティルと親しくなり、その妹のハラと結婚する。ヘルギとゲイティルは仲が良く、球技をいっしょにやり、ほとんど毎日のように会い、人々からその仲の良さを取沙汰された。

ある夏、ノルウェーから〈キリスト教徒ソルレイヴ〉が、フラヴンという仲間とヴァプンフィヨルドに入る。フラヴンはブロッド・ヘルギの宿の申出を断り、また宝石を売ってくれという申出も断って彼を憤慨させる。そしてゲイティルのところに滞在する。

冬にフラヴンが殺され、ヘルギとゲイティルはその財産を山分けすることにした。ところがソルレイヴが盗んでノルウェーのフラヴンの相続人に返す。ヘルギとゲイティルの友情は互にフラヴンの財産を隠しもっていると邪推したことから冷えてくる。

次の夏、ソルレイヴがアイスランドに戻ったので、ヘルギはケティルという男を仲間に引入れて、ソルレイヴに対し神殿税を払わぬことで起訴させようとした。ところがケティルはソルレイヴの手厚いもてなしに感激して友情を結び、ヘルギの企ては果せない。

ブロッド・ヘルギの妻ハラは身体が弱いため離婚。ヘルギはすぐ再婚するが、ゲイティルの妹の財産請求を蹴ったことから両者の関係は緊張をはらんでくる。

ヘルギの地区民の一人とゲイティルの地区民との間で、牧草地と木材伐採のことで争いが起る。ヘルギは相手側の牛を集め、その首を切り落したり、木を切ったりしてテコ入れする。再度訴えをきいたゲイティルは召喚にきた者たちを襲って数名の者を殺し、召喚を妨害する。ゲイティルらは死者の訴訟もできず、賠償ももらえない。

ゲイティルの子ソルケルは成長すると、いつも旅に出たきりだった。ハラの病状は悪化した。ある時、ゲイティルが留守の間にハラは人をやってヘルギを呼び、腫物を見せる。重態であった。一晩泊って、という声をふり切ってヘルギは帰る。ゲイティルが帰った時ハラはすでに死んでいた。

この時から、ヘルギとゲイティルはますます敵意を燃やすようになった。

さて、業を煮やしたゲイティルの地区民は集まって、ブロッド・ヘルギに抵抗するか、この土地を売って引払うかのどちらかだ、という決断をゲイティルに迫る。ゲイティルは有力者に相談し、屈強の者を身のまわりに集める。

民会が近づいた時、ヘルギとゲイティルはいっしょに行くことになる。ヘルギの乳母で未来の読める女がいたが、出発前にここを訪れたヘルギは、彼女の見た夢の話をきく。一頭の牛が他の牛の群に襲われて角で突き殺される、という夢だった。

ヘルギはゲイティルらに討たれ、ビャルニは多額の賠償金をもらう。ゲイティルの同罪者たちは三年間の追放になる。

ビャルニは継母に血にそまった布を見せられ、父の仇を討つが、養父を殺した途端にそのことを後悔する。

さて、ゲイティルの子ソルケルが帰ってきた。ビャルニは人をやって仲直りと自己批判を申し出るが、ソルケルは拒絶し、復讐の機会をうかがう。小競合があり、一時はソルケルの病気で戦が避けられたかに見えたが、ボズヴァル谷で両派はぶつかり、双方とも数名の死傷者を出す。エイヴィンドが仲裁に入って戦は終り、医者のソルヴァルズが、ビャルニの傷を治療する。それからビャルニの願いでソルケルを治療する。

傷はよくなったが、ソルケルは乾草の不足から家畜を殺さなくてはならなくなる。

ビャルニは援助を申し出る。ソルケルは妻のヨールンに、男らしい申出に応ずるようにいわれ、両者はやっと仲直りする。ゲイティルの死は銀百枚と決った。

ソルケルは偉大な首長になった。しかし老年になって窮乏したので再びビャルニのところに引取られ、晩年はそこで過した。ソルケルの子孫からは名士が出た。

フラヴンケルのサガ

このサガはすぐれた性格描写、簡潔な文体、むだのない筋の一貫性などからアイスランドサガ中の最良の短篇とされ、アイスランド大学の碩学ノルダル教授は、世界短篇文学中完璧な一つとまで激賞している。主人公フラヴンケルの運命を主に語り、フレイ神崇拝や裁判の模様などにも興味深くふれているが、作品の中心をなすのは、見栄張りで実力のないサームと、粗暴だが、太っ腹で、目がきき、経営の才にもたけたフラヴンケルの性格の対照にある。その彼がいったんは破滅に追いやられながら、再び首長に返り咲くまでまるで近代小説を読む思いがする。

史実ではないらしいことがゴードンやノルダルの精到な研究により明らかにされた。『植民の書』の短いメモをもとに多くのサガやサクソの著作にも通じた作者が、想像力によりこの魅力ある短篇を創作したものと見られる。十三世紀の終り頃の作であろう。

ハラルド美髪王の時代にハルフレズという男がアイスランドに移住した。彼の息子フラヴンケルは有望な若者で、アザルボールに住み、フレイ神を崇拝し、神殿を建て、生贄を捧げたりしたことから、〈フレイの神官〉という仇名をつけられた。有力な首長になったが、高圧的なところのあるやり手の男だった。

フラヴンケルはフレイファクシという馬を大事にしていて、フレイ神に捧げ、許可なしにこれに乗る者は殺す、と誓いを立てていた。

エイナルという男がフラヴンケルに羊飼の仕事をもらったが、行方不明になった羊を探すためにフレイファクシに無断で乗り、一日中馬を駆って羊を探し廻り、やっと羊を見つける。汚れ切ったフレイファクシはフラヴンケルのところに駆け下る。彼はエイナルを殺す。

エイナルの父ソルビョルンは賠償を要求する。フラヴンケルは、賠償金は出さぬが面倒は見てやろう、というが、ソルビョルンは断る。

ソルビョルンは兄のビャルニに一肌脱いでくれと頼むが、相手が悪い、といって取り合わない。そこで甥のサームに頼み込んで、やっと承知してもらう。サームはエイナル殺害の件でフラヴンケルを召喚する。フラヴンケルは片腹痛いわと、七十名の者を集めて民会の丘にむかう。

サームは早目にそこに着き、他の首長らに支援を頼んで廻ったが、皆フラヴンケルと事を構えることをきらって断った。ソルビョルンは恥をかくよりも、いっそ帰ろう、という。しかしサームはいまさらあとには引けない。やれるところまでやりましょう、と言う。

サームとソルビョルンはある日、ソルケルという男に会う。ソルケルの好意でその兄ソルゲイルに会い、弟の口添えで援助をしてもらえることがわかる。サームは法廷で雄弁をふるい、フラヴンケルは、高をくくって小屋にいたが、急を聞いてかけつけた時は、時すでに遅く反対弁論もできず追放に決る。

帰途サームはソルゲイルら一行とフラヴンケルの家を襲い、彼と八名の者を足の腱に穴をあけ、梁からぶら下げる。そして、死か、それとも屋敷と財産と首長の権利を引渡して去るかの二者択一を迫る。フラヴンケルは生命をうる方を選ぶ。そして槍と僅かの財産をもって去る。ソルゲイルは、こんなことをして後できっと後悔するよ、という。

サームはフラヴンケルに代ってアザルボールに住んだ。ソルゲイルとソルケルはサームに民心をつかむことが肝心だと忠告、フレイファクシを殺し、神殿を破壊し、別れを告げる。

フラヴンケルは馬のことと神殿のことを聞き、それ以後神を信じなくなる。彼は財産をふやし、以前よりも勢力をひろげ、人柄もよくなり、人々の評判もよくなった。

サームとフラヴンケルは集会でいっしょになることはあったが、昔の出来事にはふれなかった。

さて、サームの兄のエイヴィンドが久し振りにアイスランドに帰ってくる。フラヴンケルは女中からこのことを聞くと人数を集めて追跡し、襲ってエイヴィンド一行を殺す。サームは一足先に屋敷に帰っていたが、知らせを聞いて現場に急行したときは後の祭りだった。サームは屋敷に戻り、翌朝、人を集めさせようとするが、フラヴンケルはその寝込みを襲ってサームをとらえる。サームはフラヴンケルに対して、かつてした通りに、死か最小限の財産をもって去るかの選択を迫られ、後者を選ぶ。

サームは西のソルスカフィヨルドに行き、ソルケル兄弟に援助を求めるが、兄弟は気乗りしない。サームは家に帰り、高齢に達するまでそこで暮し、フラヴンケルに対して二度と立上ることはなかった。

【南地区】

ニャールのサガ

南地区を代表するこの長篇サガは、アイスランド文学の研究家がこぞってアイスランドの数多いサガのうち、最もすぐれた作品としておすばかりでなく、ケアによれば世界文学中でも最大傑作の一つとされている。まえがきに書いたように、小泉八雲がこの作を詳しく紹介していることは彼の文学鑑賞眼の高さを語っているといってよい。私も、何度か読みかえしたが、そのたびごとに登場人物らのたとえようのない実在感、悲劇的結末へと読者を大きな力でひき込んで行く完璧な構成と何のけれんもなく淡々と冷静に筆を進める心にくいばかりの作者の手法に魅了されている。サガを知らぬ人には、読むなら先ずこの一冊を、と推賞し、中世文学に関心をよせる人には、中世を逍遥してめぐりあった最大の宝と絶讃をおしまないことにしている。ビャルニ・グズナソンが、シェイクスピア以前に、この作に匹敵するような人間理解と心理的洞察の例を見ない、といっているのを最近読んで、大いにわが意を得たりと思った。中世文学の多くの傑作もこの作の前には光を失うことは確かであろう。中世の歴史や文学、いや広く中世ヨーロッパ文化に関心をもつ者の必読の書ではあるまいか。

この『ニャールのサガ』はホイスラーなども指摘しているように元来独立の二つの物語素材からなるドッペルサガであって、前半はグンナルを主人公としてその生涯と死を扱い、後半は、ニャール一門の焼殺しによる死とその復讐を扱っている。成立は一二八〇年頃とやや遅く、作者はわかっていないが、口承伝承や多くの既存のサガを巧みに利用して作られたことはスヴェインスソンのつとに指摘しているところである。たとえばハルゲルズはすでに紹介した『ラックサー谷の人々のサガ』の女主人公グズルーンに類似しているし、焼討のモチーフもすでに読者の知られるようにこのサガ以前にも多い。作者の偉大さは、おびただしい素材を利用しながらいささかの破綻もなしに一つのまとまりある作品を作り上げ、数多くの登場人物に鮮かな性格を与えたことである。実際このサガを読んでみて驚くのは個々の人物のもつ重量感で、これは他のヨーロッパ諸国の中世文学でも稀有のものであろう。まるで近代小説の傑作を読んでいるような感にとらわれるのである。グンナルは直情径行型で、侮辱に対しては必ず復讐を遂げる誇り高い首長である。これに比べるとニャールの性格はずっと複雑で、強靱な意志を秘めながら決して軽挙妄動に走らず、賢く法律にも通じ未来が読める。老妻と孫を伴って従容と焼け死ぬシーンは感動的である。その子スカルプヘジンは中世ドイツの『ニーベルンゲンの歌』後半の豪快な英雄ハゲネと並んで最も代表的なゲルマンの異教的人物といえる。ただニヤリと笑っただけで、斧を砥ぐと「獣を狩りに」と一言、そして黙って侮辱した相手に復讐を遂げる。傲慢で冷淡で、何者をも恐れない勇気をもつ。それでいて実は非常に感じやすく傷つきやすい親思いの息子なのである。彼が焼討にあい、落ちてきた梁にはさまれて立ったまま死ぬところは何となく、弁慶の壮烈な立往生を思わせる。グンナルの妻ハルゲルズも多くのサガのうち最も複雑な性格の持主といえるだろう。花のように美しい女性でありながら、高慢、残忍で、盗癖があり、愛する夫グンナルの危急の折に、かつて加えられた横びんたの恨みから髪の一束ねを弓弦として与えることを断り見殺しにしてしまう。誇り高い女で、〈不運〉を背負った女なのである。何とこれらの人物がいささかの無駄もなく躍動していることか。筋をダイジェストすることではそれは到底伝えることはできない。

サガは異教末期のすでにキリスト教精神がアイスランドに入った時代を反映していることは、復讐を呼ぶことを避け、おとなしく来世での慰めを信じて死出の旅につくニャール夫妻や、義兄弟に危害を加えるよりはむしろ自らの死を望むホスクルドの倫理観に見ることができる。しかし、サガの底流をなしているのは、飽くまで『エッダ』の英雄歌謡以来流れている復讐と、死をものともせぬ勇気という異教的な根元的なモチーフである。これが法律をはじめ異教のさまざまな生活に通じた作者がくりひろげる風俗絵巻の枠の中で、さまざまなタイプの人間が激突し、からみ合う中に展開されていく。生きのよい話し言葉のやりとり、機智、諷刺、辛辣な言語表現の巧みさ。高度の緊張を呼ぶ構成。無駄のない即物的描写など、何一つ伝えられぬもどかしさを感じながら、次にあらすじを紹介することにする。

コルの子でホスクルドという男がいた。ラックサー谷のホスクルドスタジルで経営に当っていた。ホスクルドの異父弟にフルートという者がいた。美男子で強力な戦士だった。

ある時彼は、ホスクルドのところの宴会に呼ばれた。ホスクルドにはハルゲルズという娘がいた。美しく成長し、髪は絹糸のように輝き、帯に達するほど長かった。フルートは兄に「娘をどう思う?」と重ねて尋ねられて、美しいけれど泥棒の目をしている、と答える。

フルートはウンと婚約したが、ノルウェーで遺産を相続するために三年間結婚を延期する。ノルウェーに赴いたフルートは〈灰色マントのハラルド王〉の家臣になり、その母グンヒルド〈血斧のエイリーク王の妃〉の愛人になる。フルートは海賊ソーティから遺産をとり戻し、その後、アイスランドへ帰る許可を求める。グンヒルドは許可を与えたが、嫉妬から、お前の思っている女とは媾合ができぬように、と呪いをかける。

帰国して結婚式をあげたが、ウンは父に夫が夫婦の交わりができない、と言って訴え、結局離婚する。ウンの父は持参金の返還を要求する。だがフルートは逆に決闘を要求し、相手は老齢ゆえにそれを断って屈辱を得る。

さて、ホスクルドの娘は年頃になっていた。身の丈は高く、美しい髪が身体をくるむほど豊かにのびていた。だが、浪費癖のある反抗的な娘になっていた。自分の同意も得ずにソルヴァルドと結婚させられた彼女は、この結婚に強い不満をもち、養父ショーストールヴと計画して離婚をはかる。ハルゲルズは家産の傾くのもかまわず浪費をしたため、夫のソルヴァルドは癇癪を起して横面をはる。これを知った彼女の養父は彼を殺す。これは計算通りだったのだ。ソルヴァルドの父はショーストールヴを捕えることも、復讐を果すこともできない。しかしフルートが仲裁に入り、賠償金をホスクルドから受ける。

ハルゲルズはグルームという男と二度目の結婚をする。初めは幸せに行きそうだったが、彼女の養父がホスクルドのところを解雇され、ハルゲルズのところに移ってから、またまたバランスが崩れる。養父ショーストールヴは彼女以外の誰にも遠慮会釈がなかった。そして夫婦の間の喧嘩の因となったので、グルームは彼女の顔を打つ。彼女が止めたにも拘らず養父は羊探しに出かけた時、グルームを斧で斬り殺す。ハルゲルズは養父をフルートのところにやるが、事情を聞いた彼は剣を抜いて斬り合い、ショーストールヴを殺す。これはハルゲルズの意図でもあったのだ。

さて、ウンは父が病死したため、その遺産を受けついだが、浪費家であったため、動産はへりはじめ、土地と装身具しか残らなくなった。

さて、ハームンドの子でグンナルという男がいた。ウンの従兄弟だった。彼はフリーザレンディの経営にあたっていたが、身の丈すぐれ、比類ない戦士だった。彼は二本の剣を使い両手で斬ることができ、とりわけ弓の名手で狙ったものは決して外さなかった。海豹のように泳ぐことができた。美男子で、礼儀正しく、気前がよく、自制心があり、友人は選んだが誠実で、財産は豊かだった。

ニャールという男がいた。ソルゲイルの子である。非常に裕福で美しい容貌をしていたが、ただ髭がなかった。大の法律通で、賢く、未来がよめ、平和を愛し、よい忠告を与え、それはみな当った。態度は物静かで、心ばえが高く、困っている者に人助けを惜しまなかった。妻はベルグソーラといい、妻との間に三人の息子と三人の娘があった。

さて、ウンは財産状態がますます逼迫し、グンナルにフルートからの持参金取戻しを頼む。グンナルはニャールに相談にのって貰う。ニャールは綿密なプランを立て、グンナルはそれに従って、行商人に化け、フルートのところに行き、冗談のようにウンの持参金の件をもち出して正しい訴訟の仕方を聞き出す。そして、後で民会にこの件を告訴し、法律的にうまく行かなくなると、決闘を要求して全額を取り戻し、それをそっくりウンに渡す。

ウンは親戚の者の同意なしにヴァルゲルズと結婚する。グンナルとニャールにはこれが気に入らなかった。ヴァルゲルズが陰険で人に愛されなかったからだ。二人の間にモルズという子ができる。成長すると生意気で始末におえぬ子になった。

さて、ニャールの子らの話になるが、長男のスカルプヘジンは、大男で強く海豹のように泳ぎ、競走で彼にかなう者はいなかった。決断が早く、恐れを知らず、弁舌は爽やかで早口であり、いつもは自制心があった。髪は蓬髪で褐色、眼光鋭く、顔は土気色をしており、輪郭は鋭かった。鼻は団子鼻、下顎は突き出、口はいくらか醜かったが、ともに戦士の外見をしていた。この外にグリーム、ヘルギという息子がニャールにはいたが、いずれも結婚していた。ヘルギの嫁の弟ソールハルをニャールは養子に迎えて育て、彼はニャールを実の親より慕って法律を学んだのでアイスランド第一の法律通になった。

グンナルはノルウェー人のハルヴァルズに誘われて、財産管理をニャールに委ねてノルウェーに向い、ヴァイキングとして各地に大活躍をする。

こうして赫々たる名声を馳せてグンナルはアイスランドに帰る。そして民会に出かけ、ハルゲルズに会い求婚する。ニャールはあの女からは沢山の不幸なことが起るだろう、とグンナルにいう。

さて、グンナルとニャールは互に冬には招待し合う習慣があった。ある時ニャールのところに呼ばれたグンナルの妻ハルゲルズはニャールの妻ベルグソーラと席のことから争いになる。ハルゲルズはベルグソーラに「指にはどれもかさかきの爪を持っているし、亭主のニャールには髭がない」という。ベルグソーラも負けていず「あんたの夫ソルヴァルドは髭があるにはあったわ。だけど、それなのにあんたは人殺しの相談をしたじゃないの」とやり返す。

さてこのことを根にもったハルゲルズは全島民会でみなが出はらっている時にベルグソーラの下僕を一人殺させる。グンナルは知らせを受け、すぐにニャールを尋ねて賠償金を決めてもらって即座に払う。ハルゲルズがこの殺害を自慢したため腹を立てたベルグソーラはハルゲルズの下僕の下手人を殺させる。こうして両者間の果てしない殺し合いが始まる。グンナルとニャールは互に賠償をしあい、二人の間の友情関係は依然として変らなかった。

ハルゲルズは相変らず下僕殺しをたきつけたばかりでなく、ニャールのことを「髭なし爺い」、息子らのことを「肥やし髭」と嘲笑し、嘲笑詩まで作らす。乞食女からこのことを聞いたベルグソーラは息子らにこの侮辱を伝える。スカルプヘジンはニヤリとしただけだったが、汗が額から吹き出た。そして頬に赤い斑点が出た。グリームは黙って唇を噛む。夕方ニャールがベッドへ行くと板壁に斧を打ち込む音がする。見れば斧が消えている。ニャールは出て行って、丘を登って行く息子らに尋ねる。「スカルプヘジン、どこへ行く？」「羊を探しに」「武器はいるまい」「鮭をとるんで」「それなら獲物が逃げんのがいい」ニャールは帰って妻にそのことを語る。妻は喜ぶ。スカルプヘジンらは相手に会うと武装させてから戦って、これらを殺す。嘲笑詩を作った男の首を羊飼に渡してハルゲルズのところに持って行け、とスカルプヘジンはいう。ハルゲルズは羊飼の報告をきき、夫のグンナルに復讐を迫るが、彼はとり合わない。グンナルとニャールは相変らず親友だった。

飢饉がやってきた。乾草や食物に欠乏するようになったグンナルはオトケルに売ってくれ、と頼むが、売ってくれない。このことを聞いたニャールと息子らは馬に乾草と食料を積んでグンナルを訪れ、それらを贈る。グンナルはその友情に感謝する。

さてハルゲルズはグンナルが民会に出かけて留守の間に下男を脅してオトケルのところから馬二台分の食料を盗ませる。帰って盗んだ品のことを知ったグンナルはハルゲルズの横面をなぐる。ハルゲルズは、このことは忘れない。復讐できる時に復讐してやるという。盗みの現場に残された小刀から犯人が割れる。グンナルは賠償を申し出るが、相手は受けとらず彼を法廷に召喚する。グンナルはニャールに相談し、結局ハルゲルズの盗みと、召喚により自分に加えられた侮辱とを互に帳消しにすることができる。

ある時、ルノールヴという男に招待されたオトケルが途中で畑で働いているグンナルの耳を拍車で怪我させ、いっしょにいたスカムケルがその後、招待先で人々に、グンナルはその時「泣いた」と吹聴したことから、グンナルは彼らを追って鉾で殺す。ニャールはこの報告をグンナルから聞いて、この家族の者をこれ以上殺すことなく、取り決めをよく守らないと流血の惨事とあなたの死は避けられないぞと予言する。この件はギツルとゲイルの告訴するところとなり、グンナルに科された賠償金は親戚たちによって払われた。

次のグンナルの敵はスタルカズ、エギルの義兄弟とその子らだった。闘馬のことで彼らとグンナルは険悪な仲になる。ニャールは彼らの危険を説いて一人歩きはせぬよう、武器をいつも携行するように忠告し、出かける時は自分の息子らをいっしょに行かせようという。しかしグンナルは招待されて出かける時、ニャールの子らを巻き込みたくないと、使いを出さずに兄弟三人で出かける。スタルカズらは待ち伏せる。グンナルは途中で眠くなり、一休みして寝入ると夢の中で沢山の狼に襲われる。弟は夢の話をきいて引返そうというがグンナルは聞き入れず進むうちに双方が遭遇し戦いとなる。グンナルたちは敵側の十四名を倒したが弟のヒョルトを失う。

グンナルはニャールに相談して民会で訴訟を進め、賠償金は半分ですむ。ニャールは金を貸してやり賠償金の支払いをすませる。相手側はグンナルの名誉をひどくねたんだ。

スタルカズの子ソルゲイルとオトケルの子ソルゲイルはモルズを巻き込みグンナルが一人でいるところを襲おうとするがニャールが彼らの守護霊たちを夢で見、グンナルに急を知らせたためことなきを得た。

二度目の待伏せが行われ、グンナルは弟のコルスケッグとの二人、相手は十二名であったが、ソルゲイル・オトケルスソンらを討つ。ニャールが警告しておいた同一氏族に二度目の殺害をしたことになり、民会で賠償金が定められ、グンナルとコルスケッグは三年間の国外追放。もし去らぬときは、殺された者の身内に討たれるも可、という判決がおりる。ニャールは彼に海外に出ることをすすめる。

さて、出発するため弟のコルスケッグと馬を進めていたグンナルは、途中で馬がつまずき、鞍から落ちた。そして、しみじみと丘を眺め、屋敷を見て、これまでこんなにきれいとは思わなかった、畑も牧場も。家に帰ろう、と言う。ここで約束を破ったら敵の気に入らぬだろう、ニャールのいった通りになるぞ、と弟がいう。

コルスケッグは兄とここで初めて別れ、二度とアイスランドへ戻ることはあるまいという。

グンナルは家に留った。多くの者を手元におかなかった。ギツルは味方を集めグンナルを殺そうとする。モルズはスパイを放つ。その仲間には四十名が加わった。ニャールは危険を知らせ、息子らを護衛につけようと繰り返しいうが、お子さんたちを巻き添えにしたくないとグンナルは断る。

秋にモルズがグンナルは一人だ、と知らせる。ギツルらは一同で行き、隣人の百姓をつかまえ、グンナルが〈孔雀のオーラーヴ〉から贈られた名犬サームを跳びかからせて斧で殺す。様子を探りにいったノルウェー人は鉾で刺されて死ぬ。グンナルは弓矢でよく防ぐ。敵は二度三度と攻撃。そのうち迫った一人が急に弓の弦を切る。そやつを槍で突く。激闘が続く。グンナルは妻のハルゲルズに捲毛を二束よこせ、それを弦にする、という。「それが必要なの」「矢のつかえる限り敵を近寄らせはせぬ」「それではいつかの横びんたの仕返しを今こそしてやる」と彼女はそれを拒否する。

なおも八名を倒したが、疲れ果てたグンナルはついに斬り殺される。

ニャールは大変悲しむ。スカルプヘジンとグンナルの子ホグニはグンナルの仇を討つ。

グンナルと別れた弟のコルスケッグはデンマークで〈熊手ひげのスヴェイン王〉に仕え、洗礼を受け、さらにロシヤからコンスタンチノープルに行き、戦士になり皇帝の近衛兵の隊長となって死ぬまで同地に留まった。

ここからサガは後半に入り、ニャールの息子たちと、ハルゲルズの娘を貰ったスラーイン・シグフースソンの葛藤をめぐって展開される。

スラーインはノルウェーのハーコン侯に仕え、コルという無法者を殺して名をあげる。ニャールの子ヘルギとグリームも後からノルウェーにやってきた。ヴァイキングに襲われたが、カーリの援助を得て、かえって勝利をおさめ財貨を奪う。

さてフラップという男がノルウェーのある侯の娘を誘惑し、その監督を殺し、そのうえ神殿から盗みを働き神殿を焼いて逃げる。侯はこの者を追放にしたうえその首に賞金をかける。フラップは出航準備中のスラーインにかくまってもらい、追手から巧みに隠れてアイスランドへ逃げる。一方そのとばっちりを受けたニャールの子らは侯にとらえられるが、脱走し、カーリのとりなしをうけ、三人でアイスランドへ向う。カーリはニャールの娘と結婚し、ニャールのところにいっしょに住んだ。

スカルプヘジンらはスラーインのところに行って蒙った迷惑の賠償を要求するが、埒があかない。そして口論になり、ハルゲルズは、彼らを、肥やし髭め、と呼び、ニャールのことを、髭なしおいぼれ、という。こうしてマルカルフリョート（境川）で両派は戦い、スカルプヘジンは氷上でスラーインの脳天を打ち割って殺す。ヘルギはフラップの手を切り、グリームは槍でさらに刺して殺した。

ニャールはこの賠償を払う。そしてスラーインの子ホスクルドを養子に迎えて大変かわいがる。ホスクルドは立派な若者に成長してゆく。

フロシという賢く有力な首長がいた。その姪ヒルディグンを、ニャールはホスクルドの嫁にもらおうとする。ところが首長でなければやれぬといわれ、三年の期限をつけてもらったニャールは苦心の末新しい首長のポストをつくり、それにホスクルドをつけて結婚させる。

平穏であったのも束の間、スラーインの妹と結婚したリューティングという男がニャールの庶子を殺す。スカルプヘジンらはすぐに復讐に行き戦になるが、手傷を負わせただけで取り逃がす。リューティングはホスクルドのところに行き仲裁を頼み、ホスクルドはニャールと話し合った末、和解が成り立つ。

ここでアイスランドの改宗についてのくわしい、しかも興味ある記述が挿入されるが、すでに『キリスト教のサガ』などで紹介ずみであるので、省いて話の筋を追うことにする。

リューティングに殺されたニャールの庶子には盲目の息子がいた。この者はリューティングを訪れ賠償を請求するが、すげなく断られる。ところがいったん帰りかけた彼が小屋に戻ろうとすると急に両眼があく。彼はリューティングを斧で殺す。

さて、スラーインの子ホスクルドの首長職がモルズ・ヴァルガルズソンの地盤を喰ったため、モルズはニャールの子らとわざと親しくなったうえ、ホスクルドに彼らの中傷をする。ホスクルドはそのそそのかしにのらない。すると今度はニャールの子らにむかって、ホスクルドのことを中傷しはじめる。はじめのうちは信じなかった彼らも結局それを信ずるようになり、ホスクルドとはものをいわなくなる。なおもモルズは中傷を続けてホスクルドを殺すようそそのかす。そして、スカルプヘジンらはついにホスクルドを襲って殺す。このためニャールはかつてないほど悲しみに打ちひしがれ、このことから自分と妻と子供ら全部が死ぬことになるだろうと予言する。フロシはホスクルドの死をきいて非常に悲しみ、かつ怒った。そして告訴するために人を集める。ニャールは息子らとともに民会に行き、有力者を次々に訪れては援助を乞うが、今回の事件のひどさをみな一様に非難し、また怪物のように大きな、不吉な目をした男（スカルプヘジン）のことを見とがめる。彼はそのたびに辛辣な答えをする。この告訴は普通の賠償の三倍の額でまとまりそうに見えた。ところが最後の支払いの時スカルプヘジンがフロシを侮辱して怒らせたため決裂する。フロシは仲間を集め首領になり、みなに誓わせ、ニャールの子らを焼殺することに決める。

未来の読める女やニャール、ニャールの妻までが不吉な前兆を見る。スカルプヘジンはしかし少しも意に介さない。

フロシらはいよいよ家を包囲する。スカルプヘジンらは外で戦おうというが、ニャールは中に入ることをすすめる。（この焼討の場面は、「まえがき」にも書いた通り、小泉八雲の紹介があるのだが、少し誤解している箇所があるようなので、ここでは省く）ニャールはフロシに和解を求める。フロシはニャールの子らとは和解せぬ、しかし女子供は助ける、という。ヘルギは女の衣装を着て外に出たが、すぐに見つかりフロシに首を刎ねられる。老ニャールをフロシは助けようとするが、「わしは老人で復讐ができない。生き恥をさらしたくはない」という。妻のベルグソーラをフロシは助けようとする。「夫には若い時から従ってきました。運命をともにします」と誓ったのです」と言って彼女は申出を断る。彼らはカーリの子ソールズを間に挟んで猛火の中でベッドに横になり、牛の皮を上にかぶる。「親爺は今日はいやに早くベッドにつくな。わからんでもない。老人だからな」とスカルプヘジンは言う。カーリは一人火中から脱出できたが、スカルプヘジンは燃えて落下してきた破風の壁と梁の間にはさまれて立往生する。

カーリはモルズのところに走り事情を語る。そしてヒャルティらと死者の骨を拾いに行く。ニャールの死体は焼けてはいなかった。まるで奇蹟のようだった。スカルプヘジンは足が膝まで焦げて立ったまま死んでいた。目を見開き、破風の壁に斧を打込んでいた。

この件の訴訟はまとまらず双方武器をとっての戦になるが有力な首長らによって引分けられる。彼らによって調停が進められ、ニャールは普通の三倍の人命賠償金、ベルグソーラは二倍。スカルプヘジンはホスクルドと相殺される。フロシと焼討に参加した者は国外追放になる。カーリは調停に従わずに焼討に参加した者らを次々に殺す。フロシは国外に出、オークニー侯に仕えたが、後にローマに行き罪を赦免されてアイスランドに帰る。カーリもローマへ行った後にアイスランドに帰り、二人は相会する。そして和解する。

この『ニャールのサガ』をもって「アイスランド人のサガ」の紹介は終える。「アイスランド人のサガ」は数多いサガのうち質量ともに中核をなすものであり、『ニャールのサガ』は中でも掉尾を飾る最大傑作である。梗概では何といっても原典の息吹きが伝わらぬ恨みが多いが、小泉八雲を嘆賞せしめたこの作品が美しい日本語に早く移されることを望んでやまない。

4　伝説的サガ

クルト・シーアの新書版のサガ入門書によると、これまで述べたものの外に、なおサガのジャンルとして、「古代のサガ」「騎士のサガ」「メルヒェンサガ」「聖者のサガ」などがあげられる。しかし本書は冒頭でも断った通り学問的なサガの研究書を目指すものではない。中世ヨーロッパのうち、英国や大陸側からの影響の濃い新しい時代の作品、あるいは翻訳、キリスト教の聖者伝説に類するものは取り上げない方針であるので叙述する対象として残された最後のものは、「古代のサガ」と呼ばれるものである。この名はデンマークの学者ラヴン Carl Christian Rafn により一八二九―三〇年に刊行された三巻本の『北欧古代サガ』(Fornaldar sägur Nordrlanda) から由来している。「古代のサガ」というのは、勿論アイスランド植民以前の物語という意味であるが、すでに紹介したスノッリの『ヘイムスクリングラ』などやはり、植民以前の時代を扱ったものと比較すると、記載年代が一般にそれらよりずっと下っている(一四〇〇年頃から十六、七世紀まで)。単に記載年代のみならず以下に述べる種々の理由からここでは「古代のサガ」という従来の名称をやめ、むしろ内容をよく表わしている「伝説的サガ」というジャンルをもうけて簡単な解説と紹介に移りたい。

「伝説的サガ」は、「アイスランド人のサガ」などと違って、リアリティを、あまり、いや、はじめからほとんど問題にしない。事実指向型ではなく、空想指向型なのである。歴史ではなく、作り話である。祖先の実際に辿った足跡を辿ろうとするのではなく、英雄や伝説的人物に思い切り奇想天外の活躍をさせるのである。歴史に学ぼうとする態度から生れたものでなく、娯楽に資そうとする狙いが初めからある。文体はロマンチックになり、しかもどぎつく、誇張に陥り、またくどくなる。読者の興味をかき立てることが中心になるため、モチーフも、恐れを知らぬヴァイキング行、父への復讐、飛竜、巨人、怪物との戦い、美女との忍ぶ恋、主人公の悲劇的な死といったものが常套的になる。英雄を腹に宿すこと六年とか、三百歳で死ぬ英雄とかはその誇張の一例である。主人公の活躍する舞台も北欧からさらにロシヤ、ビザンチン、英国諸島、フランス、スペイン、地中海からアラビア、さらにはグリーンランドまでひろがっている。

「伝説的サガ」は「アイスランド人のサガ」などとくらべて一般に文学的評価は低い。文学作品として内容のまとまりが悪く、緊密性に欠け、登場人物も退屈であるし生きていない。数多くの冒険談もただ人を驚かすための羅列にとどまっている。しかし、それでも『ヴォルスンガサガ』などは、『エッダ』の古歌謡を散文化した作品として、『エッダ』には残っていない歌謡の内容を散文で伝えてくれている点非常に貴重なものである。またデンマークの英雄を扱った『フロールヴ・クラキのサガ』なども、古代英語の叙事詩『ベーオウルフ』と共通する部分もあるなどしてデンマーク古代の英雄の面影を知れるのみでなく、北欧伝説圏の比較研究に好個の材料を提供している。

暗い長い厳しい冬の間、芝土と木材でつくられた小さな家の炉辺を囲んでの長老の話や、伝説の朗読にきき入ることを最大の娯楽にしていたアイスランドの人々のことを頭に浮べてみると、伝説的な英雄の冒険談、外国での不思議な話が非常に愛好されたことは別に意外なことではない。写本の多さがそのことを雄弁に物語っているように思う。

このように「伝説的サガ」には自国の古くからのモチーフの外に、ヨーロッパ大陸の文学から多くのメルヒェン的モチーフが流入したばかりでなく、アイスランド植民の際かなり多く島に渡ったケルト系の人々の伝承も加わっていると考えられる。

「伝説的サガ」は数が三十あまりあるが、『ヴォルスンガサガ』『フロールヴ・クラキのサガ』『ノルナゲストの話』『ラグナル・ロズブロークのサガ』の四つをここに選んで紹介することにしよう。これらはその最も代表的なもので、しかも実際に読んでみて面白かったものである。

ヴォルスンガサガ

オーディンの子シギはスカジの奴隷ブレジを殺し追放になる。国外に出て赫々たる手柄をたて、権勢のある王になり、フン族の国を支配する。だが妻の身内の者の裏切りにあい殺される。シギの子レリルは父の仇を討つ。レリルと妻の間に子ができず、オーディンはヴァルキューレに林檎をとどけさせる。それを食べた妃は妊娠するが、いつまでたってもなかなか子は生れない。一方、王は征旅の途上で病死。妃は切開して子を生むが、自らは死ぬ。この子はヴォルスングというすぐれた勇士になる。ヴォルスングは林檎をとどけたヴァルキューレと結婚し、十人の男子と一人の娘をあげる。長男はシグムンドといい、娘はシグニューと言った。

シゲイルというガウトランドを支配する王がいて、シグニューに求婚する。シゲイル王は祝宴にヴォルスング王を訪れたが、その宴席に見知らぬ片眼の老人が現われ、木の幹に剣を突刺し、これを引抜けた者にこの並びない名剣を与えよう、といって消える。

みな次々に試みたが誰にも抜けず、シグムンドが手をかけるとすぐに抜ける。シゲイル王は三倍の重さの剣と交換しようと申し出るが、シグムンドは、あなたがこの剣にふさわしい方だったら抜けたはず、あなたの持っている黄金全部を差出されても、わたしの手に入った剣を手放すつもりはない、といって断る。

王はこのことばを聞いてムッとする。そして僅か一日滞在しただけで帰国することにする。シグニューは、夫はなじめない人なのでいっしょに行きたくない、という。

シゲイル王は三カ月後、ヴォルスング王と息子全員を招待する。招待に応じてガウトランドに着いたヴォルスング王たちにシグニューはシゲイル王が兵を集めているから危い、国に引返すように、と忠告する。

さて翌日戦になり、ヴォルスングらは奮戦したが、ヴォルスングは倒れ、息子らは全員捕えられ、縛り上げられる。

シグニューは兄弟らが殺されると聞き、足枷をつけてくれるよう王に頼む。

森の中で足枷につながれている兄弟たちのところに毎夜、老いた牝狼がやって来て次々と兄弟たちを喰らい、ついにシグムンド一人を残すのみとなる。

シグニューは腹心の者に蜂蜜をもたせ、それを彼の顔に塗り、口の中にもいくらか入れる。夜になるとまたしても狼が現われる。舌で彼の顔中をなめ、舌を口の中にまで入れた時、シグムンドは狼の舌に嚙みつく。狼は猛烈に暴れたので足枷はこわれ、狼の舌は根元からちぎれてついに死ぬ。

シグニューはこのことを知ると森に地下室をつくり、必要なものを与える。シグニューには二人の息子があったが、そのうち一人を森にやりシグムンドの手伝いをさせるが、臆病なのでシグムンドに殺させる。二人目もそうする。

シグニューは魔法使いと姿をとりかえ、森にやって来ると兄のシグムンドと床を一つにして、身籠り、シンフィヨトリを生む。この者が十歳になった時、シグムンドのところに送ったが、その時、肌着を皮と肉にいっしょに縫いつけたが、たじろがなかった。

森に入ったシンフィヨトリはシグムンドとともに荒行にはげみ、物盗りをしたりする。狼の皮を着て暴れる。二人は力をあわせ父の仇を討とうとしたが捕われ、巨大な墓塚の真中に岩を立て、その両側に一人ずつ入れられ、生き埋めにされる。

シンフィヨトリは藁の中に名剣とベーコンを隠して投げこませる。二人はこの剣で石を切り割いて脱出。王の館に火を放つ。シグニューは王と運命をともにした。

二人は国に戻り、ヴォルスング王の後を継いでいた王を追いはらって王位につき、権勢ある王になる。ボルグヒルドという妃との間にヘルギとハームンドという二人の息子をあげる。運命の女神が、このヘルギはすべての王のうち最も名高い王になるだろう、と言う。事実ヘルギはすぐれた人物になり、十五歳にしてシンフィヨトリと掠奪行に赴く。

ヘルギはフンディング王とその子らを討つ。ヘグニ王の娘シグルーンとヘルギの出会い。シグルーンは父王がホッドブロッドとの婚約を迫っているが、この者を討って、自分を連れ去ってくれるように懇願する。出航すると海は荒れるが、シグルーンのお蔭で無事に港に着く。ホッドブロッド王の弟グランマルとシンフィヨトリの口論。グランマルはホッドブロッドに戦を知らせる。合戦になりヘルギはホッドブロッドを倒してシグルーンを妻にむかえる。

シンフィヨトリはシグムンド王の妃ボルグヒルドの弟と女を争って、これを倒したため王妃の不興を買う。亡き弟の仇を討とうと王妃は酒宴の折に毒杯でシンフィヨトリを殺す。シグムンドの歎き。死体を抱いてフィヨルドに行くと男がいる。舟に死体を乗せてもらうと男の姿が消える。これはオーディンであろう。シグムンドは王妃を追放した。

エイリミという王の娘ヒョルディースはシグムンドとフンディング王の子リュングヴィ王の両方から求婚され、シグムンドの方を選ぶ。恨みに思ったリュングヴィは戦を起す。劣勢ながら奮戦するシグムンドの前に片眼で手に槍を持ち、帽子を目深にかぶった灰色マントの男が出て来て槍をピタリと王につける。シグムンドが斬りつけると剣は槍に当り二つに折れる。これにより形勢は逆転して、シグムンド王も岳父エイリミも部下の大半とともに倒れる。

森に隠れたヒョルディースは瀕死のシグムンドに会う。そして彼は、生れてくる男子はわが一族で最もすぐれた者になるだろう、折れた剣からは名剣グラムが作られるだろう、という。

デンマークのヒャールプレク王の子アールヴが軍勢を率いてその場に通りかかり、下女と服をかえたヒョルディースと、森の中の宝を船に乗せてデンマークへ行く。王女の素性はすぐにわかる。

シグルズが誕生し、ヒャールプレクのところで育てられる。ヒョルディースはアールヴと結婚。シグルズの養父レギンはさまざまなことを彼に教える。ファーヴニルの話をきかせる（『エッダ』と全く同じ）。レギンに折れた剣から名剣グラムを作ってもらう。彼にファーヴニルを討つ約束をする。グリーピルに自らの運命をきく。フンディングの子らを討ちに出かける。そして激戦の末全員を討ちとり財産を手に入れて帰る。ファーヴニル殺しは『エッダ』通り。鳥のことば通りにヒンダルフィヤル山へ行き、眠りの茨で刺されて寝ているブリュンヒルドを起し、さまざまの助言を受ける。二人は結婚を誓う。

シグルズはブリュンヒルドの妹を妻にしているヘイムの国にやってくる。ブリュンヒルドとの再会。結婚の誓いを新たにする。しかしブリュンヒルドは、シグルズがギューキの娘グズルーンを妻に迎えるだろう、という。

ギューキという王がいた。グンナル、ホグニ、グトルム、グズルーンという子をもっていた。グズルーンは美しい鷹の夢を見る。さらにほかの夢の解釈をブリュンヒルドのところに行ってしてもらう。ブリュンヒルドはグズルーンの運命を語る。

ギューキのもとを訪れたシグルズにグズルーンの母グリームヒルドは飲物を飲ませてブリュンヒルドのことを忘れさせる。シグルズはグズルーンと結婚。

グンナルは母にすすめられブリュンヒルド求婚の旅に上る。だが館をとりまく火焰をどうしても馬で跳び越えることができず、シグルズに代ってもらう。結婚したシグルズは新床で三夜剣グラムをブリュンヒルドとの間におく。

さて、ブリュンヒルドとグズルーンは、水浴中に川の上手に入ったというこ とから身分上の口論となり、グズルーンは、焰を越えいっしょに床入りをしたのは実はグンナルではなく、シグルズだったと明かす。

ブリュンヒルドは悩み、欺かれたことに対し、復讐を誓う。そして夫のグンナルにシグルズ殺害をたきつける。グンナルは弟のグトルムをけしかける。彼はシグルズが寝ているところを剣で突き刺すが、グラムを投げつけられて一刀両断にされる。

グズルーンの歎き。グンナルらの後悔、ブリュンヒルドの自害と彼女の予言（このあたりすべて『エッダ』と同じ）。グズルーンとシグルズの娘スヴァンヒルドの運命。アトリが、グンナルを蛇牢に入れる。アトリの運命。グズルーンがヨーナク王のところへ行くことなども『エッダ』と同じである。ブリュンヒルドはシグルズとともに火葬堆の上で焼かれることを望む。

グズルーンとアトリ王との結婚。アトリはグンナルらがシグルズの莫大な宝をもっていることに目がくらみ、ヴィンギを使者に立ててフンの国へと招く。グズルーンは密談を知り、ルーン文字を彫り、黄金の腕輪に狼の毛をまきつけて使者に手渡すが、ヴィンギがそれを途中で改ざんする。ホグニの妻コストベラはルーンがおかしいことに気がつく。そして出発を取りやめるように言う。そして不幸な夢を見る。グンナルの妻グラウムヴォルも夢を見る。それに対して彼らは妻と反対の夢の解釈をし、いずれにせよ運命には逆らえん、と言って出発する。

こうしてアトリの地で戦いとなり、グンナル兄弟はよく戦う。グズルーンも兄弟の側に立つ。

しかし多くの者を倒した後、残るはグンナルとホグニだけになり、捕えられる。宝のありかをいえと要求されたグンナルは、弟の心臓をもってこい、という。料理番ヒャルリの心臓が代りにもってこられる。こんなにふるえているのは弟のものでない、とグンナルはいう。ホグニは笑いながら心臓をえぐりとられる。グンナルは宝は渡さぬといい蛇牢に入れられる。そしてグズルーンの差し入れた竪琴を足でかき鳴らす。一匹の蛇だけが眠り込まずに彼の肛門から入って心臓を嚙む。

グズルーンは息子たちを殺し、その頭蓋骨から酒杯を作り、血とワインを混ぜてアトリに飲ませ、その心臓をアトリに喰わせる。

ホグニの子ニヴルングとグズルーンは寝ているアトリを剣で刺し殺す。グズルーンは墓を作らせ、その後で館に火をかけ、皆殺しにする。

その後グズルーンは石をかかえて海に入ったが死ねずに、ヨーナク王の国にいたり、王と結婚して、ハムジル、ソルリ、エルプを生む。

イェルムンレク王は息子のランドヴェールを派遣してヨーナク王のところにいるグズルーンの娘スヴァンヒルドに求婚する。ビッキという悪者が二人をわざと接近させ、帰国すると二人に謀反の疑いありと讒言《ざんげん》する。このため二人は処刑される。

ハムジル、ソルリはその仇討に出かけるが、エルプは途中で二人に殺される。

兄弟はイェルムンレクの両手両足を切り落す。兄弟には歯が一向に立たない。その時身の丈すぐれた片眼の老人が王に、石を投げて殺せ、と教え、それが彼らの命取りになる。

このサガは既に述べたように『エッダ』の中のシグルズの部分の散文化であるが、損われていない古歌謡集を利用しているため、現存の『エッダ』の欠落した部分を埋めてくれる点が貴重である。なおワーグナーがこの作品を読んで大いに刺戟を受け、楽劇「ワルキューレ」を書いたことはよく知られている。『ヴォルスンガサガ』は一二六〇年頃の作とされている。

フロールヴ・クラキのサガ

このサガはデンマークの六世紀に実在した王族スキョルドゥングの物語が核をなし、それにさまざまな物語が結びつき、かなり自由に作り上げられたものである。ゲルマンの英雄伝説のうちでは最も豊かなものとされる。

ハールヴダンとフロージという兄弟の王子がデンマーク王国を支配していた。ハールヴダンの娘シグニューはセーヴィル侯に嫁いだが、弟のフローアルとヘルギはまだ幼かった。レギンは教育係で二人を可愛がった。

ハールヴダンを嫉んだフロージは夜討ちをかけて殺す。レギンは王子らを近くの島にいるハールヴダン王の親友ヴィーヴィルのところにかくまってもらい、自らはフロージに仕える。フロージは全デンマークを支配し貢納と税を課したが、セーヴィル侯にもそれを義務づけた。フロージは逃れたハールヴダンの王子を躍起になって探させるがなかなか見つからず、情報提供者に恩賞を約束したり、ついには巫女や魔法使いを総動員して探索の手をのばす。

一方、ヴィーヴィルは朝早く起きると、不思議なものが近づいてくる。それは強大なフュルギャ（守護霊）であった。大急ぎで王子らを起して森に隠し、王の使者たちの家探しから守る。再三の探索にヴィーヴィルは王子らをセーヴィル侯のところへ送る。名を変え、かさかきのように頭巾で顔をおおって。ここに彼らは三年間留った。王子らをかくまっているのではないかと疑ったフロージ王はセーヴィル侯を宴会に招く。そこへ行く途中頭巾を馬上から落してしまった王子をシグニューは弟だとわかり泣き出す。宴席に入った一同の中に王子がいると睨んだフロージ王は巫女にそれを確かめさす。シグニューは黄金の腕輪を投げて気をちらすので、巫女は前のようにうまくものがいえない。その間に王子らは森に逃れる。レギンは広間の明りを消す。王はいったん追撃を諦めて酒宴を続ける。

森に入った兄弟は後からきたレギンに焼討を示唆され、セーヴィル侯を救った後、王たちを館もろとも焼き殺す。

フローアルは英国のノルズリ王のところにいって友情を結び、その娘オグンと結婚。ノルズリ王とともに国を治める。

ヘルギは父の国デンマークを治めたが、まだ結婚していなかった。この頃北ドイツのサクスランドにオーロヴという女王がいた。美貌だが男まさりの激しい気性で知られていた。ヘルギは大軍を率いて不意に女王の国に行き求婚するが、同意すると見せかけた女王は酒で相手を酔わせ、ヘルギに眠りの茨を刺し、髪を剃り、タールを塗って皮袋につめ、船に運ばせ、軍勢を集める。

ヘルギは恨みをのんで国へ帰ったが、復讐を忘れない。女王のヘルギ王に対する侮辱は国外にもひろく知られたのだ。その後、間もなくヘルギは船でサクスランドに行き、船と部下を湾に隠して、二箱の金銀をもって粗衣をまとい、女王の館に近い森に隠し、召使いにあって、宝を見つけた、女王にこっそり取りにくるようにいってくれ、手引きをしよう、と言う。こうして、欺かれて召使いとともに森に来た女王をヘルギは捕え、船に連れて行き、幾夜かを過し、復讐した後に返す。ヘルギはヴァイキング行に出かける。やがて女王は娘を生み、犬の名をつけて、ユルサと呼び家畜番をさせる。彼女が十三歳になった時、やってきたヘルギ王は娘を見染め、わが子とは知らず結婚する。二人の間に生れたのが英雄フロールヴである。オーロヴ女王は二人が愛し合っていることに不満で、素性を明かす。ユルサは真相を知って王のもとを去り、彼は悲しむ。

後にスウェーデン王アジルスがユルサに求婚し、彼女はスウェーデンに行く。ヘルギ王はユルサを取り戻すためスウェーデンに行くが、アジルス王のたくらみにあい、部下とももども討たれる。ユルサ王妃はこれを憤り、二人の仲はまずくなる。

フロールヴ王はヴァイキングに出て名声を馳せ、多くの者に貢納を課し、また多くのすぐれた戦士を集める。

ヒョルヴァルズという王がいて、フロールヴ王の妹スクルドを妻としていた。この王にフロールヴは剣を与え家臣にした。

北ノルウェーのウップダルにフリングという王が支配していた。妃をなくし、後添いを探していたが、たまたま嫁えらびの一行がフィンマルクでインギビョルグとフヴィートという美しい母娘に会い、フリング王はフヴィートを妻に迎える。

　フリング王にビョルンという王子がいて、ベラという幼友だちの娘があった。二人は長じたが、ある時フリング王がヴァイキング行に出かけている留守にフヴィート王妃はビョルンにいい寄る。ビョルンは拒絶する。すると王妃は狼の手袋で彼を打ち、恐ろしいほら穴熊になれ、父の家畜以外に食物はない、という。この時からビョルンは姿を消してしまう。家臣が探したが杳《よう》として消息が知れなかった。その代りに、熊が家畜を襲って引裂く、という風評がしきりに立つようになる。ベラは熊に会い、その目を見てビョルンであることがわかる。夜の間だけ人間の姿になれるビョルンはベラに、自分が狩で殺される運命にあること、熊の足の輪をもらってとっておくよう、父のところで三人の男子を生むがよい、など語る。彼の予言通りになり、彼は殺され、ベラは王から指輪を受けとり、父のところで〈鹿のフロージ〉、〈犬足のソーリル〉、ボズヴァルの三人の男子を生む。三人とも逞しく成長したが、フロージは盗賊になり、ソーリルはガウトランドの王になり、多くの戦で勝利を飾る。

　ボズヴァルは母のところで育ったが、すべての男たちの中で最もすぐれていた。母に父のことやその運命を聞き、復讐をはかる。フリング王は、指輪をもって、ビョルンの復讐を迫りにきた二人に、金での解決を提案したり、自分の死後は王にしようというばかり。ボズヴァルは、王に、あの怪物にすっかりとりつかれている、といって、王妃を袋につめて殺し、市中を引き廻す。王の病死後ボズヴァルは王になる。ベラはある侯と結婚した。ボズヴァルは国を去って、洞穴から母の指示通りに名剣を手に入れる。その剣は、ひとたび抜けば必ず相手を殺す性質をもっていた。

ボズヴァルは兄たちに会い、フロールヴ王に仕えることをすすめられる。デンマークへ向う途中雨で難儀をし、野中の一軒屋で百姓に歓待される。聞けば息子が城にあがっているが、皆のなぶり者になっている。戦士たちに食べた後の骨を投げつけられて生命までが危い。あなたは城ではどうか小さい骨を投げてください、と。弱い者いじめはせぬ、と彼は言って城へ出かける。

城の広間に入ったボズヴァルは骨の山に埋まっている百姓の伜を引っぱり出して助ける。そしていつものように戦士が骨を投げつけるとボズヴァルはそれを投げ返して相手を殺す。王は事を聞いて家臣になることをすすめると、百姓の伜ホットとともに仕える。ユル（冬至祭）の頃、皆に恐れられた怪獣を退治し、その血と肉でホットを臆病者から勇者に生れかわらせ、怪獣退治の手柄も彼にゆずる。

それから名うての無法者らを二人で投げ殺し、ますます名を挙げ、ボズヴァルは王女を妻にする。

フロールヴ王はボズヴァルの進言により、スウェーデンのアジルス王からヘルギの遺産を要求、兵を進める。戦になり、アジルスは敗れて逃走、不仲の王妃ユルサのところに行くが、すげなく扱われる。ユルサはフロールヴ王に挨拶し、ヴォッグという男を王に仕えさせる。その男が王の顔を見て、「このお方は顔が細く、クラキ（棒）みたいだ」といったことから、王はフロールヴ・クラキと名のることにする。

夜討がある。アジルス王が館に火をかけて焼殺しをはかったが、ボズヴァルの進言で壁を打破り、外に出て奮戦、多くの者が倒れ、アジルス王は敗走した。フロールヴは王座にあって、しばらくそこに滞在したが、ユルサが来て、アジルス王がスウェーデン全土から大軍を集めてこちらに迫っている。早く立去った方がよい、といい、皆に金銀や武具や馬を与える。果せるかな、荒野で少数の供をつれたフロールヴ王はスウェーデンの大軍に遭遇する。フロールヴ王は野原一面に黄金をまき散らさせ、スウェーデン軍はそれを拾うのに大童でしばし、追撃のことを忘れる。

アジルス王は烈火の如く怒り、たった十二名をこのような大軍で取り逃がすとは何事、といい先頭を駈ける。フロールヴは黄金の腕輪をその眼前に投げる。アジルス王はその見事な黄金の腕輪を自分の方にこそふさわしい、と言って身をかがめ、槍先でとろうとする。フロールヴ王は、「スウェーデンの最も誇り高い者を豚のように屈ませたぞ」といい、さっと馳せ寄ると彼を斬り下げる。「今こそフロールヴ王を知ったか」といい、腕輪をとり上げ、先駆した敵をすべて討ちとる。

途中で夜になり、ある屋敷に立寄る。その家の主人は皆をもてなし、武具を贈ろう、というが、王が断ったため機嫌をそこねる。一同は別れも告げずにそそこに去るが、途中でボズヴァルが、あれはオーディンではなかったか、断ったのはまずかった、という。王も、確かあの男は片眼だったな、といい、引返してみるが、元の家も主人も消えていてない。ボズヴァルは、これからは余り戦をせぬ方がよい、常勝は今後は望めないだろう。近くあなたを失いそうな予感がする、という。

さて、しばらくは国は安泰であったが、王の義弟ヒョルヴァルズは王妃スクルドにそそのかされて秘密のうちに反乱の兵をあげ、ユルの祭りの最中の館をとり囲む。ボズヴァルは自身はじっと坐ったまま、生霊の熊となり大活躍をする。しかし、仲間から促されて、自ら戦に加わる。すると途端に熊が消え、敵側の魔法がきくようになり、巨大な猪がとび出して、その剛毛の一つ一つから矢がとんできて、フロールヴ王の従士らをバラバラと倒す。ボズヴァルらは猛烈に左右をなぎ払って敵を倒したが、フロールヴ王の側がいくら敵を倒しても少しもその数は減らないように見えた。こうして戦士らはすべて瀕死の重傷を負い、フロールヴ王も盾の城を出て、倒される。敵のヒョルヴァルズ王とその全軍も倒れ、残ったのは僅かに魔法を使う王妃と若干の者にすぎなかった。

彼女がフロールヴ王の国を支配したのも束の間のことだった。フロージとソーリルが弟ボズヴァルの仇討をし、ユルサ王妃も援軍をスウェーデンから送った。スクルド王妃は魔法を使う間もなく捕えられ、拷問にかけられて殺された。王国はフロールヴの娘の手に戻った。フロールヴと戦士らには墓がつくられ武器もいっしょに葬られた。

ノルナゲストの話

この短いサガは齢三百歳という異教の勇士ゲストを主人公にして、シグルズをはじめ幾人かの英雄伝を語らせたものである。シグルズに関する部分は『エッダ』や『ヴォルスンガサガ』を既に知っているわれわれには新味はない。しかもかなり興味本位な扱い方をしていて中世の騎士小説のような軽ささえ見られ、すでに古い英雄伝説に対する真摯な態度からは遠い。文体も十四世紀の衰退期の特徴を示し、一三〇〇年以後の作とされる。

オーラーヴ・トリュグヴァソン王がスラーンドへイムにいた頃、一人の男が王のところに来る。ゲストといい、詩才に長じ、竪琴を弾き、歌を朗唱する。洗礼はまだ受けていないが、王のところに客席を与えられ滞在することになる。

ユルの祭りの前に〈赤毛のウールヴ〉が旅から帰り、王に宝物を献ずる。その中に素晴しい黄金の腕輪があった。家来一同がそれに感嘆の声をあげるが、ゲストは少しも騒がない。皆にその理由を聞かれ、それにまさるものをもっているからだといい、自分の止金をとり出し、王に判定者になってもらい、両者を比較し賭に勝つ。そして、それにまつわる話に入ってゆく。

ゲストは南のフランケンランドに赴いて宮廷の風習、礼儀、英雄シグルズの手柄などを知りたく思い、ヒャールプレク王のところに滞在する。そこに当のシグルズもいた。ゲストはシグルズの部下になる。シグルズのフンディング退治、龍ファーヴニル、レギン、ブリュンヒルド、ギューキの娘グズルーンのことなどはすでに紹介したことと変らない。ギューキ一族のところにシグルズが滞在していた時、ガンダールヴの子らがグンナルとホグニのところに使者をよこし、宝をよこすか戦を選ぶか二つに一つの選択を迫る。結局戦になり両軍がぶつかり合う。敵軍中に巨人のような男がいて誰も抵抗できない。グンナルはシグルズに声をかける。シグルズはその者に「名は」と尋ねる。「スタルカズだ」という。「悪業は聞き及んでいるぞ」相手に名を聞かれ、シグルズだという。「ファーヴニル殺しのか」「そうだ」するとスタルカズは急いで逃げようとする。

シグルズが剣をふるうと、敵の臼歯が二本とぶ。その一本をゲストがもっていて、ルンドの教会の鐘の綱につけたが七エーレの重さがあった。ガンダールヴの子らは総崩れとなり、戦は味方の勝利で終る。

ある日シグルズの馬の胸繋《むながい》が二つになり止金が落ちる。それを拾い上げて渡すと、シグルズはそれを贈物にくれた。それが、この鞍の止金なのだ。

さて、ゲストの話の続き。

ゲストはロズブロークの子らのところにも滞在した。ロズブロークの子らは行くところ連戦連勝、恐怖をまき起した。そして勢にのってローマまで軍を進めんとした。ある日、一人の男がビヨルン・ヤールンシーズ王のところに来て、彼に挨拶する。王は快く迎え、どこから来たかと尋ねる。「南のローマから」「そこまでどの位遠いのか」すると、男は鉄の靴のすりへっているのを見せる。それを見て王は「おそろしく遠い。引返してローマ攻撃は見合わそう」という。

オーラーヴ王はその男は神に遣わされたのだろう、という。時に、どの王が最も気に入ったか、と尋ねる。答えて、最も嬉しかったのは、シグルズとギューキ一族のところ。ロズブロークのところは一番気がねがなかった。ウップサラのエイレク王のところでは最も幸せだった。ザクセンランドのルートヴィヒ王のところはキリスト教が盛んで、十字の印しをつけてもらったが、そうしないと滞在は許されなかった。そこが最も気に入った、と。

ゲストはさらに、その名ノルナゲストの由来を語る。

ゲストが生れた頃、国内を女予言者らが廻り人々に寿命を予言した。多くの人々は彼女らを招いて馳走し、別れしなに贈物をした。さて、彼女らは揺籃のゲストに、親や一族や他の首長の子の誰よりも幸運に恵まれるであろう、と予言した。ところが助言を乞われなかった一番下のノルンがへそをまげた。そのうえ、人々におされて床におちたりして余計に腹を立て、ほかの二人に、好都合な予言をやめて、と叫び、ベッドの傍のろうそくの燃えつきるのよりも長くは生きられないようにしてやる、という。最年長の女予言者はそのろうそくをとって消し、それをとっておかせ、最後の日よりも早くはともさないように命じた。「長じてからそのろうそくを母からもらった」とゲストは出して見せた。

王は「なぜここに来たのか」「ある幸福にあずかるため」「洗礼を受けようというのか」「そうです」と、ゲストはいって洗礼を受け、それから家臣になり、神を深く敬い、礼儀に厚く、皆から愛される。

ある日、王はゲストに「あとどの位生きるのか」と問う。「神が望むならもう少し」「ろうそくを出したらどうなる?」

ゲストはろうそくを取り出す。王はそれに火を点すように命ずる。それは急速に燃える。「今何歳か」ときく。「三百歳」ゲストは横になり、塗油を願う。ろうそくが燃えつきた時ゲストも死んだ。

ラグナル・ロズブロークのサガ

このサガは『ヴォルスンガサガ』と密接な関係があり、ちょうどその終ったところからはじまっている。中世の年代記から九世紀に実在したことが知れるデンマーク王家のヴァイキングの首長ラグナルの事蹟とその死、さらに息子たちの仇討から内容は成り立っている。一人の英雄のまわりにいかに多くの伝説、メルヒェン、民間伝承がより集まるかの好例であって、全体としてロマンチックな空想的な世界の話といえるであろう。英雄伝説につきものの、龍退治、怪物退治と宝、蛇牢での死などの外、恋愛のモチーフなどで飾られている。

シグルズとブリュンヒルドが死んだという知らせをフリュム谷のヘイミルが聞く。ヘイミルの養女アースラウグは二人の間にできた娘で、当時三歳だった。一族を根絶やしにするため探索の手が延びることを心配したヘイミルは大きな竪琴を作り、その子と金銀を入れて、北の国へ旅立つ。

ノルウェーの、とある屋敷に一夜の宿をとる。そこの老夫婦はボロの下に見えるすばらしい黄金の腕輪に目がくらみ、寝ているヘイミルを斧で斬り殺す。竪琴を調べてみると女の子が入っている。それから金銀も出てくる。夫婦はどうしようかと相談し、女の子は娘ということにして育てることにする。頭をつるつる坊主に剃り、タールをすり込み、帽子を被せ、いやしい仕事をさせる。

ガウトランドの権勢のある名高い侯でヘルルズという者がいた。ソーラという娘があって、比類なく美しく、身だしなみがよく、あらゆる技芸に秀でていた。侯は離れをつくってそこに娘を住まわせ、美しい蛇を娘に贈り、娘は櫁《とねりこ》の長持の中に入れた黄金の上でそれを飼った。

ところが、この蛇が次第に大きくなり、見るも恐ろしい龍になった。黄金もそれにつれ大きくなった。龍の食物は毎度、牡牛一頭だった。侯はこの龍を退治する者に娘を与えよう、黄金は持参金にあてる、と国中にふれを出した。このことはあまねく知られたが、挑戦できる勇気のある者はいなかった。

その頃デンマークではシグルズ・フリングが支配していた。彼はハラルド戦歯王との戦で名をあげた。彼にはラグナルという息子がいた。身の丈すぐれ、美しく分別があった。長じて従士をかかえ、比類のない戦士になった。

彼は特殊な服を作らせヘルルズの国へ行く。そして朝まだき単身龍のところへ行き槍で突く。龍が苦しさに身をよじった時、槍先が折れる。彼は返り血を浴びたが服のため生命に別状なかった。物音で室内の者が起き、ソーラも大きな男の去っていく後姿を見た。

朝になり皆が出てみると、龍が死んでいる。残された槍先は誰も振りまわすことができないほど大きかった。しかし殺し手はわからない。そこで民会が開催され、槍先にぴったり合う柄をもっていたことからラグナルが殊勲の勇士だとわかる。

ラグナルはソーラに求婚し、二人は結ばれる。二人の間にエイレクとアグナルの二人の息子が生れる。ソーラは病死し、ラグナルは国を子らに任せ自らはヴァイキング行に出る。

ある夏、ノルウェーに向う。船の料理人が上陸して、そこにある屋敷に行きパンを焼く。そこでパン焼を手伝ったのは、絹のように美しい髪を地面まで垂らし、誰よりも美しい娘に成長したクラーカ（もとの名はアースラウグ）だった。男たちはあまりの美しさに娘から目を離すことができずパンを焼き損って、船に帰ってからラグナルに大目玉を食う。事情をきいたラグナルは使者を送る。彼女をこちらへよこせ。しかし服を着ても着なくてもいかん。食物を食べても食べなくてもいかん、一人で来てはいかんし、誰もついて来てはいかん、と伝えさせる。

使者は娘に会い、こんなに美しい娘は見たことがないと思った。主人の使いを告げると、クラーカは少し考えて明日行きます、という。

鮭をとる網を身にまとい、その上に髪を垂らす。こうすれば裸ではない。ねぎを食べて行こう。犬をつれていけば一人ではない。誰もついてきてはいない。

このようにして船に行ったクラーカはラグナルの気に入って、国につれ帰って結婚式をあげる。新床でクラーカは三晩床を別にしようというが、ラグナルはがえんじない。すると骨のないイーヴァルが生れる。身の丈すぐれ、美しい若者になり誰よりも賢かった。さらに、ビョルン、フヴィートセルク、ログンヴァルドらが生れる。皆すぐれた勇気のある者ばかりだった。

ラグナルの子らはヴァイキング活動に出かけ赫々たる勝利をおさめたが、ログンヴァルドは戦死した。

さて、スウェーデンを支配している王でエイステインという者がいた。その娘インギビョルグはすばらしい美女であった。この王は権勢があり賢い、だが同時に腹黒いところのある王だった。ウップサラに住んでいたが、当時そこに大きな供犠所があった。魔力をもつ牡牛を飼っていて、戦の折にこの牛を軍の先頭に立てると相手側はそのもの凄い吼え声に耐えられず同士討ちをはじめるので、スウェーデンはこれまで敵の侵入を見たことはなかった。さてエイステイン王とラグナルは親しい仲で、ラグナルがウップサラにあった時、王女インギビョルグと婚約する。

帰国して皆に口封じをしていたにも拘らず、このことはクラーカに知れ、クラーカは自分が実は英雄シグルズとブリュンヒルドの間に生れた娘アースラウグであると明かす。そして、目のまわりに蛇のとりまくような印しのある子を生み、シグルズと名づける。王は妻の懇願でスウェーデン行を取り止める。

一方スウェーデンではエイステイン王とその娘はラグナルが約束の時までに来ないので大いに侮辱を感じ、友情もこれまでだ、と激怒する。

ラグナルの前の妃の子エイレクとアグナルはスウェーデンに軍を進めるが、エイステイン王が多くの生贄を捧げ、例の魔法の牛を最前列に立てたため、兄弟の奮戦も空しく、アグナルは戦死し、エイレクは捕えられる。

エイレクは部下の命は助けてくれ、自分は地面に沢山立てた槍の上に投げられて死にたいと望む。

さてスウェーデン王の使者がラグナルの国に来る。ラグナルもその子らも不在であったので、アースラウグが会う。エイレクがどんな死に方をしたかと尋ねられ、使者はエイレクのよんだ歌をくり返した。王妃はハラハラと涙を流したが、それは彼女の最初にして最後の涙だった。ラグナルの子らが帰る。アースラウグはアグナルとエイレクの死を告げ復讐を迫るが、皆、スウェーデン王の途方もない供犠と例の魔法の力のある牛のため賛成しない。その時三歳になるシグルズがエイステインは生かしておかぬ、という。兄弟らの心に急に変化が起る。皆は参加する気になり、兵と船の準備をすることになる。

　こうして三日のうちに軍備をととのえ、アースラウグもともにスウェーデンに向い、そこに着くと至るところを荒し廻る。エイステイン王にその知らせが届く。王は四方に戦の矢を放たせ（非常時の通信手段である）、軍を集める。例のごとく牛が先陣を切る。イーヴァルは樹木から巨大な弓と矢を作り、すでに味方に動揺を与えているその怪物の牛に向って弓を引き、目に命中させ、牛をどうとばかり倒す。それからその上に自分の身を投げさせ、牛の骨を砕いて殺す。その時から戦況はがらりと変り、イーヴァルらの勝利に終り、エイステイン王は討死する。アースラウグは帰国。兄弟らはさらに南の国へ兵を進めた。

　南のヴィヴィルスボルグ（スイス）を攻めるが、守りがかたく攻めあぐむ。城中の者は衣服や宝を見せびらかし挑戦的態度をとる。イーヴァルは策をさずけ、森に行って各自が木の束をもって帰り、それを一斉に城壁のそばで燃やして、城壁のモルタルをはがし、そうしたうえで投石機で突破口をつくって攻撃し、城の中のすべての者を殺し、町を焼く。

　さらに南に進んで、ルナという町にやってくる。ここでさらに南のローマまで進軍すべきかどうか相談する。一人の乞食が通りがかり、ローマへの道のりを尋ねられ、鉄の靴の底のへったのを見せる。兄弟はローマへの進軍を取りやめる。

　一方、ラグナルは二艘の商船で英国進攻を計画する。アースラウグはもっと多くの船と、もっと多くの軍勢で行くことをすすめる。だが王は少い船で英国を征服した方がそれだけ名誉が上るといってとり合わない。アースラウグは武器の通らぬ服を贈る。英国へ向ったラグナルの船は難破。陸路を行くが、英国のエラ王は大軍を擁してこれと戦い、多勢に無勢で、ラグナルの部下はすべて討たれ、ついにラグナルも捕虜になる。蛇牢へ入れられるが、蛇は噛まない。皆は驚く。服を脱がせろ、と王は命令する。蛇が噛む。ラグナルは、老人が苦しんでいるのを知ったら若い猪はうなるだろう、といって死ぬ。

エラ王は使者を送る。南の国で勇ましく戦ったラグナルの子らが帰国し、広間で酒宴の最中に英国からの使者は着いた。

イーヴァルは高席につき、シグルズとフヴィートセルクは将棋の最中、ビョルンは槍の柄を削っているところだった。報告をきくと、フヴィートセルクとシグルズは将棋盤を落す。ビョルンは床に立って槍につかまる。イーヴァルは耳を傾ける。「猪はうなるだろう」というところで、ビョルンは槍の柄に跡がつくほど握りしめた。そして使者の話が終った時、槍を振り廻したので真二つに折れた。フヴィートセルクは将棋盤を力まかせに握ったので血が爪の間から流れ出た。シグルズは小刀が骨まで通るのに気がつかなかった。イーヴァルは詳しく事情をきき、その顔色は赤くなったり、蒼くなったり、土気色になったりした。皆は使者を殺せと言ったが、イーヴァルはとめ、無事に返した。英国王は後でこの話をきくと、イーヴァル恐るべし、といった。

さて兄弟らは復讐のため英国へ遠征しようというが、イーヴァルは賠償を求めようというが、ほかの者はあくまで遠征を主張して英国へ向う。イーヴァルは自分の持船のほかは用意しない。こうして英国で戦ったが、多勢に無勢でラグナルの子らは退却する。イーヴァルは持論の通り賠償を要求しに行く。その要求とは、牡牛一頭の皮に包めるだけのものを望む、というので、英国王エラはそれを認める。すると薄く伸ばした牛皮で細い紐をつくり、それで城をつくる余地のあるほどの土地を手に入れる。そして立派な城をそこに建てる。それがルンドゥナボグ（ロンドン）である。これは北方で最も大きく有名な町になった。城ができると彼はもっている動産のすべてを気前よく施した。また人々の相談に快くのってやり、よい忠告を与えたので人気を博した。エラ王も行政面に彼の援助を求めた。

このようにしてもはや何らの敵意にあうことはないと思われた時、イーヴァルは兄弟たちに使者をやり、金銀を送ってくれ、と要求した。何に使うのかわからないままに兄弟たちは金銀を送った。その金をイーヴァルは有力者たちに贈って、王の側近を引き抜き、戦が起っても王に手を貸さぬことを誓わせる。こうして軍勢を調達する。そして兄弟たちに使者を送り、軍勢を集めさせる。兄弟は今初めてイーヴァルの意図を知り、勝利の見込みがついたことを喜び、夜を日についで英国へ向う。

英国王にその報告が入ったが、軍を集めようとしてもあまり集まらなかった。イーヴァルは王のところに行き、兄弟たちに鉾をおさめさせることができるかどうか努力してみましょうといい、兄弟たちのところに行くと、かえってその士気を鼓舞する。そして戦になり、高みの見物をする。王は結局捕えられ、血鷲の刑（背中を鷲の形に切り裂いて肺を引き出す残酷な刑）に処される。イーヴァルは英国をおさめ、兄弟たちは帰国する。

その後フヴィートセルクは東方で戦に敗れ、捕われ、人間の頭の火葬堆で焼かれることを望んで死ぬ。

シグルズ・オルムからはすぐれた一門が発した。彼の娘はラグンヒルドでハラルド美髪王の母である。

イーヴァルは英国で病死したが、最も敵襲にさらされやすいところに墓塚をつくり、埋葬してくれ、と遺言する。ハラルド苛烈王が後に英国に来襲した時、イーヴァルの墓塚のあるところに上陸したが戦死したといわれる。〈私生児ヴィルヒャールム〉（ウィリアム征服王）は、死体を墓塚から掘り出させると、それはまだ腐っていなかった。そこで大きな火葬堆をつくって焼かせ、その後で進撃して勝利をおさめた。

ビョルン・ヤールンシーズからもすぐれた一族が発した。だがラグナルの子らがすべて死んだ時、それに従っていた軍勢は散って行った。

あとがき

以上をもって神々と英雄の歌謡『エッダ』およびサガの代表作の紹介を終える。

『エッダ』にあらわれた神々の特徴は何であったろう。

巨人族との凄絶な闘争。二元的なものの対立抗争と滅び。神々の世界をもおおう暗い運命観といったものが、超越的なイスラエルの唯一神や、人間味溢れるギリシャの神々と比較して特に強く感じられる。

英雄たちも、同じように、何物をも容赦せぬ運命のままに、あくまで逞しく生き、争い、復讐し、恋をし、死を恐れない。

このようなゲルマン人の信仰や生き方は、恐らく厳しい自然との闘い、絶え間ない戦乱の間から培われたゲルマン人に生得のものであったのであろう。

しかし、私はこのような運命観や英雄主義の面からのみ古代中世ゲルマン人の世界を切って欲しくないと思う。アイスランドに植民した人々の実生活を通してうかがわれるような、多種多様な社会生活や文化に注目していただきたい。そのために、社会、法、経済、信仰、改宗、夢その他異教的な人々のさまざまな営みの反映をサガの記述を通して、なるべく濃厚に出そうと心がけてみたつもりである。図式的観念的にヨーロッパ世界の成立をとらえる前に、ゲルマン人の実生活と信仰、社会と文化に一歩でも踏み込んだ考察の生れることが私の念願であって、本書がそのための刺戟にいささかでもなれば望外の喜びである。

さて、古代北欧文学の森の中をしばらくさ迷った後で、最後に今度は、少し距離をおいて、ヨーロッパ文学、といっても主に独英文学に及ぼしたその影響を一瞥することで本書の結びとしたい。

アイスランドは古来大陸ヨーロッパでは、何か不気味な絶海の孤島、恐るべき荒海にとりまかれた氷と火山の島というイメージで長く受けとられていたらしい。その歴史と文学が本格的に紹介されるのは浪漫派文学の時代以後になる。

フランスの小説にアイスランドの名を冠したものが二つあることを知ったが、ヴィクトル・ユゴーの二十一歳の時の処女小説『アイスランドのハン（邦訳、氷島奇談）』Han d'Islande（一八二三）ではアイスランドは生れの半人半獣の怪人が神出鬼没の活躍をする。しかし小説の舞台がアイスランドというわけではない。いかにも怪人の故郷にふさわしいところと作者が考え、読者もそういうイメージで読んでいるのではないかと思われる。

ピエール・ロチの『氷島の漁夫』Pêcheur d'Islande（一八八六）もアイスランドの荒海が描かれているにとどまる。

ドイツでは古代北欧文学の本格的紹介はグリム兄弟を待たなければならぬ。

ヘルダー以前にはエッダ、サガ、スカルド詩の僅かな紹介があった位だった。ヘルダーは北欧語の知識は乏しかったが、古代北欧語の文体の特徴である粗野、単純、簡潔、ドラマチックな短かさに感心して、その民謡の中にラテン語から重訳して二、三の詩をとり入れている。しかし彼がEllekonge つまりElfenkönig（妖精の王）とすべきところをErlkönig（魔王）として紹介し、ゲーテがこの誤りをそのまま踏襲し、これが後にシューベルトの作曲で名高いバラード「魔王」になったことは一般にはあまり知られていない。

ドイツで最初に原典にあたりエッダを訳したのはグレーター David Friedrich Gräter（一七六八―一八三〇）であったといわれる。

しかし何といっても大きな存在はゲルマン語学の学問的創始者であるグリム兄弟、およびハーゲン Friedrich Heinrich von der Hagen（一七八〇―一八五六）であろう。

グリム兄弟は慧眼をもってニーベルンゲンの問題は北欧の資料なしには進展がないことを認識し、ハーゲンと競って、コペンハーゲン大学図書館長ヌエルップに資料の援助を仰いでは研究を進めた。

ハーゲンは一八一〇年にエッダの中の「シグルズの歌」、一八一五年に「ヴォルスンガサガ」を含む四巻本の『北欧勇士小説集』Nordische Kämperromane を刊行した。

ヴィルヘルム・グリムは一八一一年『古代デンマーク英雄歌謡集』Altdänische Heldenlieder を出し、ゲーテやジャン・パウルの絶讃を博している。グリム兄弟は一八一五年には『エッダ』Iを出版した。

しかしいずれにせよ当時は全体としてロマンチックな解釈が盛んで、英雄といえば勇猛なヴァイキング、またその風土についてはオッシアン風のイメージが強く、アイスランドは世界の果の荒海にとりまかれた火山と氷の島と考えられていたようである。

やがて北欧を材料にした小説が現われる。『ウンディーネ（邦訳、水妖記）』で知られるフーケー Friedrich de la Motte Fouqué（一七七七―一八四三）の三部作『北欧の英雄』Der Held des Nordens がそれで「龍退治のシグルド」、「シグルドの復讐」、「アスラウグ」を内容とし、文体も北欧風に頭韻を生かしている。

『歌の本』などで知られるハイネ Heinrich Heine（一七九七―一八五六）は北欧の異教の自然崇拝や世界観に深い共感を抱いて『精霊物語』Elementargeister（一八三四）や『流浪の神々』Götter im Exil（一八三六）を書いているが、すでに前代のロマンチックな解釈を越えている。

浪漫派の理論家シュレーゲル Friedrich Schlegel（一七七二―一八二九）は『北欧文学について』Über nordische Poesie（一八一二）でエッダを紹介し、その古さが一般に注目されないことに遺憾の意を表明している。

ウーラント Ludwig Uhland（一七八七―一八六二）はそのバラードにエッダやサガの素材を生かし、また北欧神話についての論文を書いている。

ワーグナー Richard Wagner（一八一三―一八八三）の楽劇四部作『ニーベルングの指環』Ring der Nibelungen は前後二十六年もかかって完成した戯曲史上、また音楽史上比類ない大作である。「ラインの黄金」Das Rheingold、「ワルキューレ」Walküre、「ジークフリート」Siegfried、

「神々の黄昏」Götterdämmerung の四部からなり、世界支配の権力の象徴である黄金の指環をめぐり、天界の神々と地下暗黒界の小人間の闘争と滅亡を扱っている。ワーグナーは主として「ヴォルスンガサガ」に題材をとりながら、それを自由に変改して、思想的にも、力は愛の前に屈するとしてキリスト教と異教の宥和をはかった。彼の北欧文学への傾倒は相当なもので、原典である程度読めるようになっていたことは彼自身の言から知れる。

英国でもドイツと同様、本格的な紹介は遅れ、ウィリアム・モリスを待たなければならぬ。十七世紀の懐古趣味がアングロ・サクソンと関係の深い北欧史と文化に識者の眼を向けた。しかしデンマークのオーレ・ヴォルム Ole Worm（一五八八―一六五四）の著書が権威あるものとされ、ヴァイキングといえば、死を恐れず、ヴァルハラに迎えられることのみ望み、敵の頭蓋骨で作った酒盃でビールを飲むような、どぎつく誇張されたロマンチックな理解が一般的だった。

グレイ Thomas Gray の訳詩「オーディン下向」The Descent of Odin、「運命の姉妹たち」The Fatal Sisters（一七六八）や、スコット Walter Scott の長詩「豪勇ハラルド」Harold the Dauntless（一八一七）、小説「海賊」The Pirate（一八二二）などはそれらの影響の下に生れた。

総じてこの時期の古代北欧文学への理解の狭さは、エッダ、スカルド詩に材料が限られ、しかも原語を知らなかったことによるのであろう。

最初の原典による信頼できる訳はハーバート William Herbert の『アイスランド詩選』Select Icelandic Poetry（一八〇四）である。

さらにクリーズビイR. Cleasby、ダセントG. W. Dasent、ライングS. Laing、ロウR. Loweらの熱狂的な研究者によるサガの翻訳紹介により、従来とは比較にならぬほど北欧文学は幅と厚みをもって影響を及ぼすことになる。

カーライルThomas Carlyle（一七九五―一八八一）の『英雄崇拝論』On Heroes, Hero-Worship, and the Heroic in History（一八四一）は、北欧神話の巨人的Brobdingnagian（ガリバー旅行記の巨人国の名）特性を指摘し、ギリシャ神話の軽妙、優美さと対照させ、優美さには劣るが、真率さではすぐれているといっている。学問的には当時の偏見から免れていないところも多いが、当時最大のドイツ文学の理解者であっただけに、よく北欧神話の本質を理解し、前代とは明らかに一線を劃している。カーライルには、また『ノルウェーの初期の王たち』Early Kings of Norways（一八四〇）という『ヘイムスクリングラ』のダイジェストもある。

マッシュー・アーノルドMatthew Arnold（一八二二―一八八八）の「死せるバルデル」Balder Deadは、古詩の趣きを生かし、北欧の精神と哲学を見事に織り込んだ創作詩で、グレイやその亜流が古代北欧詩の「恐るべき歌」のみ取り出したのに対して、神々のうち最も優美で高貴なバルドル神を歌って英国民に初めて繊細優美な文学の香りを伝えた。

しかし何といっても英国最大の北欧文学の理解者はウィリアム・モリスWilliam Morris（一八三四―一八九六）であろう。彼は工芸家、社会主義者、ラファエル前派の詩人として有名であるが、古代北欧文学に深い共感をおぼえ、アイスランド語を学び、二度までもアイスランド旅行を行っている。アイスランド人マグヌスソンの助力を得て、『蛇の舌のグンラウグのサガ』The Saga of

Gunnlaug Wormtongue（一八六九）、『グレティルのサガ』The Grettis Saga（一八六九）を刊行した。しかしモリスが何より心血を注いだのは『ヴォルスンガサガ』Volsunga Saga（一八七七）である。これは英文学史上、北欧文学の根から生れた作品の中で最も偉大なものといわれている。彼自身もこれを最も高く評価している。頭韻を生かし、古語を使用するなど独特の古風な文体で、他のどの翻訳にもまして原作に迫っているといわれる。今日これはCollier Booksの廉価版で手に入るが、これによっても彼の読者層の広さを知ることができる。またモリスにはマグヌスソンとの共訳によるサガ双書The Saga Library五巻（一八九一―一八九五）があり、それは「びっこのハワード」、「バンダマンナサガ」、「めんどりのソーリル」、「エイルの人々」、「ヘイムスクリングラ」を含んでいる。

モリス以後、学問的研究や翻訳には見るべきものがあるが、文学上の影響としては前代を越えるものはないようである。

最後に一言、古代アイスランド語の固有名詞のカナ書きは、原則的に原語（といっても再建発音）尊重の立場をとり、Egillはエギルとし、現代アイスランド語のエイットルのようにはしなかった。数人のアイスランド人に相談したことがあるが、異論はないようであった。

一九七六年一月

谷口　幸男

復刊のためのあとがき

四十年振りの復刊ということで、とても嬉しく思っております。出版にご尽力くださった新潮社の中島輝尚様、米谷一志様、解説を書いていただいた清水誠先生に心から感謝の意を表します。

悠久の時間と厳しい自然の中で紡がれた勇猛で壮大な神話世界にしばし浸っていただければ幸いです。

谷口　幸男

二〇一七年六月

アイスランド略年表

七九三	リンディスファーン修道院掠奪でヴァイキング時代はじまる。
八一〇	デンマークの大艦隊フリースランド侵入。
八三〇	ハールヴダン黒王。アンスガルのビルカへの最初の布教。
八四五	ハンブルク大司教座がヴァイキングにより破壊される。
八五二	アンスガルのビルカへの二回目の布教。
八六〇	ハラルド美髪王生れる。
八七〇	アイスランド発見。
八七二	ハラルド美髪王ノルウェーの専制君主になる。
八七四	インゴールヴがアイスランドの最初の植民者となる。
九一一	この頃エギル・スカラグリームスソン生れる。ノルマンディー建国。
九三〇	アイスランド共和国建国。ウルヴリョトによる国法施行。全島民会創設。
九三三	ハラルド美髪王死す。
九三七	恋愛詩人コルマーク生れる。
九三八	孔雀のオーラーヴ生れる。
九六一	ノルウェーのハーコン王死す。
九六五	地区憲章制定。
九六九	オーラーヴ・トリュグヴァソン王生れる。
九七〇	キャルタン・オーラーヴスソン生れる。

九八一　司教フリズレクとソルヴァルドがアイスランドを訪れる。
九八三　蛇の舌のグンラウグ生れる。
九八五　赤毛のエイリークによるグリーンランド発見。
九八六　ハーコン侯とその子エイリークがヨームのヴァイキングにたいし勝利をうる。
九八九　ヒータル谷の勇士ビョルン生れる。この頃エギル死す。
九九七　オーラーヴ王アイスランド布教にサングブランドを派遣。
一〇〇〇　アイスランド、キリスト教に改宗。オーラーヴ・トリュグヴァソン王死す。
　　　　レイヴ・エイリークスソンによる北米発見。
一〇一四　デンマークのスヴェン王死す。
一〇一五　オーラーヴ聖王ノルウェーの支配権をうる。
一〇二八　クヌート大王ノルウェー王となる。
一〇三五　クヌート王死す。マグヌス善王王位につく。
一〇四四　マグヌス王ヨムスボルグを破壊。
一〇五五　イースレイヴがスカーラホルトの司教になる。
一〇五六　学者セームンド生れる。
一〇六六　ヴィルヘルム（ウィリアム）征服王による英国攻略。ヴァイキング時代終る。
一〇六七　学者アリ生れる。
一〇八二　ギツルがスカーラホルトの司教になる。
一一〇四　スウェーデンのルンドに大司教区。
一一〇六　ホーラルに司教区ができる。

一一一七	アイスランドに国法（グラウガンス）ができる。
一一二三	全島民会でキリスト教徒のための法律が採用される。
一一三三	セームンド死す。
一一四七	第二次十字軍。
一一四八	アリ死す。
一一五二	ノルウェーのニザルロス（トロントヘイム）に大司教区。
一一七九	スノッリ・ストゥルルソン生れる。
一二一七	ハーコン・ハーコンスソンがノルウェーの王位につく。
一二四一	スノッリの死。
一二六二〜六三	アイスランドがノルウェー王に服従する。
一二七〇	ラヴン・オッドソンがアイスランドの知事に任命される。
一二八一	ノルウェーの法律ヨーンスボーク導入。アイスランドの自由の終末。
一三〇〇	ヘクラ火山大爆発。
一三八〇	ノルウェーとともにデンマークの支配下となる。
一四〇二〜〇四	ペストの蔓延により全民衆の三分の二死す。
一八四三	民会再開。
一九一八	デンマークとの君合国として独立王国になる。
一九四四	デンマークより独立。

参考文献（邦語文献は単行本を発行年代順に並べ、欧文文献は手に入りやすい最近のものに限った）

【邦語文献】

1 金子健二『北欧の海賊と英国文明』研究社　一九二七
2 松村武雄『北欧神話と伝説』大洋社出版部　一九三八
3 西脇順三郎『古代文学序説』好学社　一九四八
4 山室静『北欧文学の世界』弘文堂　一九五九　東海大学出版会　一九六九
5 トンヌラ　清水茂訳『ゲルマンの神話』みすず書房　一九六〇、一九七五
6 オクセンシェールナ　松谷健二訳『ヴァイキング』みすず書房　一九六一
7 山室静『アイスランド——歴史と文学』紀伊国屋書店　一九六三
8 松下正雄『スカンジナビヤ伝承文学の研究』創文社　一九六五
9 松谷健二訳『エッダ』『グレティルのサガ』筑摩書房「世界文学大系66・中世文学集　第2」一九六六
10 植田敏郎『北欧神話の口承』鷺の宮書房　一九六八
11 荒正人『ヴァイキング』中央公論社　一九六八
12 グレンベック　山室静訳『北欧神話と伝説』新潮社　一九七一
13 グーレヴィチ　中山一郎訳『バイキング遠征誌』大陸書房　一九七一
14 谷口幸男訳『エッダ』新潮社　一九七三
15 山室静『赤毛のエリク記』冬樹社　一九七四

【欧文文献】

テキスト

1 Eddukvæði I–IV út. af G. Jónsson, Akureyri 1954「古エッダ」と「スノッリのエッダ」、辞典を収める

2 Edda, Die Lieder des Codex Regius nebst verwandten Denkmälern hrsg. von G. Neckel, I. Text, 3. umgearbeitete Auflage von H. Kuhn, Heidelberg 1962, II. Kurzes Wörterbuch von H. Kuhn, Heidelberg 1968

3 Nordisk filologi Serie A: Tekster, København/Oslo/Stockholm 1950 ff., 1. Snorri Sturluson, Edda udg. af A. Holtsmark og J. Helgason, 4. 7. 8. Eddadigte I–III udg. af J. Helgason

4 The Poetic Edda, vol. 1 Heroic Poems ed. by U. Dronke, Oxford 1969　原文と英訳、注釈

5 Altnordische Textbibliothek hrsg. von W. Baetke, Halle（Saale）1952 ff.「フラヴンケル」「めんどりのソーリル」「蛇の舌のグンラウグ」「バンダマンナサガ」を含む

6 Fornaldar sögur Norðurlanda I–IV út. af G. Jónsson, Reykjavík 1950

7 Íslenzk fornrit, Hið íslenzka fornritafélag, Reykjavík 1933 ff., S. Nordal, E. Ó. Sveinsson らの編集による古アイスランド文学集。最高のテキスト

8 Nelson's Icelandic Texts, London a. o. 1957 ff.「ヘイズレク賢明王」「ヨームのヴァイキング」「蛇の舌のグンラウグ」「ヴォルスンガサガ」英訳との対訳本

9 Nordisk filologi, Tekster og lærebøger til universitetsbrug ed. by J. Helgason/T. Knudsen/P. Skautrup/E. Wessén, København/Oslo/Stockholm, 1950 ff.「エッダ」のほか、「ギースリ」「フラヴンケル」「アイスランド人の書」など含む

翻訳

1 The Elder Edda tr. by P. B. Taylor/W. H. Auden, London 1973

2 The Prose Edda tr. by Jean I. Young, Cambridge 1954
3 Thule, Altnordische Dichtung und Prosa, 24 Bde., Jena 1911 ff., revidierte Neuausgabe, Düsseldorf/Köln 1963 ff. 両エッダはじめ主要なサガの独訳を収める
4 Penguin Classics 1960 ff.「ニャール」「ラックサー谷」「フラヴンケル」「ハラルド王のサガ」などの英訳が出ている
5 Everyman's Library 1949 ff.「ニャール」「ヘイムスクリングラ」の英訳がある
6 La saga d'Éric le rouge, Le récit des grœnlandais tr. par M. Gravier, Paris 1955, Bibliothéque de philologie germanique XVII「赤毛のエイリーク」と「グリーンランド人の話」の仏訳との対訳本

研究書（エッダおよび神話英雄伝説関係は邦語文献14の巻末文献による）

サガ

1 Th. M. Andersson: The Icelandic Family Saga, Cambridge/Mass, USA 1967
2 Th. M. Andersson: The Problem of Icelandic Saga Origins, New York 1964
3 W. Baetke: Über die Entstehung der Isländersagas, Berlin 1956
4 W. Baetke: Die Isländersaga, Wege der Forschung, Bd. 151, Darmstadt 1974
5 St. Einarsson: A History of Icelandic Literature, New York 1957
6 P. Hallberg: The Icelandic Saga, Lincoln 1962
7 W. P. Ker: Epic and Romance, New York 1957
8 H. G. Leach（ed.）: A Pageant of Old Scandinavia, New York 1955
9 G. Neckel: Die altnordische Literatur, Neue Ausgabe, Darmstadt 1963
10 K. Schier: Sagaliteratur, Slg. Metzler 78, Stuttgart 1970

11 L. E. Schmidt: Grundriß der germanischen Philologie bis 1500, Bd. 2 Literatur, Berlin 1971
12 E. Ó. Sveinsson: Les sagas islandaises, Paris 1961
13 G. Turville-Petre: The Heroic Age of Scandinavia, London 1951
14 G. Turville-Petre: Origins of Icelandic Literature, Oxford 1953
15 J. de Vries: Altnordische Literaturgeschichte, 2 Bde., Berlin 1964^2, 1967^2

解説

清水　誠［北海道大学文学研究科教授］

本書は、北欧神話と英雄伝説の精髄を伝える『エッダ』と歴史資料としても重要なサガ文学の概要を古ノルド語（とくに古アイスランド語）による精緻な原典解釈を通じて、初めて日本の読者に広く知らしめた古典的名著である。

本書で言う『エッダ』（Edda）とは、韻文で書かれた『古エッダ』（『歌謡エッダ』、『詩のエッダ』）とも呼ばれる作品を指す。その基礎になっているのは、1270年代にアイスランドで筆写されたと推定される『王の写本』（ラテン語名 Codex Regius／アイスランド語名 Konungsbók）にまとめられ、現在まで残っている互いに独立した29編の歌謡である。冒頭の荘重な「巫女の予言」（Völuspá）は神話全体の概観を与える意味深長な序章にあたり、種々の処世訓を格言詩にまとめた「オーディン（＝オージン Óðinn）の箴言《しんげん》」（Hávamál）が続く。その後に神話詩が置かれ、最後に英雄詩が配置されている。この写本は、1643年にアイスランド最古の南部の司教座スカウルホルト（Skálholt）の司教によって発見された。成立年代については異論があるが、およそ800～1100年頃と推定され、ノルウェーを含むゲルマン語圏の広範囲に及ぶ古くからの伝承を題材にしている。本書の著者である谷口先生による後述の翻訳の原典には、後代の写本から追加されたものを含めて、全部で三十数編の歌謡が収められている。なお、アイスランド語の原語Eddaの語義ははっきりしない。

北欧神話と聞けば、温暖な地中海世界で誕生した明朗で優美なギリシャ神話にたいして、厳寒の北欧の自然を連想させる峻厳で雄渾《ゆうこん》なイメージを思い浮かべることが多いだろう。主神オーディン、雷神にして最強の戦神トール（＝ソール Þórr）、オーディンの妻である女神フリッグ（Frigg）の名前は、それぞれ英語の Wednesday「水曜日」、Thursday「木曜日」、Friday「金曜日」に残っている。一方、英雄伝説では、ゴート人、フランケン人、ザクセン人といった今日の北欧諸国以外のゲルマン人部族に伝わる素材が約3分の2を占める。ただし、実際の史実からはかなりの飛躍があり、自由な創作の産物としての性格が強い。

さて、それとは別に『スノッリのエッダ』（Snorra-Edda『新エッダ』、『散文エッダ』）がある。これは中世アイスランド最大の歴史学者、詩人にして有力な政治家で、豪族間の抗争期に暗殺されたスノッリ・ストゥルルソン（Snorri Sturluson　１１７９～１２４１）による散文で書かれた著書である。序章に続く第1部「ギュルヴィたぶらかし」（Gylfaginning）は、物語風の神話の概説と言える。上記の『古エッダ』の内容と重なるが、そこから漏れた物語も含まれている。第2部「詩人のことば」（Skáldskaparmál）は、ノルウェーの宮廷で活躍した数多くのアイスランド詩人（＝スカルド skáld）が朗唱したスカルド詩に多用される比喩表現に熟達するための詳細な解説である。とりわけケニング（kenning 1語を主として別の2語で置き換える比喩）を中心に、ヘイティ（heiti 1語

古エッダ
800〜1100年頃成立

巫女の予言
オーディンの箴言
神話詩
英雄詩

スノッリのエッダ
1220年頃に起草

序章
第1部　ギュルヴィたぶらかし
第2部　詩人のことば
第3部　韻律一覧

サガ
13世紀を中心として写本に筆写

宗教的学問的サガ（宗教的学問的著作）
王のサガ
アイスランド人のサガ
騎士のサガ
メルヒェンサガ
聖者のサガ
伝説的サガ（古代のサガ）

五大サガ
「アイスランド人のサガ」の中で

エギルのサガ
グレティルのサガ
ラックサー谷の人々のサガ
エイルの人々のサガ
ニャールのサガ

◆主要サガの舞台となる時期

宗教的学問的サガ	植民・建国期（870〜930）〜13世紀前半
王のサガ	9〜13世紀
アイスランド人のサガ	930〜1030年頃
伝説的サガ（古代のサガ）	植民期以前（870年以前、空想的性格が強く、成立時期は他のサガよりも遅い）

を別の1語で言い換える比喩）と呼ばれる修辞的技巧にも触れている。最後に、第3部「韻律一覧」（Háttatal）はスノッリ自身の創作詩とその注釈であり、第2部の実践例を提供している。全体としては、著者のスノッリ自身が述べているように、詩学を習得するための入門書になっている。神話学入門とも言うべき第1部は、たとえば「狼の敵」がオーディン、「エーギル（Ægir 海神）の火」が黄金のケニングであるように、その理解に必要な神話的背景を補説する導入部とみなすこともできる（たとえば後者の表現は「ロキの口論」に登場する）。本書では、『スノッリのエッダ』は第二章のサガの解説で「宗教的学問的著作」の項目に含めて紹介されている。

一方、サガ（saga）は散文で書かれた膨大な作品群の総称である。本書に引用されたドイツの学者クルト・シーア（Kurt Schier）によれば、160以上の作品があるとされ、その多くは実際に起こった史実に基づいている。アイスランド語の原語 saga［サーガ］は英語の say「言う」（アイスランド語では segja［セイヤ］）と同じ語源で、「語られたもの」、つまり「物語」を原義とするが、「歴史」という意味でも用いる。英語でも、story「物語」と history「歴史」はともにラテン語の historia にさかのぼり、古くは明確な意味の区別なく「歴史物語」を指していた。イギリスやヨーロッパ大陸から伝わった騎士物語や民話に依拠したサガ作品、つまり「騎士のサガ」や「メルヒェンサガ」も少なくないが、アイスランド語でこれを lygisaga「嘘（lygi［リーイィ］）のサガ」と称することがあるのは、このためである。

サガはいくつかのジャンルに分かれる。本書の第二章では、おもにオランダの碩学ヤン・デ・フリース（Jan de Vries　1890〜1964）の説にならって、次の4分類が採られている。まず第一に、870~930年頃のアイスランド植民と建国から1000年頃のキリスト教改宗を経て、13世紀前半の豪族間の抗争時代までの流れを伝える「宗教的学問的サガ（＝「宗教的学問的著作」）」がある。第二に、9世紀から13世紀までのノルウェー王朝の歴史を扱い、グリーンランド発見やコロンブスに先駆けたとされる北米大陸到達にも言及した作品を含む「王のサガ」が続く。ここでは、上述のスノッリ・ストゥルルソンによる約300年間（860~1177）にわたるノルウェー王朝史を描いた大作『ヘイムスクリングラ』（Heimskringla「世界の（heims-）環（kringla）」の意味）についても、くわしく紹介されている。第三に、「サガの時代」と呼ばれる930~1030年頃のアイスランド植民と開拓の過程で起こったさまざまな事件を雄弁に描いた「アイスランド人のサガ」が挙げられる。このグループには、サガ文学を代表する傑作が多い。そして、前述の中世末期に由来する「騎士のサガ」、「メルヒェンサガ」、キリスト教の聖者伝説をつづった「聖者のサガ」、さらには、ドイツの作曲家ワーグナーの壮大な楽劇『ニーベルングの指環』の源泉ともなった『ヴォルスンガサガ』（Völsunga saga）に代表される「古代のサガ」がある。本書では、イギリスやヨーロッパ大陸からの影響が濃厚な最初の二者とキリスト教的性格の強い聖者伝説はアイスランド的とは言いがたいとして割愛し、「古代のサガ」に限って、第四に、内容的に適切な名称として「伝説的サガ」と言い換えた上で紹介している。これは、いわゆる「古代のサガ」が題材としては植民期以前（870以前）にさかのぼるものの、成立時期は他のサガよりもかなり遅く、それに加えて、歴史的事実から離れて空想的内容に片寄っている事情による。

一般に、サガの著者は特定できないことが多い。上述の『ヘイムスクリングラ』や「宗教的学問的サガ」に分類される最古の歴史書と言うべきアリ・ソルギルスソン（Ari Þorgilsson inn fróði 1068〜1148）による『アイスランド人の書』（Íslendingabók）などは、数少ない例外である。量的には、初期に比べて盛期には長大になる傾向がある。また、後期には、歴史事実を重視した記述よりも、娯楽的効果をねらった空想的内容が顕著になる。これは後述するように、13世紀前半に突入した内乱の時代に続いて、1262年にアイスランドがノルウェーに帰属した結果、人々の独立意識が減退した事情によるとも言われている。

一方、サガ作品が数多くの写本に記されたのは1150年頃以降であり、1220〜1300年頃という80年余りの比較的短期間を中心としている。逆説的に言えば、13世紀を中心とする実り豊かなサガ筆写の時代は、内乱の激化に伴う不安定な社会情勢の下で、人々が危機感を抱きながら、古き良き共和制時代への懐古の念を込めて集中的に傾けたアイデンティティ確認への努力の証とも考えられる。

本書の著者である谷口幸男先生は、『古エッダ』の全訳に『スノッリのエッダ』から「ギュルヴィたぶらかし」を追加して、『エッダ─古代北欧歌謡集』（新潮社　1973、第10回日本翻訳文化賞受賞）として世に送られた。また、サガ文学の中核をなす「アイスランド人のサガ」（Íslendingasögur）から、とくに名高い「五大サガ」に加えて、上述の『ヴォルスンガサガ』を翻訳され、862ページに及ぶ『アイスランドサガ』（新潮社　1979、第18回藤村記念歴程賞受賞）として公にされている。「五大サガ」とは、詩人にしてヴァイキング精神を具現した英雄エギル（Egill Skallagrímsson）の波乱に富む生涯を描いた『エギルのサガ』（Egils saga Skallagrímssonar）、追放者としての悲劇的生涯を化け物や巨人との戦いという空想的モティーフを交えてつづった『グレティルのサガ』(Grettis saga Ásmundarsonar)、サガ文学としては例外的に女性が中心人物として活躍し、自由な創作態度を交えて物語芸術の白眉とされる『ラックサー谷の人々のサガ』(Laxdæla saga)、特定の主人公ではなく、多数の登場人物によるエピソードを巧みに積み重ねて展開させ、歴史資料としても重要な『エイルの人々のサガ』(Eyrbyggja saga)、そして、物語としての壮大なスケール、すぐれた文体的技巧と人物描写、思想的な奥深さなどの点で質量ともにサガ文学の最高傑作と称えられる『ニャールのサガ』(〈Brennu-〉Njáls saga)を指す。

谷口先生はその後も、『ゲルマンの民俗』(溪水社　1987)、オラウス・マグヌス『北方民族文化誌　上巻/下巻』(溪水社　1991/1992)、サクソ・グラマティクス『デンマーク人の事績』(東海大学出版会　1993)、そして、ご自身で「最後の仕事」と位置づけられたスノッリ・ストゥルルソン『ヘイムスクリングラ—北欧王朝史(一)〜(四)』(北欧文化通信社　2008〜2010)へと続く一連の論考、名訳を次々と刊行された。北欧との比較から日本の民間伝承にも深い関心を寄せられ、ラテン文字の伝来以前にゲルマン人が用いていたルーン文字を扱った『ルーネ文字研究序説』(広島大学文学部紀要第30巻特輯号1　1971)、スウェーデンのノーベル賞作家エイヴィンド・ユーンソン(Eyvind Johnson　1900〜76)の長編小説『暗い歳月の流れに　上/下』(三笠書房　1975)や『現代北欧文学18人集』(編、新潮社　1987)などの現代北欧文学の邦訳も手がけられている。

本書で谷口先生が最も伝えたかったのは、「あとがき」にあるように、『エッダ』とサガ文学を通じて、他のヨーロッパ諸国の文献資料では失われてしまったキリスト教改宗以前のゲルマン人たちの多種多様な社会生活と文化的営みに、読者の目を向けることにあると言えよう。『エッダ』に収められた格言詩には、北欧の民衆の実生活から生まれた道徳観が随所に反映されている。これは、本書で指摘されているように、古代ローマの歴史家タキトゥスの『ゲルマーニア』にたいする具体的な肉付けを提供するものと言える。巨人族とのアース神族の奮戦とその悲劇的運命からは、暗い終末論的世界観を想起して、厳粛に襟を正す思いがする。その裏には、すでにキリスト教の影響があるのかもしれない。その一方で、神々にはそれぞれ強い個性が刻印されており、その所業には疑心、欺瞞《ぎまん》、嫉妬、物欲、偏見など、普通の悩める人間の感情が垣間見られ、ときには親しみやすいユーモアさえ感じさせる。神々が携える武器や装身具、それを取り巻く気象、山河、海洋、動物、植物はどれも北欧の風土に根ざしたものであり、ゲルマン人の自然観と生活観が随所に投影されている。『エッダ』の神話学的理解には、アクセル・オルリック『北欧神話の世界―神々の死と復活』（尾崎和彦訳、青土社　2003）、水野知昭『生と死の北欧神話』（松柏社　2002）、ヘルマン・パウルソン『オージンのいる風景―オージン教とエッダ』（大塚光子他訳、東海大学出版会　1995）、菅原邦城《くにしろ》『北欧神話』（東京書籍　1984）もきわめて有益である。

一方、サガを読んでだれでも感じるのは、決闘、復讐、焼き討ちの場面がたびたび登場して、いかにも残酷であるという点だろう。本書の「まえがき」に引用されている寺田寅彦（物理学者、随筆家　1878～1935）が大正時代に抱いた印象も、少なからずそれと似通っていたらしい。ただし、当時のアイスランド開拓民の間には、中世の封建制度に根ざした君主と臣下の間の庇護関係はなく、現代の警察組織や保険制度も皆無で、この時代としては例外的な共和制に基づく民会の議決という話し合いしか、頼るべき手段が存在しなかった。近代的な心理描写を極力抑制した客観的文体に貫かれた一連の事件描写の背後には、法的解決、賠償金による補償、婚姻による和解など、当事者どうしの抑制と合意への努力の集積がある。それによって、アイスランドの人々は絶対的権力の形成を阻止し、自由意志による決定権を長期にわたって保持し続けた。世間的な付き合いでは、もめ事をかかえることがたびたびある。その中で、前代未聞の結果を招いた惨事がマスコミに繰り返し報道されるように、現代の情報社会に生きる私たちが失ってしまった当時の人々の驚異的な記憶力を通じて、世代を超えて語り継がれ、サガという形に発展していったのだろう。ただし、それらはきわめて稀な事例であり、中世初期のアイスランドは、身分、階級による上下関係が希薄な民主的で平和的な社会だったと言われている。

特筆に値する事実として、中世のヴァイキングたちは当時の他のヨーロッパ諸国の王侯貴族と違って、聖職者以外でも高い識字力を有していた。アイスランドではキリスト教改宗が遅れて1000年頃になされたが、サガ作品が写本に書き留められたのは、キリスト教によってもたらされたラテン文字で羊皮紙に記録する行為が普及した後のことであり、上述のように13世紀を中心としている（上述のルーン文字でサガやエッダが筆写されたことはなかった）。したがって、実際の出来事が起こってから、かなりの時間を経ている場合が多い。それでも、キリスト教の絶対的唯一神が人間関係の根底に介入するに至るには、なお長い時間を必要とした。サガにはそれ以前の、物のやり取りによる互酬関係に基づく人間関係が色濃く反映されている。これは世間体を気にしな

Egill Skallagrímsson var samurai

– segir Yukio Taniguchi prófessor við Osaka Gakuin-háskólann í Japan

EINN helsti forvígismaður íslenskra fræða í Japan, dr. Yukio Taniguchi, flytur opinberan fyrirlestur í boði Heimspekideildar Háskóla Íslands í stofu 101 í Odda kl. 17.15 í dag. Fyrirlesturinn, sem er á þýsku og öllum opin, nefnist „Rezeption der isländischen Literatur in Japan“ og fjallar um viðbrögð Japana við íslenskum bókmenntaþýðingum. Taniguchi hefur meðal annars þýtt fjölmargar Íslendingasögur yfir á japönsku. Í dag mun frú Vigdís Finnbogadóttir, forseti Íslands, sæma hann fálkaorðunni fyrir störf hans.

Dr. Yukio Taniguchi var lengst af prófessor við háskólann í Hiroshima en flutti sig um set á síðasta ári og tók við nýrri stöðu við Osaka Gakuin, sem er einkaháskóli í borginni Osaka. Hann er einnig einn af stofnendum japanskra samtaka um íslensk fræði.

Yukio Taniguchi segist fyrst hafa kynnst Íslendingasögunum er hann nam þýsku við Háskólann í MÜnchen á árunum 1959-60. Á þeim árum hafi hann kynnst Svía að nafni Lund, er starfaði við háskólann í Lundi, og tjáð honum eitt sinn að stærstu verk germanskra bókmennta, að sínu mati, væru Niflungahringurinn og Faust. Lund hefði sagst vera á annarri skoðun og skýrt honum frá því að mun magnaðari verk væri að finna á Norðurlöndum. „Ég var undrandi, en hann talaði mikið um þessar merkilegu sögur og lýsti þeim fyrir mér. Ég fór síðan að kanna þetta mál og komst að því að hann hafði rétt fyrir sér,“ sagði Taniguchi. Byrjaði hann nokkru síðar að læra fornízlensku og nam hana fyrst sjálfur í Japan en síðan við háskólann í Kiel 1967-68 hjá hinum þekkta prófessor Hans Kuhn, er m.a. endurbætti Eddukvæða-útgáfu Gustafs Neckels frá 1914. Á meðan á Kílardvölinni stóð fór Taniguchi í sína fyrstu Íslandsferð og ferðaðist meðal annars hringinn í kringum landið.

Fyrstu þýðingu sína á íslenskri fornsögu segir Taniguchi hafa gert árið 1964. Þýddi hann þá Jómsvíkingasögu. Segir hann að þegar hann líti á fyrstu þýðingarnar sínar núna sjái hann að margt hefði þar mátt betur fara og hafi hann endurbætt sumar þeirra. Síðan hefur hann þýtt fjölda verka meðal annars Snorra-Eddu, sem hann segir að hafi notið mikilla vinsælda og verið prentuð fimmtán sinnum í Japan. „Bókmenntalega séð er Njálssaga sú mikilverðasta af þeim sögum sem ég hef þýtt en persónulega finnst mér Egilssaga vera sú besta,“ sagði Taniguchi. „Við Japanir kunnum vel við Egil Skallagrímsson. Hetjan Egill er ekki bara sterkur heldur einnig bókmenntalega sinnaður. Hann yrkir falleg ljóð og hefur það auki næma tilfinningu fyrir konum. Hann er nákvæmlega eins og samuraiarnir í sögunum okkar.“

Taniguchi segist hafa fengið mjög góð viðbrögð við þýðingum sínum á Íslendingasögunum í Japan. Hafi hann fengið mörg bréf frá fólki, konum sem körlum og ungum sem öldnum, er hafi hrifist af sögunum. Mætti meðal annars rekja það til þess að enn væri það mjög ríkt í Japan að fólk vildi lesa goðsagnakenndar frásagnir.

En þó að Taniguchi hafi unnið gríðarlega mikið starf varðandi þýðingar á íslenskum fornsögum og kynningu á þeim í Japan segir hann að það hafi samt aldrei verið hans aðalstarf. Hann hafi fram að þessu þurft að hafa lifibrauð sitt af starfi sínu sem þýskukennari en svo unnið rannsóknarstörf sín sem norrænufræðingur. Sagði hann flesta norrænufræðinga Japans hafa þýsku- eða enskukennslu að aðalstarfi. Því miður væri enn sem komið er ekki mikið um atvinnutækifæri fyrir þá sem hefðu sérhæft sig í norrænum málum. „Þeir eru mjög margir sem vilja læra íslensku en því miður eru engin störf í boði.“

Næsta verkefni sitt segir Taniguchi að sé þýðing á þjóðsögum Jóns Árnasonar. „Þetta er mikið verk og gæti orðið mitt síðasta. En það eru til ungir japanskir norrænufræðingar sem munu vonandi halda þýðingarstarfinu áfram. Ég er eiginlega feginn að hafa ekki þýtt allar Íslendingasögurnar,“ segir hann og brosir. Aðspurður um hvernig honum gangi að skilja nútíma íslensku segist hann ekki getað talað hana. Framburðurinn sé of erfiður. Ritmálið aftur á móti væri mjög líkt því í fornízlensku. „Ég er smám saman farin að geta lesið nútímaíslensku þó að það taki oft langan tíma að komast í gegnum textann. Í framtíðinni verð ég líka að einbeita mér að henni þegar ég fer að glíma við Jón Árnason. Ég reyni að æfa mig og hef til dæmis meðan á dvöl minni hér hefur staðið farið niður í afgreiðslu hótelsins á hverjum degi og lesið um ástandið á Persaflóa á forsíðu Morgunblaðsins. Ég vona að það brjótist ekki út átök þarna,“ sagði Taniguchi að lokum.

Yukio Taniguchi

谷口幸男氏の鷹勲章受章を伝える「モルグンブラージズ」紙（1990年8月22日付）

がら、義理、人情を重んじる日本の私たちには、かえって理解しやすい点である。谷口先生がレイキャヴィークで、後述する鷹勲章の叙勲の式典に臨まれた折りに、アイスランドの代表的新聞モルグンブラージズ（Morgunblaðið）に掲載された記事には、「エギル（＝『エギルのサガ』の主人公）はサムライだった」（Egill Skallagrímsson var samurai）という見出しが付されていたのを思い出す。サガに秘められた当時のアイスランドの人々の倫理観や価値観の詳細は、J・L・バイヨック『アイスランド・サガ―血讐の記号論』（柴田忠作訳、東海大学出版会　1997）、熊野聰『サガから歴史へ』（東海大学出版会　1994）／『続・サガから歴史へ』（麻生出版　２０１１）、ステブリン＝カメンスキイ『サガのこころ』（菅原邦城訳、平凡社　１９９０）に接すれば、深く納得できるに違いない。本書では割愛された「騎士のサガ」についても、最近では、林邦彦訳『北欧のアーサー王物語―イーヴェンのサガ／エレクスのサガ』（麻生出版　２０１３）などを通じて、日本語で親しめるようになっている。

『エッダ』とサガ文学は、アイスランドという人口34万人程度（２０１７年現在）の北極圏をかすめる絶海の孤島に残された膨大な写本文献によって伝えられている。そして、アイスランド語は「ヨーロッパ言語の奇跡」とも呼ばれ、21世紀の現代にあっても、千年前から構造的にほとんど変化していない化石のような言語として知られている。今も昔も、アイスランド語には古語を読むための特別な辞書は存在しない。アイスランドの子供たちは、13世紀に書かれたサガ作品をほとんど苦労せずに読みこなすことができるのである。日本の私たちは古語辞典の助けなしに、『平家物語』や『方丈記』をどうやって理解できるだろうか。

本書の「あとがき」にはドイツとイギリスを中心に述べられているが、他の北欧諸国を含めて、アイスランド語とそれによって書かれた膨大な中世期の文献は、比肩するもののない文化的遺産として、古くから海外の知識人の興味をかき立ててきた。たとえば17世紀前半には、デンマークを中心とする人文主義者の間で、「アイスランド・ルネサンス」と呼ばれるアイスランドの言語文化への関心の高まりが見られた。なかでも本書の「あとがき」で言及されているオーレ・ヴォルム（＝ヴォーム、Ole Worm　１５８８〜１６５４）は、後述するアイスランド人の手による最古のアイスランド語辞書と文法書をコペンハーゲンで刊行している。同じくデンマーク人で重要な役割を果たした人物に、19世紀の印欧語およびゲルマン語歴史比較言語学の創始者の一人として著名なラスムス・ラスク（Rasmus Rask　1787〜1832）がいる。アイスランド語を母語のレベルまで習得して当地に渡ったラスクが目の当たりにしたのは、デンマーク語が蔓延《まんえん》しつつあったレイキャヴィークの状況だった。アイスランド語の将来を深く憂慮したラスクは、島内各地を訪れて、人々に母語への誇りを持つように訴え、敬愛された。そして、1816年に「アイスランド文学会」（Hið íslenska bókmenntafélag）を設立し、今日まで続く北欧最古の雑誌『スキルトニル』（Skírnir「洗礼」の意味）を創刊して、アイスランド語学文学の礎《いしずえ》を築いたのである。アイスランドの町には、他のヨーロッパ諸国の古都と違って、壮麗な歴史的大聖堂も豪華絢爛《けんらん》たる居城や宮殿もない。一国への関心が古くからこれほど言語文化に集中しているのは、まさに希有《けう》な例と言えるだろう。

『エッダ』とサガ文学の大きな意義は、何よりもアイスランドの人々自身の歴史的歩みに求められる。手短にまとめれば、アイスランドは13世紀前半にそれまでの共和制の時代から「ストゥルルンガルの時代」と呼ばれる有力豪族間の抗争期に突入し、ノルウェーに庇護を求めて、1262年にはその属国となった。そして、ペストの大流行でノルウェーの国力が衰え、1380年にグリーンランドとフェーロー諸島とともにデンマークの支配に下ると、それ以降は度重なる疫病、地震、火山の噴火に伴う飢饉の数々に見舞われ、デンマーク絶対王政の搾取のもとで18世紀末まで長い苦難の時代を経た。その後、ナポレオン戦争に続く近代ヨーロッパへの転換の中で、19世紀の国民主義の時代を迎え、デンマークの対外権力の衰えとともに、粘り強く独立運動を展開していく。そして、１９１８年にデンマークとの同君連合として主権国家に昇格し、１９４４年には、第二次大戦中のイギリス軍の駐留下でデンマークとの連合関係を解消して、ついに完全独立を達成するに至った。アイスランドの近代国家としての独立の歴史は、わずか1世紀にも満たない。

その間、アイスランドの人々は『エッダ』とサガ文学、それに日本では未紹介の14世紀後半に発達した「リームル」（rímur）と呼ばれる民間伝承詩の伝統を何よりも自らの精神的アイデンティティとした。人々の母語への関心は古くからきわめて高く、すでに14世紀の写本には、４つの文法論文が収められている。とりわけ匿名の著者による『第1文法論文』（Fyrsta málfræðiritgerðin　１１５０頃）は、ゲルマン語最古のすぐれた言語学的考察として名高い。そこで示された当時のアイスランド語の音韻記述は、20世紀初頭以前で最もすぐれた音韻論的分析とみなす研究者もいるほどである。聖書の翻訳についても、時期的に他の北欧諸国に遅れを取らずに行われ、１５４０年には『オッドゥルの新約聖書』（Nýja testamenti Odds）が刊行された。続いて、アイスランド北部のホウラル（Hólar）に置かれた司教座に印刷所が設立されると、１５８４年には外来語や外来的な語法を極力排した初の全訳聖書である『グヴズブランドゥル聖書』（Guðbrandsbiblía）が完成している（オッドゥル Oddur とグヴズブランドゥル Guðbrandur はともに訳者の聖職者の名前）。最古のアイスランド語辞書は１６５０年に編まれ、１６５1年刊の初のアイスランド語文法書は、北欧諸語を対象とした類書に先駆けて最も早く世に出ている。暗黒の18世紀初頭には、コペンハーゲン大学教授を務めたアウルトニ・マグヌソン（Árni Magnússon　１６６３〜１７３０）

がアイスランド各地を訪れて膨大な写本を収集し、その後の文献学の土台を築いた。今日、コペンハーゲンとレイキャヴィークにはその名を冠した研究施設が置かれており、古ノルド語写本研究の中心的機関となっている。アイスランド語はノルウェー語やフェーロー諸島で用いられるフェーロー語と違って、公用語の地位をデンマーク語に奪われたことは一度もない。これはたんに地理的隔絶性という要因だけによるのではない。

現代アイスランド語は外来語の輸入を極端に嫌う言語として知られている。開国後の明治時代に日本の先達たちが尽力したように、アイスランドでは未知の事物や概念を母語に置き換えて表現する新造語と呼ばれる手段によって、21世紀の国際化の波にも対処し続けている。こうした言語純粋主義運動はすでに中世期にその淵源が認められ、近世、近代を通じて不断に実践されてきた。啓蒙主義が流入した18世紀半ば以降に誕生した代表的団体としては、１７７９年にコペンハーゲン在住のアイスランド人によって設立された「アイスランド学術協会」(Hið íslenska lærdómslistafélag)、急増する科学技術の専門用語に対応するために１９１９年に設立された「技術者協会用語委員会」(Orðanefnd verkfræðingafélagsins)、そして、１９６４年設立の「アイスランド言語委員会」(Íslensk málnefnd) などが挙げられる。近代以降のアイスランド語擁護の試みは、19世紀半ば以降のフェーロー語擁護運動にも大きな活力を与えている。

古来、ヨーロッパ文学の本流は韻文、つまり詩作品にあり、散文、つまり小説というジャンルは近代以降の産物である。中世期のヨーロッパ文学は韻文による叙事詩が大部分を占めており、サガのような長大な散文作品はまさに例外的存在だった。アイスランドの人々の血肉となったサガ文学は、長く散文作品における不可侵の模範とされ、そのために19世紀の近代アイスランド文学では、長編小説の発達が遅れたと言われるほどである。また、『エッダ』で採られた頭韻と呼ばれる語頭子音の反復による古ゲルマン語詩に特徴的な韻律技法は、アイスランド語では20世紀の現代詩に至ってもゲルマン語圏で唯一、踏襲され続けた。きわめて古風な特徴を今に伝えるアイスランド語の概要は、森田貞雄『アイスランド語文法』(大学書林 1981)に詳述されている。本書に続く時代のアイスランド文学と言語擁護の展開については、清水誠「北欧アイスランド文学の歩み—白夜と氷河の国の六世紀」(現代図書 2009)、「アイスランド語研究の歴史と言語規範の形成」(加藤重広/佐藤知己編『情報科学と言語研究』現代図書 2016:195-237)をご参照いただければ幸いである。

筆者の学生時代、広島大学独文科で教鞭を執られていた谷口先生が母校の東京大学文学部へ集中講義に来られたことがあった。そのときの記憶では、先生が卒業論文に選ばれたのは、20世紀文学の代表的作家フランツ・カフカだったという。大学院では4世紀の新約聖書訳で重要なゴート語について研究されると(論文「ゴート語における格の用法」第3回ドイツ語学文学振興会奨励賞受賞)、南ドイツのミュンヘン大学に学ばれた。そんなある日、学生たちと酒を酌み交わしながら、「ドイツ文学には最高傑作が2つある。ゲーテの『ファウスト』と中世の『ニーベルンゲンの歌』だ」と語られたところ、アイスランド出身の留学生から「『ファウスト』はそうかもしれないが、『ニーベルンゲンの歌』のような作品なら、アイスランドにはいくらでもある」と言われて、非常に驚かれたそうである。当時の谷口先生には、サガ文学はまったく未知の存在だった。そこで、ドイツの北欧語学文学研究の中心地である北ドイツのキール大学に遊ばれ、本書でも何度か言及されているハンス・クーン教授（Hans Kuhn　１８９９～１９８８）に師事された。アイスランドを訪れて、全島を一周されたときの印象を楽しそうに語られたご様子は、今でもはっきりと目に浮かぶ。そうした偶然の出会いから、前人未踏の分野を開拓されていったご努力にたいしては、ひとえに脱帽のほかはない。

本書の「参考文献」に見られるように、本書以前にも日本人の手による『エッダ』の抄訳、サガ作品の翻訳や研究はあった。しかし、谷口先生はドイツ語学者にして古ノルド語と現代北欧諸語に通暁した深い学識を駆使されて、アイスランドを中心とする中世期の北欧文学を体系的に紹介され、膨大な訳業を成し遂げられて、日本における古北欧文学研究の水準を飛躍的に高められた。１９９０年には、それまでの功績を称えられて、アイスランド政府から鷹勲章（Hin íslenska fálkaorða, http://www.forseti.is/Falkaordan/）を授章されている。谷口先生はまた、１９８１年に設立された「日本アイスランド研究会」の会長を１９８５年度まで務められた。同研究会は１９８６年以降、「日本アイスランド学会」として現在に至っている。同学会は前身組織の設立10周年を記念して、日本アイスランド学会編訳『サガ選集』（東海大学出版会　１９９１）、設立30周年の折りには、清水誠編『アイスランドの言語、神話、歴史』（麻生出版　２０１１）をそれぞれ刊行するなどして、若い世代の優秀な研究者を迎えつつ、日本の北欧アイスランド研究を牽引《けんいん》している。

本書は、1976年3月に刊行された新潮選書『エッダとサガ――北欧古典への案内』を元に字句と口絵の一部、「アイスランド人のサガ」分布図を改め、新たに清水誠氏による解説を付したものです。

本文中、今日の観点からは差別的表現もありますが、原作の時代性を考え、一部原本のままとしました。

新潮選書

エッダとサガ――北欧古典《ほくおうこてん》への案内《あんない》

著　者………………谷口幸男《たにぐちゆきお》

発　行………………2017年7月25日

発行者………………佐藤隆信
発行所………………株式会社新潮社
〒162-8711 東京都新宿区矢来町71
電話　編集部 03-3266-5411
読者係 03-3266-5111
http://www.shinchosha.co.jp
印刷所………………株式会社三秀舎
製本所………………株式会社大進堂

乱丁・落丁本は、ご面倒ですが小社読者係宛お送り下さい。送料小社負担にてお取替えいたします。価格はカバーに表示してあります。

ISBN978-4-10-603813-6 C0390